책을
먹는
자들

THE BOOK EATERS

THE
BOOK EATERS

책을 먹는 자들 | 1권

서니 딘 지음 | 한지원 옮김

윌북

✢ THE BOOK EATERS ✢

추천의 글

여기 공주와 기사의 이야기가 있다. 마녀와 악마의 이야
기도 있다. 마법의 세계. 저주의 비밀. 이 환상적인 동화
는 엄청나게 재미있다! 심장을 두근거리게 만들고 페이
지를 계속 넘기게 만들고…… 모든 기대를 배반한다. 원
치 않는 결혼과 출산의 굴레에 갇힌 소녀이자 책 먹는
공주 데번. 공주는 그 저주받은 핏줄로부터 달아나고자
한다. 그리고 정말 그렇게 한다. 증명한다. 자신을 구원
할 수 있는 건 오직 자기 자신뿐이라는 것을. 그것이야
말로 가장 고귀한 결말이라는 것을. 우리의 공주 데번.
책을 먹는 건장한 여인. 이 사랑스러운 존재의 이야기가
더 많이 퍼져나가기를.

강화길_소설가, 『대불호텔의 유령』 저자

『책을 먹는 자들』을 한 입 베어 문다면 어떤 맛이 날까. 고전적이면서 동시대적이고, 잔혹하지만 다정하다. 박진감 있는 전개가 감상을 재촉하는데, 교차하는 사건 속에 수많은 진실이 깃들어 있어 쉽게 눈 돌릴 수 없다. 작은 괴물을 지키는 좀 더 큰 괴물의 용기, 공주로 태어났으나 괴물이 되기를 선택하는 여자, 오랜 시간 특권과 폭력으로 여성을 길들여온 어떤 종족. 우리를 유혹하는 이 새로운 이야기가 그리 낯설지 않은 까닭은 무엇일까. 폐쇄적인 사회의 오랜 구습에 불복하는 별난 여자들은 주인공에 적합한 재질이고, 그들 이야기를 섭취한 여자가 그들의 후예가 되는 것은 너무나 자연스러운 현상이다. 그러니 읽지 마세요, 영양분으로 삼으세요. 여러 겹의 섬세한 특성이 한 권의 이야기에 조화롭게 수렴된 맛을 즐겨보시길. 애서가로서? 아니, 미식가로서.

박서련_소설가, 『더 셜리 클럽』 저자

평생을 강인하게 사신 내 어머니와
내겐 재로우 같은, 소중한 친구 존 오툴에게

✥ THE BOOK EATERS ✥

차례

제 **1** 막

황혼

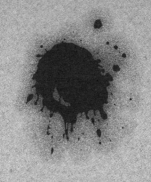

우리는 이제 막 낯선 지역에 발을 디뎠다.
곧 이상한 모험, 기묘한 위험과 조우하게 될 것이다.

아서 매켄,
『**공포**The Terror』

1

낮의 데번

헌재

요즘 데번은 가게에서 딱 세 가지만 산다. 책, 술, 그리고 민감성 피부용 크림. 책은 먹을 것이었고, 술은 제정신을 유지하게 해주는 것이었으며, 크림은 아들 카이를 위한 것이었다. 카이는 특히 겨울에 습진 때문에 힘들어하곤 했다.

　이 편의점에 책은 없었다. 현란한 표지의 잡지들만이 줄줄이 꽂혀 있을 뿐이었다. 이건 데번의 입맛에 맞지도 않을뿐더러 어차피 먹을 책은 집에도 많았다. 데번의 시선이 포르노 잡지, 전동 공구 잡지, 홈 리빙 잡지를 지나 맨 아래층에 놓인, 분홍색과 노란색 범벅의 어린이 잡지에 꽂혔다.

　데번은 짧고 우둘투둘한 손톱으로 표지를 쓸었다. 요즘 카이가 이런 잡지에 흥미를 보이는 것 같아서 한 권 사줄까 싶었지만 말기로 했다. 오늘 밤이 지나면 카이의 취향이 어떻게 변할지 모른다.

데번은 부츠 굽으로 리놀륨 바닥을 꾹꾹 눌러 밟으며 매대 끝으로 걸어가 보드카 네 병과 크림 한 통이 든 바구니를 계산대에 올려놓았다.

계산대 점원이 바구니를 보고는 다시 데번을 쳐다봤다. "신분증 있으시죠?"

"네?"

"신분증, 있으시냐고요." 그는 귀가 잘 안 들리는 사람에게 말하듯 천천히 했던 말을 되풀이했다.

데번이 그를 쏘아보며 말했다. "아니, 난 스물아홉이라고요." 정확히 그 나이로 보이기도 했다.

점원이 어깨를 으쓱하더니 팔짱을 끼고는 기다렸다. 끽해야 열여덟이나 열아홉이 됐을까 싶은 어린 친구였다. 가족이 운영하는 가게에서 아르바이트를 하며 모든 규칙을 준수하려고 애쓰고 있는 것이리라.

이해할 만했다. 하지만 데번은 그의 요구에 응해줄 수 없었다. 신분증이 없었으니까. 출생증명서도, 여권도, 운전면허증도, 아무것도 없었다. 데번이라는 여자는 공식적으로 존재하지 않았다.

"됐어요." 데번이 점원 쪽으로 바구니를 밀쳤다. 병들이 부딪치며 짤랑거렸다. "딴 데서 사죠, 뭐."

데번은 씩씩대며 가게를 나왔다. 화가 났고 당황스럽기도 했다. 청소년들은 늘 이런 모퉁이 가게에서 술을 사댔다. 이 일대에서 매일같이 일어나는 일이었다. 그런데 **누가 봐도** 성인처럼 보이는 그에게 신분증을 요구하다니, 어이가 없었다.

조명이 침침한 어둑한 길을 건너고 나서야 데번은 크림을 안 사고 그냥 나왔다는 것을 깨달았다. 크림을 잊은 건 작은 실수에 불과했지만, 요즘 데번은 너무나 다양한 방식으로 끊임없이 카이를 실망시켰다. 그러다 보니 이런 작은 실수 하나에도 새삼 화가 치밀었다.

　다시 돌아갈까 고민하며 손목시계를 확인했다. 저녁 8시에 가까워지고 있었다. 약속 시간을 맞추려면 이미 빠듯했다.

　게다가 습진은 굶는 문제에 비하면 아무것도 아니었다. 카이에게 밥을 주는 것이 더 중요했다.

　뉴캐슬어폰타인은 데번의 마음을 사로잡기에는 다소 소란스러운 감이 있어도 있을 건 다 있는 꽤 풍족한 도시였다. 이맘때는 오후 4시면 해가 졌다. 하늘은 이미 완전히 어두워졌고 가로등이 윙윙대며 빛을 발했다. 어둑한 조명은 데번의 기분에 잘 맞았다. 데번은 몇 개 안 되는 연락처가 저장된 휴대폰을 강박적으로 확인했다. 새로 온 문자도, 전화도 없었다.

　일렬로 늘어선 노후한 테라스 옆을 지나쳤다. 행인들이 양방향으로 보도를 오갔고, 사람들 한 무리가 어느 집 앞에 모여 술을 마시고 담배를 피웠다. 커튼이 쳐지지 않은 창문 틈새로 음악이 새어 나왔다. 데번은 인파를 피하기 위해 중심가에서 왼쪽으로 방향으로 틀었다.

　인간들과 함께 있을 때 기억해야 할 것은 아주 많았다. 추운 척을 해야 하는 것도 그중 하나였다. 데번은 마치 추위 때문에 괴로운 양 코트를 단단히 여몄다. 소리를 내며 걸어야 하는 문제도 있었다. 데번은 무거운 몸을 힘들게 가누는 척 발을 질질 끌며 부츠 굽으로 자갈과 먼지를 짓이겼다. 커다란 부츠는 그렇게 걷는 데 도움이 되었고, 마치 성인용 부츠를 신은 어린이처럼 데번은 어설프게 쿵쿵거렸다.

뛰어난 야간 시력도 문젯거리였다. 데번은 모든 것이 훤히 잘 보였지만, 침침한 듯 눈을 가늘게 뜨고 여기저기 쓰레기가 뒹구는 보도를 조심조심 걸어야 한다는 것을 기억해야 했다. 한 번도 느껴 보지 못했지만 응당 사로잡혀 있어야 할 두려움 또한 가장해야 했다. 인간 여성은 밤길을 혼자 걸을 때 늘 조심하는 법이니까.

간단히 말해 데번은 늘 먹잇감처럼 행동해야 했다. 지금은 포식자에 더 가까워졌지만 말이다.

데번은 빨리 집에 도착하기 위해 걸음을 재촉했다. 그가 세 들어 사는 누추한 아파트(오로지 현금만 받는 대신 조건을 따지지 않았다)는 타이어 매장 위층에 자리해 낮에는 시끄럽고 기름 냄새가 진동했으며 손님들의 말소리로 가득했다. 저녁이 되면 소리는 잦아들었지만 냄새는 여전히 지독했다.

데번은 골목으로 들어가 뒷문 계단을 올랐다. 큰길 쪽으로 난 문은 없었는데, 오히려 다행이었다. 사람들 눈에 띄지 않게 어두운 골목을 마음대로 오갈 수 있다는 뜻이었으니까. 이건 데번의 손님에게도 해당되는 이야기였다. 사생활 보호는 필수였다.

데번은 목걸이에서 열쇠를 더듬어 찾았다. 열쇠 줄이 쇠줄에 달린 나침반과 엉켜 있는 탓에, 열쇠 줄을 벗어 열쇠를 꽂고 잠시 자물쇠와 씨름한 끝에야 아파트 안으로 들어설 수 있었다.

데번과 그의 아들은 조명이 필요치 않았으므로 집은 늘 컴컴했다. 덕분에 전기 요금도 절약할 수 있었고 좋았던 시절의 고향이 생각나기도 했다. 그늘진 복도와 그림자가 드리운 서재가 있는, 서늘하고 어두컴컴하고 고요한 페어웨더 저택.

하지만 곧 인간 손님이 올 예정이었다. 데번은 불을 모두 켰다. 싸구려 전구가 깜박깜박 무기력하게 빛을 발했다. 폐소공포증을 유발할 법한 비좁은 거실과 접이식 테이블이 놓인 작은 간이 주방, 그 왼편에는 욕실, 오른편에는 아들이 매일 대부분의 시간을 보내는 침실이 자리했다. 데번은 문가에 가방을 내려놓고 고리에 코트를 건 다음 아들의 방으로 터벅터벅 걸어갔다.

"카이? 자니?"

침묵이 흐르던 방 안에서 이내 희미한 인기척이 들려왔다.

"크림을 못 샀어, 미안. 내일 사다 줄게. 괜찮지?"

인기척이 멈췄다.

늘 그렇듯이 데번은 방 안에 들어가서 어떤 식으로든 아이를 달래주고 싶었다. 굶은 지 3주가 지나 몸은 앙상해질 대로 앙상해지고 견딜 수 없는 고통이 소용돌이치면서 몸에서 독소가 생성되기 시작했을 것이다. 마음은 이미 광기에 잠식되었겠지. 먹지 않으면 치유할 수 없고 배를 채운 뒤에도 갈망은 멈추지 않는다. 아이는 구석에 웅크리고 앉아 아무 반응을 보이지 않거나 길길이 날뛰며 데번을 공격할 것이다.

아이가 어떤 반응을 보일지 알 수 없었으므로 데번은 방 안에 들어가는 대신 떨리는 손으로 걸쇠를 거듭 확인했다. 직접 설치한

튼튼한 걸쇠가 위아래 한 개씩 달려 있었고, 열쇠로 잠그는 잠금장치가 하나 더 있었다. 타이어 매장 위층에 어정쩡하게 자리한 방에는 창문이 없었기에 그 이상의 보안은 필요하지 않았다.

누군가 현관문을 두드렸다. 데번은 화들짝 놀라며 떨떠름하게 시계를 확인했다. 8시 10분이었다. 딱 맞춰 왔군. 크림을 사러 돌아가지 않은 건 잘한 일이었다.

데번은 손님을 맞으러 갔다. 그에게도 이름이 있었지만 그 생각은 하지 않으려 했다. 그의 역할과 직업에 대해서만 생각하는 편이 나았다. 그는 인근 교회의 목사, 그 이상도 이하도 아니어야 했다.

목사는 40년 전쯤에 유행했을 법한, 검은색과 겨자색이 섞인 코트를 입고 문 앞에서 초조하게 기다렸다. 눈빛이 친절하고 성품이 조용했으며, 걸핏하면 서로 싸워대는 신도들을 인내심 있게 다룰 줄 아는 남자였다. 2주간 집중적으로 뒤를 밟아보았지만, 아이들에게 과한 스킨십을 하지도 않았고 심각한 개인적 문제가 있는 것 같지도 않았다. 인간은 누구나 다 약간의 흠과 문제들을 가지고 있기 마련이다. 그런 작은 문제쯤은 받아들일 수 있었다. 어쨌든 인간일 뿐이니까.

"와주셔서 감사해요." 데번이 몸을 한껏 쭈그리며 말했다. 불안한 내색을 보일 것. 내키지 않는 척할 것. 그리고 무엇보다 취약하게 보일 것. 사람들은 이런 행동에 영락없이 걸려들었다. "안 오실 줄 알았어요."

"그럴 리가요!" 그가 미소를 지어 보였다. "일요일에 말씀드렸다시피 어려운 일도 아닌데요."

데번은 아무 말도 하지 않고 멋쩍은 얼굴로 목에 두른 나침반을 만지작거렸다. 이런 대화를 수차례 반복하면서 깨달은 것이 있다면 상대에게 주도권을 넘겨주는 편이 차라리 낫다는 것이었다. 좀 더 여성스러운 옷을 입었다면 상대를 더 안심시킬 수도 있었을 텐데. 하지만 드레스는 끔찍하게 싫었다.

"들어가도 될까요?" 목사가 과감히 선수를 쳤고, 데번은 옆으로 비켜서며 자신의 무례함에 당황한 척했다.

그의 시선이 허름한 인테리어에 가닿았다. 그럴 만도 했다. 데번은 형편없는 집 상태에 대해 늘 그렇듯 어색하게 사과했고, 목사는 평소의 그답게 괜찮다고 안심시켜주었다.

의례적인 절차를 마치고 나서 데번이 말했다. "제 아들이 상태가 아주 안 좋아요. 아까도 제가 말을 붙였는데 대답도 안 하더라고요. 어쩌면 목사님께서도 달리 방법이 없을지도 몰라요."

목사가 고개를 끄덕이며 근심 어린 얼굴로 입술을 오므렸다. "원하신다면 제가 아드님과 한번 이야기해보죠."

데번은 실소를 참기 위해 이를 악물었다. 고작 이야기로 해결할 수 있을 거라고 생각하다니. 뭐, 목사의 잘못은 아니었다. 카이에게 우울증이 있다고 말한 것은 자신이었으니까. 그럼에도 히스테리가 데번을 엄습했다.

목사는 여전히 대답을 기다리고 있었다. 데번은 자신이 내적 갈등에 시달리는 듯 보이길 바라며 고개를 끄덕이고는 그를 잠긴 문 앞으로 데려갔다.

"아이를 방에 가둔 건가요?" 목사는 충격받은 목소리였다. 걸쇠를 하나하나 풀 때마다 자신을 재단하는 목사의 무거운 시선이 느껴졌다. 카이가 정신적으로 아프게 된 것도 데번의 탓으로 생각할 게 뻔했다.

그가 진실을 알았더라면.

"문제가 좀 복잡해요." 데번이 열쇠를 돌리고는 잠시 주저했다. 심장이 마구 뛰었다. "여쭤볼 게 하나 있어요."

"뭐죠?" 목사는 경계하는 눈치였다. 눈에 보이지 않는 위험을 다른 감각들로 느끼고 있는 듯했다.

상관없었다. 여기 들어선 순간 그는 이미 끝난 셈이었으니까.

데번은 그의 눈을 똑바로 바라보며 물었다. "당신은 좋은 사람인가요?" 데번은 매번 이 질문에 사로잡혔다. 모든 희생자를 만날 때마다. "친절한 사람인가요?"

목사가 얼굴을 찌푸리며 답을 고민했다. 데번이 무엇을 확인하고 싶어 하는지 이해하려고 애쓰는 듯했다. 그래봤자 그로서는 짐작도 못 할 테지만 말이다. 그래도 그가 주저하는 모습을 보니 그 자체로 안심이 되었다. 나쁜 놈들은 눈 하나 깜짝이지 않고 자연스레 거짓말을 했다. 더 나쁜 경우에는 질문을 무시하면서 농담을 곁들이기도 했다. 그나마 양심이 있는 자들만 말을 멈추고 데번의 질문을 진지하게 생각했다.

"정말 좋기만 한 사람은 아무도 없지요." 마침내 목사가 말했다. 그가 너무 친절하고 다정하게 데번의 어깨에 손을 올려서 데번은 하마터면 그 자리에서 주저앉을 뻔했다. "우리는 그저 우리에게 주어진 빛을 따라 살 뿐입니다."

"어떤 이들에게는 빛이 전혀 없는데, 그런 사람들은 어떻게 살아야 하나요?"

목사가 눈을 깜빡였다. "저는……."

데번은 목사의 손목을 잡고 문을 벌컥 연 다음 그를 안으로 떠밀었다. 목사도 약한 편은 아니었지만, 데번은 보기보다 훨씬 셌고 기습에 강했다. 목사는 깜짝 놀라 숨을 헉 들이마시며 컴컴한 카이의 방 안으로 휘청휘청 떠밀려 들어갔다. 데번이 문을 잡아당겨 닫고 문손잡이를 꽉 붙잡았다.

"정말 죄송해요." 데번이 열쇠 구멍에 대고 말했다. "전 그저 제가 할 수 있는 최선을 다하고 있을 뿐이에요."

목사는 대답하지 않았다. 이미 비명을 지르며 몸부림치고 있었으니까.

사실 사과는 무의미했다. 희생자는 자신을 해치는 존재에게서 미안하다는 소리를 듣고 싶어 하지 않는다. 그 짓을 멈춰주기를 바랄 뿐. 하지만 데번은 그럴 수 없었고 그래서 요즘 데번에게 남은 것은 사과뿐이었다. 사과, 그리고 술.

목사가 발버둥 치는 소리가 나직하게 들려오더니 1분도 채 안돼 잦아들었다. 울부짖음과 침묵 중 무엇이 더 싫은지 가늠할 수 없었다. 어쩌면 둘 다 똑같을지도. 잠시 동요하던 데번은 문손잡이에서 손을 뗐다. 문을 잠글 필요는 없었다. 카이는 이제 위험하지 않으니 원한다면 방에서 나올 수 있게 하는 편이 낫다.

곰팡이 핀 벽이 데번의 영혼을 납작하게 짓뭉갰다. 몇 날 며칠을 형편없이 굶었다가 이제 겨우 허기를 달랜 카이는 좀 자야 할 것이다. 그동안 데번에게는 술이 필요했지만, 집에 보드카가 없었다.

아니지, 저번 손님이 가져온 위스키가 반 병 남아 있지 않나. 데번은 위스키를 좋아하지 않았지만 지금으로서는 그거라도 마셔야 할 것 같았다. 몇 분간 찬장을 샅샅이 뒤진 끝에 길 잃은 위스키를 찾아냈다.

그 병을 들고 작고 초라한 욕실에 들어가 문을 잠그고 아무것도 기억나지 않을 때까지 마셨다.

그 여자는 마법 혈통을 지닌 공주였다.
신들은 공주의 세례식에 자기 그림자를 보냈다.

로드 던세이니,
『**엘프랜드 왕의 딸**The King of Elfland's Daughter』

마법 혈통을 지닌 공주

22년 전

데번이 처음으로 인간을 본 것은 여덟 살 때였다. 당시에는 그 정체를 제대로 깨닫지 못했지만 말이다. 아니, 데번 **자신이** 어떤 존재인지 깨닫지 못했다고 하는 편이 더 정확할 것이다.

데번이 성장하던 시기 영국의 이터 가문은 오로지 여섯 가문뿐이었고, 그마저도 여러 지역에 흩어져 존재했다. 데번이 속한 페어웨더 가문의 영지는 노스요크셔의 저지대 구릉과 거친 황무지 사이에 자리했다. 에이크 삼촌은 최고 연장자는 아니었지만 가장 현명했기 때문에 이 집의 가부장이 되었다. 그 밑으로 이제 막 성인이 된 삼촌부터 노인이 된 고모에 이르기까지 다른 형제들이 있었다.

그리고 **그들** 밑에 일곱 명의 아이들이 있었다. 데번 빼고는 모두 남자였다. 여자는 거의 없었는데, 이터 가문에 여자아이가 태어나는 일이 드물었기 때문이다. 고모보다 삼촌이 더 많았고 자매보다는 형제가 많았다. 당시 페어웨더 영지에 거주하는 신부도 없었다. 데번은 엄마 얼굴을 기억하지 못했다. 엄마는 이미 오래전에 다른 결혼 계약을 맺으러 떠났기 때문이다.

"너는 이 작은 성의 유일한 공주란다." 에이크 삼촌은 윙크를 하며 이렇게 말하곤 했다. 큰 키에 머리가 하얗게 센 삼촌은 호리호리한 몸을 안락의자에 구겨 넣고 호록호록 잉크티 마시기를 즐겼다. "넌 데번 공주가 될 거다. 동화에서처럼 말이야." 삼촌은 입가에 미소를 머금은 채 과장된 손짓을 했다.

그러면 데번은 까르르 웃고는 데이지 화관을 머리에 쓴 채 너덜너덜한 레이스 드레스 차림으로 마당을 뛰어다니며 "난 공주다!" 외치곤 했다. 자신이 공주라면 고모들은 여왕일 거라 생각하며 가끔 고모들과 같이 놀려고도 했다. 하지만 나이 든 여자들은 항상 불안한 눈빛을 하며 데번을 멀리했고 좀처럼 자기 방에서 나오려 하지 않았다. 결국 데번은 그들을 지루하다 여기고 내버려두었다.

페어웨더 저택은 방 열 개짜리 3층 건물이었다. 두서없이 지어진 난간, 증축 시설, 타일 지붕, 고딕풍 장식만 아니었으면 꽤 평범해 보였을 곳이었다("네 증조할아버지인 볼튼 삼촌 작품이지." 에이크 삼촌은 이렇게 말한 바 있다. "건축은, 에, 뭐랄까, 그분의 소중한 취미였거든.").

지하에는 더 여러 층이 구불구불한 통로를 따라 근사하게 펼쳐졌다. 데번은 어두운 지하 홀부터 햇살 가득한 위층 음악실에 이르기까지 저택의 구석구석을 알고 있었다.

그리고 서재. 다른 가문들처럼 페어웨더가도 고유한 풍미를 지닌 서재를 여럿 보유했다. 오래된 가죽(색이 진할수록 좋은) 장정에 멋지게 글자가 새겨져 있는 빈티지 책들. 책장을 열면 갈색 가장자리에서 부드럽고 메마른 종이 가루가 떨어져 나오며 아련한 3월의 비 냄새를 풍겼다. 한 입 물면 데번의 책니가 단번에 표지와 쫄깃한 제본 실을 파고들면서 잉크로 물든 종이의 톡 쏘는 맛이 입안 가득 전해졌다.

"비블리코biblichor." 에이크 삼촌은 입에서 단어를 굴리며 이렇게 말하기 좋아했다. "아주 오래된 책에서 나는 냄새를 뜻하는 말이란다. 우리는 다른 것도 좋아하지만 비블리코를 특히 좋아하지."

"이 집에 있는 건 다 오래됐잖아요." 데번이 키득거렸다. 이를테면 아래층 식당에 걸린 그림. 그건 400년도 더 돼 보였다. "**삼촌도 엄청 늙었고요!**"

에이크 삼촌은 웃기만 할 뿐 결코 화를 내는 법이 없었다. "어쩌면 그런지도 모르겠구나, 공주야. 하지만 너, 네 그 혀를 가지고는 내 나이까지 못 살 거다!"

네 그 혀. 많은 이가 데번의 혀에 대해 말했다. 데번은 가끔 거울 앞에서 혀를 쑥 내밀고 자신의 혀를 살펴봤다. 조금도 특별해 보이지 않았다.

어린아이의 눈에 그들 가문의 땅은 광활하게만 보였다. 바위 언덕 아래로 골짜기와 이탄 습지로 가득한 황무지가 펼쳐졌다. 보라색 헤더가 황무지를 뒤덮는 여름이 오면 데번은 토끼와 뇌조를 쫓았다. 수달을 발견한 적도 두 번 있는데, 송곳니가 마치 한참 자라고 있는 자신의 책니와 비슷하게 보였다. 겨울에는 풀이 마르고 서리를 맞아 파삭파삭해졌다. 데번은 오빠들과 함께 눈사람을 만들고 언덕과 계곡 숲을 맨발로 내달렸다.

그러던 1월의 어느 날 아침, 여덟 살 소녀 데번은 흰멧새와 붉은 여우를 찾으러 홀로 집을 나섰다. 밤중에 여우의 울음소리를 들었던 터라, 종이를 집어삼키는 불꽃처럼 눈 위를 질주하는 붉은 여우를 찾아나선 것이다.

300미터쯤 걸어 집 뒤 작은 숲으로 건너갔을 때 낯선 소리가 데번의 주의를 끌었다. 누군가 요란하고 투박한 발소리를 내며 나무와 눈을 헤치고 걷고 있었다. 페어웨더 저택에서는 아무도 그렇게 무거운 발걸음으로 걷지 않았다. 호기심을 느낀 데번은 무슨 일인지 알아보러 갔다.

처음 보는 남자가 가쁜 숨을 내쉬며 막 내린 눈 위를 힘겹게 걸어가고 있었다. 나이가 잘 가늠이 안 되는 성인 남자였다. 짙은 머리에 피부는 따뜻한 갈색 톤이었고 턱수염이 더부룩했다. 곱슬거리는 까만 콧수염이 코를 감싸고 있었다. 기이하게도 그는 무거운 부츠에 긴 바지를 입고 털실로 짠 이상한 무언가를 손에 낀 채, 단추가 턱까지 잠긴 기괴하게 부푼 옷을 입고 있었다. 머리에는 털실로 짠 또 다른 물건이 얹혀 있었다.

그것이 장갑, 외투, 모자라는 것을 깨닫는 데 시간이 조금 걸렸다. 그런 것들이 있다는 건 이야기로 들어 알고 있었지만 누가 실제로 착용한 모습은 처음 보았기 때문이다. 창백한 얼굴에 먼지투성이 낡은 정장을 주로 입는 저택의 어른들과는 너무나 다르게 보였다. 데번은 그가 다른 이터 가문의 기사일지도 모른다고 생각했다. 하지만 기사라면 오토바이 뒷자리에 용을 태우고 2인 1조로 다니는 것이 일반적이었다. 남자에게는 파트너가 없었고 용도 없었으며 오토바이는 **더더군다나** 없었다.

데번은 남자 뒤를 맴돌다 그의 어깨를 톡톡 두드렸다.

"안녕하세요." 데번이 말하자 남자는 놀라서 고꾸라질 뻔했고, 데번은 그 모습에 깔깔댔다. 어떻게 못 볼 수가 있지? 옷이며 모자며 하도 껴입어서 감각이 둔해진 게 분명했다.

"어이쿠!" 남자는 스스로를 살피더니 숨을 내쉬었다. 그의 검은 구레나룻에 서리가 내려앉았고 바지 자락은 녹은 눈으로 흠뻑 젖어 있었다. "대체 어디서 나타난 거니, 꼬마야?"

데번은 매우 기뻤다. 누군가를 이토록 놀라게 해본 건 2년도 더 된 일이었다. "혹시 제 사촌 중 한 분이세요?" 데번은 깡충거리며 그의 주위를 빙글빙글 돌았다. "처음 보는 것 같은데. 왜 차를 안 타고 왔어요? 사촌들은 다 차를 타고 오는 줄 알았는데."

"사촌? 아니, 그건 아닐 거다." 무슨 이유에선지 그는 줄곧 데번의 맨다리와 무릎, 민소매 리넨 드레스를 쳐다봤다. "너 안 춥니?"

데번은 어리둥절해하며 걸음을 멈췄다. "그게 무슨 소리예요?"

데번도 웬만한 책은 모두 먹어봐서 추위가 뭔지는 알았다. 추위란 비 대신 눈이 내리게 하는 것이었다. 눈의 여왕 이야기에서처럼 말이다.

그 순간에도 눈이 내리고 있었다. 가벼운 눈송이가 데번의 팔에 내려앉았고, 데번이 남긴 발자국을 채우고 있었다. 확실히 더위와는 다른 느낌이었다. 뾰족하기보다는 보드라운 느낌이랄까. 하지만 추위는 세상과 계절의 일부일 뿐 신체적 반응과는 동떨어진 감각이었다. 추위를 두고 뭔가 해야 할 건 없었다.

"참 강한 아이구나." 남자가 눈썹을 치켜세우며 말했다. "네 질문에 대답하자면, 난 사촌이 아니란다. 손님이라고 해야 할 것 같구나."

데번은 그제야 이해했다. "그렇다면 아주 무례하시네요." 데번이 허리께에 손을 얹으며 말했다. "정말 이 집에 손님으로 오신 거면 아저씨가 누구고 어디서 왔는지 말씀해주셔야죠."

데번은 사촌이 아닌 존재도 세상에 있다는 걸 알았다. 동물의 살과 흙에서 뽑은 더러운 식물을 먹는 인간들. 하지만 손님이든 아니든, 가족이든 아니든, 누구나 다 에이크 삼촌이 말하는 소위 **기본예절**을 지킬 필요가 있었다.

"그런 거니?" 남자는 조심스럽게 미소를 지어 보였다. "그렇다면 미안하구나. 나는 아마린더 파텔, 줄여서 '마니'라고 한단다. 저널리스트고, 런던에서 왔지. 런던이 어딘지 아니?"

데번은 고개를 끄덕였다. 런던은 누구나 아는 곳이었다. 여기보다 훨씬 남쪽에 있고 글래드스톤 가문이 사는 곳. 글래드스톤가는 여섯 가문 중 가장 크고 부유하고 힘이 셌다. 거기 사는 사촌들이 페어웨더 영지를 방문한 적도 한 번 있었다.

"그러는 너는 누구니?" 마니가 한결 자연스러워진 미소를 지으며 물었다.

"저는 이터 가문의 데번 페어웨더라고 해요. 여기 땅은 모두 페어웨더 영지에 속한답니다."

"이터 가문?" 그가 데번의 말을 곱씹어 말했다.

데번은 예의를 내려놓고 그에게 물었다. "근데 저녀…… 저널리스가 뭐예요?" 그가 정확한 말을 쓰지 않으면 데번 또한 그러지 못할 것이었다.

"저, 널, 리, 스, 트." 그가 짧게 끊어서 발음했다. "사건을 취재하는 사람이야. 이상한 이야기들을 조사하고 뒤쫓는 일을 하지. 내가 알아낸 것이 가끔은 텔레비전에 나오기도 한단다. 신기하지?"

"텔레비전은 또 뭐예요?"

아까보다는 짧은 침묵이 다시 흘렀다. 남자는 놀란 기색을 숨기는 법을 배우고 있었다. "데번…… 이름이 참 흥미롭구나……. 사실 나는 너희 가족에 대해 조사하다가 여기까지 오게 되었어. 황무지에 사는 외딴 부족에 대한 소문이 돌고 있거든. 내가 그 이야기를 써보려고……"

"이야기요? 새로운 이야기를 말씀하시는 건가요?" 데번은 곧바로 흥미를 보였다. "저, 널, 리, 스, 트는 누구나 이야기를 쓸 수 있나요?"

"음……."

"그럼 저를 위해 이야기를 한 편 써주시겠어요?" 신이 난 데번이 따발총처럼 질문을 쏟아냈다. "다 쓰시면 제가 그걸 먹어도 될까요? 제 이야기를 먹어본 적은 없거든요!"

지붕의 눈이 녹듯 남자의 얼굴에서 웃음기가 사라졌다. "그걸 먹는다고?"

"근데 이야기는 그렇게 생겨나는 건가요? 늘 궁금했는데, 에이크 삼촌은 제가 더 크면 알려주신다고만 했어요. 아저씨는 이야기를 어떻게 쓰세요? 저는 못 쓰거든요. 다 쓰면 책이 되는 건가요? 모든 이야기가 책이 되나요?"

"넌 글을 못 쓰니?" 남자가 당혹해하며 물었다.

"네? 당연히 못 쓰죠!" 데번이 눈을 부라렸다. "우리가 어떻게 글을 써요?" 북이터들이 글을 쓸 수 있다면 다른 이들이 쓴 책은 필요치 않았을 것이다. 예전에 삼촌들이 해준 이야기였다.

마니는 천천히 숨을 내쉬었다. "그렇구나." 그가 외투 깃을 세웠다. "엄마나 아빠 안 계시니?" 데번이 혼란스러운 표정을 지어 보이자 그가 입술을 비틀며 덧붙였다. "널 돌봐주는 사람 말이야. 어른 안 계셔?"

"아, 에이크 삼촌 말씀하시는 거예요?" 데번이 실망감을 드러내지 않으려 애쓰며 말했다. 에이크 삼촌은 모든 손님을 독차지했다. "제가 삼촌이 계신 곳으로 모셔다드릴게요." 낯선 손님이 고모들을 보러 올 리 없다는 건 알았다. 고모들을 보고 싶어 하는 사람은 아무도 없었으니까.

"그거 잘됐구나." 마니가 음울하게 말했다. "네 삼촌을 만나보자꾸나."

눈 더미 사이를 폴짝폴짝 뛰어 건너는 동안 데번의 실망감은 자기 위안으로 바뀌었다. 손님이 에이크 삼촌을 만나고 싶어 하면 뭐 어떤가. 어쨌든 그를 제일 먼저 발견한 건 데번이었다. 램지가 얼마나 부러워할까. 다른 형제들도 마찬가지겠지. 하지만 데번은 램지를 제일 좋아했기 때문에 다른 형제들은 별로 신경 쓰지 않았다. 대부분 데번보다 나이가 훨씬 많았고 매우 지루했으며 잘 놀아주지도 않았다. 어쨌든 데번은 이걸 무기 삼아 일주일 내내 램지를 골려줄 수 있을 것이다. 어쩌면 **2주**가 될지도 모르고.

숲이 급격히 듬성해지더니, 바위 언덕이 등장했다. 뾰족한 모서리에는 서리가 내려앉아 한결 부드러워진 모습이었다. 어린이용 팝업 북처럼 눈앞에 불쑥 저택이 펼쳐졌다. 오래된 난간이, 꺼져가는 겨울 빛을 받으며 거추장스럽게 튀어나와 있었다. 데번의 형제들 몇이 풀이 웃자란 황량한 앞마당에서 공을 차고 있었지만, 놀란 토끼 눈을 하고 이쪽을 바라보는 램지 말고는 아무도 데번에게 관심을 주지 않았다. 데번은 그런 램지의 모습을 보며 우쭐했다.

"전기가 안 들어오고, 작물을 키우지도 않으며, 아이들은 전부 옷차림이 부실하다. 집은 황폐화되었고 부지 관리가 제대로 안 된 듯 보인다. 그래도 진입로에 현대식 자동차가 세워져 있긴 하다." 마니가 빨간 불이 반짝이는 조그만 검은색 기계에 대고 중얼거렸다. "그들이 무얼 먹고 사는지 궁금하다. 배타적이거나 고립된 것 같다. 그들이 이 일대 오래된 전설의 근원일 수도 있을까?" 마니는 자신을 쳐다보는 데번의 시선을 느끼고는 천진한 미소를 지어 보였다.

"절 따라오세요!" 데번은 묘하게 겁먹은 듯한 그를 잡아끌고 아치형 통로를 지나 현관 홀로 향했다.

한때는 풍성했을 카펫이 거칠게 자른 돌바닥에 너덜너덜하고 납작하게 깔려 있었다. 티 한 점 없이 깨끗한 크리스털 조명 기구에는 초도 전구도 달려 있지 않았다. 여기에 불이 켜진 걸 데번은 한 번도 본 적이 없었다. 그들이 지나친 방들에는 낮은 소파와 윤이 나는 나무 테이블이 놓여 있었는데, 샹들리에와 램프는 역시 쓰이지 않았다. 벽을 따라 빽빽하게 늘어선 서가가 끝도 없이 이어졌다. 비블리코가 모든 것을 뒤덮었다.

데번은 복도 끝에서 왼쪽으로 홱 돌아 응접실로 뛰어 들어갔다. 마니가 그 뒤를 따랐다. 삼촌들이 유난히 큰 참나무 테이블에 모여 앉아 카드 게임을 하며 잉크티를 마시고 있었다. 데번과 데번의 귀한 손님이 들어선 순간 모든 대화가 중단되고 삼촌들의 시선이 일제히 그들을 향했다.

"삼촌!" 데번이 말했다. "제가 손님을 발견했어요!"

"그랬구나." 에이크 삼촌이 카드 패를 내려놓았다. "근데 누구신지요?"

"아마린더 파텔이라고 합니다. 프리랜서 저널리스트입니다." 마니가 손을 내밀었다. "취재차……."

"여기는 사유지입니다." 에이크 삼촌이 천천히 자리에서 일어났다. 구부정한 몸을 바로 펴면 삼촌은 키가 180센티미터가 넘었다. "이렇게 불쑥 찾아오시면 곤란하죠. 저널리스트는 특히 사절입니다."

당황한 데번이 사태를 관망했다. 가장 좋아하는 삼촌이 저렇게 정색하는 모습은 지금껏 본 적이 없었다. '기본예절'을 이리도 못 지키다니.

마니가 손을 거두었다. "죄송합니다. 미리 전화를 드렸어야 했는데, 선생님과 가족분들께서 정말 여기 사시는지 확실히 알 수 없었어요. 토지 등기소에는 전화번호가 등록되어 있지 않던데요. 선거인 명부에도 이름이……."

"그렇겠지요." 에이크 삼촌이 손으로 테이블을 짚은 채 몸을 앞으로 기울였다. "파텔 씨, 우리가 외부 사람들과의 접촉을 원하지 않을 거라는 생각은 안 해봤습니까? 특히 상대가 **저널리스트**라면 더더욱 말이죠. 모든 시민은 사적인 삶을 살 권리가 있습니다."

공기가 무거워지는 듯해 데번은 하고 싶은 질문을 속으로 삼켰다. 데번이 이해하지 못하는 어떤 일이 일어나고 있었다. 아무도 데번에게 화가 난 것 같지는 않았지만.

마니는 안경을 고쳐 썼다. "알겠습니다. 그럼 나가보겠습니다."

하지만 에이크 삼촌은 빈자리를 가리키며 말했다. "말이 됩니까. 이미 엎질러진 물인데요. 기왕 오신 거 좀 앉았다 가시죠." 삼촌의 뺨에서 근육이 툭 불거져 나왔다. "이러려고 오신 거잖아요, 아닌가요? 내 가족들을 만나보려고. 자, 와서 우리랑 이야기해요. 어른답게 대화해봅시다."

"저는……." 마니는 조그만 그 기계를 만지작거리며 이 손에서 저 손으로 옮겨 쥐었다. 저 사람의 관점에서 보면, 그는 지금 바스러져가는 책들이 줄지어 늘어서 있고 구식 정장을 입은 창백한 자들이 모인 어둡고 음산한 방에 들어와 있는 것이었다. 겁이 날 만도 한 상황이었다.

그러나 잠시 후 그의 직업의식과 이성이 승리를 거뒀다. 마니는 쭈뼛쭈뼛 다가가 베리 삼촌과 롬퍼드 삼촌 사이에 끼어 앉았다.

"얘, 데브." 에이크 삼촌이 저널리스트에게 눈을 떼지 않은 채 말했다. "나가서 좀 놀다올래? 우리는 파텔 씨와 이야기를 나눠야 겠구나."

"하지만⋯⋯." 데번은 자신의 손님이 경직된 자세로 앉아 있는 테이블을 서글픈 눈으로 힐끔거렸다. 어른들이 이야기할 때 데번 은 늘 자리를 비켜줘야 했다. **결코** 공평하지 않았다.

삼촌이 딱딱하게 굳은 어깨와 얼굴을 살짝 풀며 데번을 바라봤 다. "이러면 어떨까, 우리 꼬마 공주님. 내 방에 가서 특별판 동화 책 중 한 권을 고르는 거야. 맨 아래 칸에서 골라야 해. 해로운 책 은 안 된다, 알았지?"

"와! 좋아요, 좋아요!" 신이 난 데번이 방을 뛰쳐나갔다. 데번은 늘 동화책만 먹었지만 개중에도 더 괜찮은 책이 있었다. 삼촌 서재 에 있는 특별판은 빳빳한 금박 장정에 리본 책갈피가 달려 있고, 색색의 잉크로 화려한 삽화까지 들어가 최상의 맛이 났다. 빛과 색 이 입안에서 팡팡 터졌고 단어들이 입천장에 매달려 오래 머물며 여운을 남겼다.

데번이 계단을 뛰어오르기 전에 들은 마지막 말은 "롬퍼드, 문 좀 닫아주게"라고 하는 에이크 삼촌의 말이었다.

계단을 다 올랐을 때 데번은 이미 그런 모든 것을 잊어버린 후 였다. 데번은 동쪽 건물에 자리한 에이크 삼촌의 자그마한 서재로 향했다.

살그머니 서재에 들어갔다. 벽에는 르네상스 그림들과 비파를 비롯해 다양한 악기들이 걸려 있었다. 삼촌이 연주하는 걸 한 번도 본 적이 없는 악기들이었는데, 해외여행이 좀 더 수월했던 시절에 다른 나라에 사는 이터들에게 받은 선물이라고 했다. 이제는 외국에 나가려면 갖춰야 할 서류가 너무 많아졌다.

책상과 의자 몇 개가 아늑한 공간을 조성했고, 킹사이즈 침대가 남은 공간을 거의 차지했다. 창문은 오래전에 안쪽에서 판자를 덧대놓았으며 그 앞에 서가를 더 배치했다. 가장 가까운 서가에는 아서왕 전설이 다양한 판본으로 구비되어 있었다. 주로 데번의 오빠들이 읽는 책이었다. 여자아이들은 알 필요 없다는 이야기로 가득했다.

그 아래 칸에 동화책이 꽂혀 있었다. 『미녀와 야수』, 『신데렐라』, 『잠자는 숲속의 공주』, 『백설공주』, 그 밖의 다양한 이야기들. 모두 사랑을 구하거나 찾았거나 집을 떠나 죽음을 맞이한 소녀들의 이야기였다. '이야기 속에 교훈이 있단다, 얘야'라고 하는 삼촌의 목소리가 들리는 것만 같았다. 삼촌이 말한 칸이 바로 여기였다.

그런데 문득 다른 생각이 떠올랐다. 데번은 삼촌이 침대 밑에 둔 작은 나무 스툴을 꺼내 서가 앞으로 끌고 갔다. 까치발을 하면 꼭대기 칸에 손이 닿을 것 같았다. 꼭대기 칸은 훨씬 흥미로운 곳이었다.

이렇게 보면 그 칸에 어떤 책이 꽂혀 있는지 보이지 않지만, 그건 중요하지 않았다. 모두 금지되었기에 매력적인 책이었다. 아무리 말 잘 듣는 아이라도 날마다 같은 책만 먹으면 싫증이 나는 법이다. 무언가 색다른 걸 시도해볼 이 기회를 데번은 결코 놓칠 수 없었다.

데번의 손가락에 어느 책이 잡혔다. 그 책을 끄집어내다 그만 균형을 잃고 넘어질 뻔했다. 삼촌이 알면 화를 낼 테고, 그러면 일주일 내내 지루한 사전만 먹어야 할지도 모르지만, 금지된 행동을 한다는 것이 이 모든 위험을 감수할 만큼 데번에겐 짜릿하게 느껴졌다.

데번은 스툴에 앉아 자신의 전리품을 살펴봤다. '제인 에어'라는 제목이 찍혀 있었고, 빨간색 가죽 표지에는 꽃에 둘러싸인 젊은 여성의 삽화가 돋을새김되어 있었다. 인쇄 날짜를 보니 작가는 이미 오래전에 죽은 사람이었다. 새삼 소름이 돋았다. 작가가 죽은 지 한참이 지난 후에도 글이 살아남아 계속 새롭게 인쇄될 수 있다는 사실은 언제나 놀랍게 다가왔다. 데번은 책을 열어 아무 데나 펼쳤다.

나는 처음으로 복수심 비슷한 감정을 맛봤다. 삼키는 순간에는 향긋한 와인처럼 따뜻하고 독특한 풍미가 있었는데, 뒷맛은 부식된 금속 같았고 마치 독을 먹은 것처럼 느껴졌다.

이 얼마나 짓궂고 공주답지 않을 수 있는지! 복수심에서 특히 재밌는 맛이 날 거라 생각하니 무척이나 흥미로웠다. 뭐가 됐든 보통 동화책보다는 훨씬 재밌을 게 분명했다.

데번은 입을 벌리고 이를 드러냈다가 순간 멈췄다. 이 책을 입이 아닌 주머니에 넣고 싶다는 이상한 충동이 들었다. 책을 읽고 싶었다. 조금 잘못된 행동일지는 몰라도 가능하기는 했다.

책을 읽는 건 수치스러운 일이었다. '우리는 글로 쓰인 지식을 먹는 존재다.' 고모와 삼촌들이 수차례 한 말이었다. '겉보기에는 인간의 모습을 하고 있을지 몰라도 우리는 수집주가 창조하신 대로 온갖 종류의 종이 살을 먹고 저장하고 수집한다. 하지만 글을 읽거나 써서는 안 된다.'

그래도 괜찮았다. 수집주가 결코 돌아오지 않으리라는 것은 모두가 다 아는 사실이었다. 어차피 북이터들은 저마다 수집한 정보를 수집주의 불가사의한 지식 보관소에 영원히 전달하지 못한 채 죽을 것이다. 데번은 자신을 비롯한 이터들의 존재 의의를 도무지 이해할 수 없었다.

무엇보다 서가 맨 꼭대기에서 책을 꺼낼 때 물은 이미 엎질러진 셈이었다. 여기서 좀 더 잘못해봤자 별 차이도 없을 거였다.

죄는 또 다른 죄를 낳았고 결정은 순식간에 내려졌다. 데번은 서쪽 건물에 있는 자신의 방으로 가져가기 위해 책을 셔츠 안에 집어넣었다. 다락방을 통해 저택의 반대편으로 건너간 다음 아래로 내려와 슬그머니 자기 방에 들어갔다. 『제인 에어』를 한 장 읽고, 매트리스 밑에 숨겼을 때는 이미 한 시간가량이 흐른 뒤였다.

데번은 옷매무새를 가다듬고 잘못을 저지른 사람처럼 보이지 않으려 애쓰며 복도로 다시 나왔다. 겨울의 오후임을 감안해도 저택은 너무 조용했다. 고모들은 웬만해서는 나오지 않는 그들만의 방으로 물러나 있을 것이다. 들리는 소리라고는 오빠들이 밖에서 시끄럽게 떠들고 싸우는 소리뿐이었는데 그 소리마저 데번이 마니를 데려왔을 때에 비하면 한결 잠잠해지고 수그러든 것 같았다.

순간 데번은 정신이 번쩍 들었다. 그 저널리스트! 어떻게 직접 데려온 손님을 잊을 수 있지? 데번은 계단을 한번에 두 개씩 뛰다시피 내려와 응접실로 들어갔다.

하지만 데번의 손님은 이미 가고 없었다. 다리를 스툴 위에 올린 채 벽난로 앞에 앉은 에이크 삼촌을 제외하면 응접실은 텅 비어 있었다. 데번이 들어오자 삼촌이 고개를 들고 손짓했다. "이리 오너라, 애야. 여기 앉으렴."

데번은 삼촌 옆에 놓인 의자에 몸을 파묻었다. "저, 널, 리, 스, 트 는 어디 갔어요?"

"파텔 씨는 지하실 방에서 쉬고 있단다." 에이크 삼촌의 손길은 최고로 부드러웠다. 데번의 헝클어진 머리칼을 세게 당기거나 잡아 뜯지도 않고 손가락으로 살살 빗어주었다. "내일 아침 기사들이 와서 그를 데려갈 거야."

"데려가요?" 데번은 기사를 딱 한 번 봤다. 그들은 잔뜩 경직되어 무서워 보였다. 삼촌처럼 친절하고 재밌는 스타일과는 거리가 먼 듯했다. "어디로요?"

"레이븐스카 가문의 영지로." 삼촌이 잠시 망설이다 말했다. "여기서 멀리 떨어진 해안가 근처지. 거기 가부장이 인간을 필요로 한다는구나."

"아." 데번은 다른 가문이 자신의 손님을 훔쳐 간다는 소식에 낙담했다. "여기서 지내면 좋았을 텐데."

"미안하구나, 공주야. 네 마음은 잘 알지만 파텔 씨는 별로 좋은 사람이 아니었어. 인간들에게 우리 이야기를 할 생각이었거든."

"이야기는 좋은 거잖아요. 아닌가요?"

"모든 이야기가 다 좋은 건 아니란다." 에이크 삼촌이 데번의 머리에 입을 맞췄다. "이 집에서 너는 늘 올바른 책만 먹지. 우리가 네게 올바른 이야기만 주기 때문이야. 꼬마 공주에게 딱 맞는 책들. 하지만 어떤 이야기는 확실히 해롭단다. 네가 데려온 불쌍한 파텔 씨는 매우 해로운 이야기를 쓰려고 했을 테고."

데번은 그 점에 대해 곰곰 생각했다. "그럼 그 아저씨가 망가진 작가였다는 말인가요?"

"그런 셈이지." 삼촌은 데번이 한 말을 재밌어하는 눈치였다. "그래, 그게 제법 괜찮은 설명 같구나."

"아, 알겠어요! 그럼 레이븐스카 가문에서 그를 고쳐주는 건가요, 삼촌?"

"틀림없이 그럴 거다, 얘야." 삼촌이 난롯불을 응시하며 말했다. "틀림없이."

그런데 북이터들은 어디에서 왔을까?
그들이 진화의 돌연변이라는 증거는 어디에도 없으며,
인류가 제지 기술을 개발하는 데는 수천 년이 걸렸다.
북이터들은 황당무계한 수집주의 전설을 믿는다.
수집주는 (북이터들을 통해) 지식을 수집하고
(소울이터들을 통해) 인간 경험의 표본을 추출하기 위해
그들을 인간의 모습으로 지구에 데려다 놓았다고 말한다.
하지만 그들의 기묘한 이야기에 따르면 수집주는 끝내
돌아오지 않았다. 그렇게 '이터'는 버려진
외계 과학 프로젝트의 잔재로 남았다.

**아마린더 파텔,
『종이와 살: 비밀의 역사』**

밤의 데번

현재

데번은 지옥이 나오는 꿈을 꿨다. 요새 자주 꾸는 꿈이었다. 인간들은 꿈에서 성적 판타지를 충족하거나 알몸으로 취업 면접을 보는 악몽을 꾸곤 한다는데, 데번의 꿈도 비슷한 면이 있었다.

꿈은 늘 발밑에서 땅이 갈라지면서 광대한 용암굴 아래로 떨어지는 것으로 시작했다. 흡사 만화 같았다. 데번은 저항하거나 놀라지도 않고 떨어지다가 단테의 『지옥』에 나올 법한 지하 구덩이에 무릎을 꿇은 채 착지했다. 『지옥』은 예전에 한번 먹어보려다가 유황과 담즙 맛에 놀라 뱉어낸 책이었다. 이런 고전은 입맛에 영 맞지 않았다.

어둠 속에서 누군가가 데번에게 정중하게 말하기를, 죗값을 치르게 될 거라고 했다. 데번은 안도감에 웃다가 울기 시작했다. 우스꽝스럽게도 날카로운 채찍 소리가 나더니 어깨에 채찍이 떨어졌다. 데번은 척추에 극심한 통증을 느끼며 불현듯 잠에서 깼다.

데번은 고개를 꺾은 채 욕실 바닥에 누워 있었다. 목에서 고질적인 통증이 전해졌다. 휴대폰을 확인해보니 밤 12시 4분이었다.

몸을 펴고 일어나 배 속에 든 위스키를 변기에 게워냈다. 호기심에 몇 번 시도해본 인간의 음식은 상상 이상으로 맛없고 끈적거렸지만, 술은 그보다는 잘 맞았다. 특히 와인이 괜찮았다. 사랑스럽고 놀라운 술이었다.

독한 술을 내보낸 뒤 데번은 기어서 세면대를 붙잡고 일어났다. 다크서클이 달린, 초췌하고 주름진 얼굴이 일그러진 욕실 거울 너머에서 데번을 바라봤다. 복잡한 혈통 덕분에 이런저런 형질과 이목구비가 뒤섞인 얼굴이었다. 부러진 손톱, 갈라진 입술, 구겨질 대로 구겨진 너바나 티셔츠가 어쩌다 광란의 밤을 보내고 뻗어버린 고스족의 모습과 다를 바 없었다.

"나도 한때 나름 공주였다고." 거울에 비친 여자가 못 믿겠다는 듯 눈살을 찌푸렸다. 데번이 읽은 책에 등장하는 공주들은 하나같이 예쁘고 가냘픈 존재였다. 키 182센티미터에 머리는 짧고 가죽 재킷을 즐겨 입는 살인자 공주는 없었다. 우습게도.

데번은 가운뎃손가락을 들어 자신에게 욕을 날리고 이를 닦기 시작했다. 책니도 닦아야 했으므로 두 이를 다 닦았다. 입에서 토 냄새가 가시자 데번은 아들을 찾으러 갔다.

카이는 자기 방에서 나와 소파 쿠션에 몸을 동그랗게 만 채 잠들어 있었다. 너무 작고, 안쓰러울 만큼 야윈 모습이었다. 데번은 아이를 침대로 옮길 용기가 나지 않았다. 그러다 깨울 수도 있었고, 카이는 비좁은 공간에 갇히는 것을 안 그래도 싫어했다.

데번은 아이를 비난할 입장이 못 되었다. 어떤 아이든 카이처럼 살면 불행할 테니까. 데번은 카이 나이 때 집 안보다 밖에서 더 많은 시간을 보냈다. 물론 카이처럼 혀로 사람들의 뇌 회백질을 파먹고 싶다는 갈망에 지배되지도 않았다.

카이가 제대로 된 삶을 살 수 있게 하려면 구원, 즉 리뎀션 redemption이 필요했다. 종교적 구원 말고 화학적 구원. 리뎀션은 소울이터들을 위해 한 가문에서 특수 제조한 약이었다. 이 약을 정기적으로 복용하면 카이도 데번처럼 종이를 먹을 수 있었다.

관건은 이 약을 구하는 것이었다.

휴대폰이 부엌 조리대 위에서 진동했다. 데번은 그쪽으로 걸어가 휴대폰을 집어 들고 폴더를 열었다.

크리스

그들을 찾았어요. 당신이 부탁한 대로 말했어요.

만나서 얘기할까요?

크로우스네스트 펍, 내일 오후 8시.

가능해요?

데번은 엄지손가락으로 싸구려 플라스틱 자판을 눌렀다.

여섯 가문 중 한 가문, 레이븐스카 가문만이 리뎀션을 제조했다. 레이븐스카 가부장은 약 성분이며 제조법을 철저히 비밀에 부쳤고 덕분에 다른 가문들을 상대로 부와 권력을 유지할 수 있었다.

하지만 몇 년 전 레이븐스카가 돌연 붕괴하면서 상황은 변했다. 가부장의 성인 자녀들 일부가 독립을 시도한 것이다. 데번은 그 마음을 **뼈저리게** 공감할 수 있었다. 결국 유혈 참극이 일어나 가부장을 포함한 수십 명이 죽었고, 살아남은 레이븐스카 형제들은 창고에 있던 리뎀션을 모두 챙겨 자취를 감췄다.

그들로서는 잘된 일이겠지만, 데번의 아들에게는 그다지 잘된 일이 아니었다. 어린 소울이터 대부분이 그렇듯 카이도 리뎀션을 복용하며 자랐다. 그런데 쿠데타의 여파로 리뎀션을 구하는 일이 하룻밤 사이에 거의 불가능한 일이 된 것이다. 남아 있는 약은 모두 기사들에게 돌아갔다. 그들은 자신이 부리는 용을 위해 약을 쟁여두었다.

카이에게 주어진 선택지는 세 가지뿐이었다. 인간을 먹는다, 굶어 죽는다, 가문의 손에 죽는다. 하지만 데번은 아들이 굶어 죽게 두지 않을 것이고, 누가 그를 죽이게 두지도 않을 것이다.

레이븐스카 형제들이 어딘가에 여전히 살아 있었다. 그들이 도움을 줄 수 있을 것이다. 데번이 그들을 설득할 수만 있다면. 그러려면 먼저 그들을 찾아내야 했다.

이유는 알 수 없지만 살아남은 레이븐스카 형제들이 지금도 여전히 리뎀션을 제조하고 있는 듯했다. 약을 먹여야 할 소울이터가 있는 것도 아닐 텐데 말이다.

이유야 어찌 됐든 데번에게는 다행스러운 일이었다. 지난 1년간 데번은 전국을 누비며 약물 공급책을 통해 레이븐스카 형제의 행적을 추적했다. 아들을 살리기 위해 인간을 먹이면서.

그러자 몇 달간의 수소문 끝에 마침내 답장이 왔다. 한 불법 마약상이 지금도 레이븐스카 가문에 특정 화합물을 대량 공급하고 있다고 실토한 것이다. 그는 데번을 그쪽에 소개해줄 수 있다고도 했다. 그게 진실이라면 이것이야말로 데번이 찾던 돌파구였다.

끙끙대는 소리에 데번은 몽상에서 깨어났다. 목사가 카이의 방에서 의식 없이 몸을 뒤척였다.

데번은 마지못해 휴대폰을 닫았다. 답장은 뒷정리를 마치고 카이가 깬 다음에 해도 된다. 카이가 문자 타이핑을 도와줄 것이다.

목사는 카이 방에서 몸을 웅크린 채 바닥에 모로 누워 있었다. 마른 피 한 방울이 귀에서 흘러내렸다. 아직 살아 있었다. 숨을 쉬었고 눈을 깜빡였으며 여전히 심장이 뛰었다. 간간이 끙끙대는 소리가 흘러나오기도 했다. 데번은 그가 살아남은 것에 놀랐다. 카이의 희생자들은 웬만하면 쇼크나 뇌출혈로 죽었다. 누가 뇌를 녹여 빨아먹는데 괜찮을 리 없었다.

하지만 사실상 죽은 것이나 다름없을 것이다. 기억, 성격, 그를 구성했던 모든 것은 이제 카이의 것이었다. 적어도 이다음에 먹은 영혼으로 지금 영혼을 덮어버리기 전까지는.

데번은 그의 낡은 주머니를 뒤졌다. 목사들은 돈이 별로 없는 편인데, 그도 예외는 아니었다. 지갑에서 신분증이 될 만한 걸 모두 빼내고 나머지는 그대로 두었다. 딱히 훔칠 만한 물건도 없었다. 데번의 가방 속에 든 2만 파운드에 비할 바가 아니었다.

그래도 그에게는 성경이 있었다. 데번은 성경을 좋아했다. 책니를 드러내 책등을 깨물었다. 낡은 가죽, 다정한 손길, 땀, 성찬식 포도주. 혀로 단어들이 흘러들었고, 시편이 계명과 합쳐졌다. 성스러운 갓난아기가 전쟁과 모독에 뒤섞였다. 씹을 때마다 웨이퍼처럼 얇은 종이 살이 부드럽게 바삭거렸다.

중고 책은 새 책처럼 파삭파삭한 느낌은 없었지만 책 주인의 독특한 풍미가 담겨 있었다. 데번은 페어웨더 가문의 자손답게 그런 고유한 풍미를 발견하는 것을 즐겼다. 데번은 열두 번에 나눠서 성경을 먹어치우고 턱에서 잉크를 닦아냈다. 예스러운 문장과 오래된 예언이 머릿속을 수선스럽게 떠돌았지만 배는 기분 좋게 불러왔다. 먹을 게 들어가자 마음이 안정되고 숙취도 가라앉는 것 같았다.

데번은 속옷만 남겨두고 목사의 옷을 모두 벗겼다. 오줌을 지린 흔적이 있었다. 희생자 대부분이 그랬다. 데번은 중고품 가게에서 사 모은 낡고 칙칙한 옷가지가 담긴 자루를 옷장에서 꺼내 그에게 바지, 셔츠, 고약한 냄새가 나는 외투를 입혔다. 그러고 나서 빈 스카치 병을 자기 가방에 넣고 어깨에 둘러멨다.

"일어나볼까요." 데번이 목사의 어깨 아래로 팔을 넣었다. 그는 80킬로그램은 돼 보였지만, 이터들은 힘이 셌다. 데번은 목사를 거뜬히 일으켜 세우고 발을 질질 끄는 그를 부축해 문가로 향했다. 목숨을 부지한 사람 중에도 걸을 수 있는 사람이 있고 그러지 못하는 사람이 있었다. 그는 걸을 수 있는 쪽이었다. 데번으로서는 더 잘된 일이었다.

손목시계를 확인했다. 새벽 1시 30분이 다 되었다. 데번은 목사를 부축해 계단을 내려가 뒷골목 출구로 향했다. 달도 없는 캄캄한

밤이었다. 드문드문 서 있는 녹슨 가로등만이 불을 밝혔다.

"목사님이 결혼을 안 해서 다행이에요." 빛 웅덩이에 발을 내딛으며 데번이 그에게 슬며시 말을 걸었다. "결혼한 사람들을 선택해야 할 땐 참 괴로워요. 이해하시죠? 아이들에게 못 할 짓이잖아요. 배우자에게도 그렇고요."

목사는 대답하지 않았다. 그에게는 답할 수 있는 단어가 없었다. 그의 페이지는 텅 비어 있었다.

데번은 큰길을 피해 한적한 골목길로만 다녔고 번화가를 피해 불 꺼진 공원을 가로질렀다. 어둠 속에서 멀리서 보면 그들은 밤 산책을 나온 한 쌍의 연인이나, 술에 취해 서로서로 부축하는 친구 같았다.

카이의 희생자를 처리하는 것은 데번이 해결해야 할 가장 까다로운 일 중 하나였다. 죄책감 때문에 마음이 괴롭기도 했지만 시체 은닉이라는 무시무시한 현실적 문제가 그를 힘들게 했다. 희생자가 살아남더라도 대소변도 못 가리고 혼자 밥을 먹을 수도 없는 상태라 데리고 있을 수가 없었다. 그렇다고 무작정 병원 앞에 데려다 놓으면 의심을 살 수도 있었다. 검진을 하면 그들의 상처에 어딘가 이상한 점이 있다는 것이 밝혀질 수도 있기 때문이다.

하지만 다행스럽게도 인간 사회에는 사실상 눈에 띄지 않는 하층 계급이라는 게 이미 존재했다.

길목에 가까워지자 노숙자 쉼터가 시야에 들어왔다. 이곳을 찾는 노숙자들처럼 이 건물도 한때는 괜찮았던 시절이 있었을 것이다. 누군가 상점을 개조해 벽을 부수고 유리창 대신 쇠창살을 대놓았다. 콘크리트 계단은 삼중으로 잠겨 있었다. 어떤 쉼터에는 CCTV가 설치되어 있어서 자칫 곤란한 상황이 생길 염려가 있지만, 데번은 지난 경험을 통해 이곳에 CCTV가 없다는 걸 알고 있었다.

목사를 계단에 앉히자 그가 옆으로 푹 쓰러졌다. 데번은 그가 편한 자세를 취할 수 있게 도와주고 고개를 바로잡아주었다. 데번이 보일 수 있는 최소한의 성의였다. 그러고는 가방에서 빈 스카치 병을 꺼내 목사의 팔 안쪽에 끼웠다.

모든 일을 마치고 마지막으로 주위를 힐끗 둘러봤다. 텅 빈 거리, 잉크가 엎질러진 것 같은 하늘. 주변에는 아무도 없었다. 데번은 목사에게 나지막하게 작별 인사를 했다. 아무것도 모르는, 길 잃은 영혼이 공허한 눈으로 데번을 응시했다.

"갈게요." 그렇게 말하고는 자리를 떴다. 경고를 무시하고 뒤를 돌아봤다 소금 기둥으로 변해버리고 만 성경 속 어느 인물처럼 자신도 소금 기둥이 될지도 모른다는 막연한 두려움에 데번은 뒤를 돌아보지 않았다. 아까 먹은 성경이 마음속 두려움에 종교적 색채를 입히고 있었다.

아침이 되면 누군가 목사를 발견하고 안으로 들일 것이다. 신경 쇠약이나 뇌졸중에 걸린 불쌍한 노숙자가 또 한 명 왔구나, 생각할 것이다. 의심스럽게 여길 수도 있지만 MRI를 찍어보지 않는 이상 그에게 뭐가 빠져 있는지는 아무도 알아채지 못할 것이다.

꺼질 듯한 정적이 거리에 흘렀다. 마치 도시 전체가 숨을 죽이고 있는 듯했다. 데번은 본능적으로 침묵에 맞춰 미끄러지듯 살며

시 걸었다. 으스스한 평온이 공기를 무겁게 가라앉혔다.

그때 무언가에 반사된 빛이 가로등 불빛 아래 번쩍했다. 데번은 걸음을 멈추고 덧문이 내려진 가장 가까운 출입구에 바짝 붙어 섰다. 입구가 안쪽으로 깊이 들어가 있어서 몸을 숨긴 채 거리를 구석구석 살필 수 있었다.

두 블록 아래 어떤 남자가 교차로 한가운데에 서 있었다. 우람한 체구에 80년대 스타일의 크림색 정장 차림이었다. 영하의 날씨에도 목도리나 외투, 장갑은 찾아볼 수 없었다. 단추를 잠그지 않은 셔츠 칼라 아래로 목을 에워싼 문신이 보였다.

또 다른 남자가 그 남자를 향해 걸어왔다. 섬뜩할 정도로 발소리가 나지 않았다. 가는 세로줄 무늬가 있는 남색 정장 차림이었고, 아까 그 남자와 똑같은 문신이 새겨져 있었다. 자기 꼬리를 먹는 굶주린 뱀 문신.

데번은 양팔로 가슴을 감싸고 춥지 않은데도 자신을 꼭 끌어안았다. 저들은 용이었다. 용, 어른이 된 소울이터를 그렇게 불렀다. 목둘레에 똬리를 뜬 특유의 문신에서 비롯된 말이었다.

그들 목에 새겨진 상징은 가문의 역사만큼이나 오래되었다. 끝없이 자신을 잡아먹는 우로보로스 뱀. 소울이터들은 자신의 허기로 자신을 파괴했다. 먹으면서도 끊임없이 스스로를 소모했기 때문이다. 우로보로스는 그 암울한 의미를 완벽하게 표현한 것이었다. 리뎀션을 복용하면 영혼 대신 책을 먹을 수 있게 되지만, 영혼을 먹고 싶다는 **욕망** 자체는 결코 사라지지 않았다.

용들이 어렸을 때 기사가 문신을 새겨주었을 것이다. 기사들은 자신이 부리는 모든 용에게 그렇게 했다. 한때 기사는 내놓은 자식 취급을 받으며 가문들 간의 평화를 유지하고 영지를 오가며 신부를 에스코트하는 일만 담당했다. 그러나 리뎀션이 등장하면서 그들은 괴물의 사육자 역할을 하며 용의 갈망을 억제했다. 아니, 이론적으로는 그래야 했다. 물론 실상은 자신의 이익을 위해 '길들여진' 용을 멋대로 휘두르는 것에 가까웠지만.

데번은 위험을 무릅쓰고 다시 한번 그들 쪽을 바라봤다. 두 남자는 이마를 거의 맞대다시피 하며 서로를 마주 보고 있었다. 대화를 나누는 거라면 아마 속삭이고 있었을 것이다. 데번이 아무리 귀를 기울여도 어떤 말도 들리지 않았으니까. 신호등이 파란불에서 빨간불로 바뀔 때까지 용들은 꼼짝도 하지 않고 텅 빈 거리에 무기력하게 서 있었다.

용으로 사는 것이 결국 카이의 운명이 될까 봐 두려워했던 적도 있지만, 데번은 요즘 그보다 더 큰 걱정을 하고 있었다. 이를테면 아이가 굶어 죽기 전에 미쳐버리지는 않을지, 미쳐버리기 전에 굶어 죽지는 않을지 하는 문제에 대한 것이었다.

기사들에게는 리뎀션이 얼마나 남았을까? 용에 대한 그들의 통제력은 분명 빠르게 약화되고 있을 것이다. 그러니 그들도 필사적으로 레이븐스카를 찾아야 했다. 그들은 권력을 되찾기 위한 수단으로 리뎀션을 얻고자 하지만 그와 달리 데번은, 그저 카이를 구하고 싶을 뿐이었다.

불편한 자세로 쭈그리고 있다 보니 무릎이 아파왔다. 머리카락이 시야를 가렸지만 감히 손을 들어 옆으로 넘길 수도 없었다. 정신 차리고 집중하자. 순간에 온 힘을 쏟아야 한다. 용들이 배회하고 있는 것으로 보아 기사들도 멀지 않은 곳에 있을 것이다. 그 말은 어서 이 도시를 떠나야 한다는 뜻이었다.

눈을 감았다 다시 뜬 순간, 맞은편에서 유리창이 짙게 선팅된 대형 폭스바겐이 덜커덩거리며 달려왔다. 데번은 교차로에서 차가 멈춰 서고 문이 열리는 모습을 숨죽여 지켜봤다. 운전사는 보이지 않았다. 두 용이 차에 올라탔다. 폭스바겐은 불법 유턴으로 왔던 길을 되돌아갔다.

데번은 긴 숨을 내쉬고 재킷이 자신을 위험에서 지켜줄 갑옷이라도 되는 양 단단히 여몄다. 그리고 출입구에서 빠져나와 발소리도 내지 않고 집으로 달려갔다.

———— · ————

데번이 집에 돌아왔을 때 카이는 깨어 있었다. 아이의 무릎 위에 게임보이1989년 닌텐도에서 출시된 휴대용 게임기가 얹어져 있었다.

"돌아오셨네요." 카이의 말에 데번은 인상을 쓰지 않으려 애썼다. 아이가 목사처럼 끝 음을 길게 빼며 말한 것이다. 데번은 이런 작은 변화에 매번 무너졌다. 이런 식으로 희생자를 마주할 때마다. "크림 샀다고 했었나요? 나 좀 가려운데."

"아, 미안." 데번이 당혹감과 죄책감을 느끼며 신발을 벗었다. "계산대에서 일하는 애가 보드카 사는 데 신분증을 보여달라 해서 바보같이 그냥 나와버렸어. 조만간 꼭 살게, 약속." 데번은 늘 약속만 했다. 언젠가는 지킬 약속들이었다.

"괜찮아요." 카이가 마리오의 끝없는 모험에 정신이 팔린 채 대답했다. 겉으로 보기에 데번의 아들은 여느 다섯 살짜리와 다를 것이 없었다. 작고 빼빼 마른 검은 머리 꼬마. 데번의 이목구비를 빼닮은 얼굴이었다. 입안에 감긴 유난히 긴 혀 때문에 어정쩡하게 발음이 샜지만 데번의 눈에는 그마저도 사랑스럽기만 했다.

하지만 내면은 달랐다. 데번이 만나본 다섯 살짜리 중에 카이처럼 주관이 뚜렷하고 어른스러운 아이는 없었다. 카이는 나이에 비해 지나치게 똑똑했다. 물론 다섯 살 아이 대부분은 살기 위해 다른 인간의 영혼을 먹지는 않으니까, 그것이 큰 차이를 만들었다.

카이 본연의 모습이 얼마나 남아 있고, 다른 사람으로 덧칠된 부분은 또 얼마큼인지 데번은 대체로 알지 못했다. 타인의 기억, 생각, 도덕성이 카이의 마음속으로 밀려들어왔다. 데번은 아이가 스스로를 기억하는 것도 두려웠고 스스로를 기억하지 못하는 것도 두려웠다. 어느 쪽이든 불행은 피할 수 없었다.

데번이 아이 옆에 앉았다. "좀 어때?" 두 사람이 앉자 소파가 푹 내려앉았다. 데번이 몸을 편하게 기대려고 뒤척거리자 스프링이 삐걱거렸다.

"좀 나아진 것 같아요."

"그런 것 같아?" 아이의 이마를 덮은 머리카락을 넘겨주었다. 또 머리를 자를 때가 되었다.

카이가 게임보이를 손에 꽉 쥐었다. "아직도 배가 고파요."

"아……."

"죄송해요." 아이가 얼굴을 붉혔다.

"아니, 아니. 미안해하지 마." 데번은 카이의 어깨에 팔을 두르고 아이와 얼굴을 마주하지 않도록 뒤에서 꼭 안아주었다. "너도 어쩔 수 없는 거잖아. 그 문제는 내가 알아서 할게. 너는 네 걱정만 해." 데번이 덧붙였다. "다 괜찮아질 거야, 알지?" 예전에 데번의 고모가 이렇게 말해준 적이 있었는데, 이 말을 반복하면 묘하게 마음이 편해졌다.

카이가 멍하니 고개를 끄덕였다. 데번의 품 안에서 아이의 앙상한 어깨가 만져졌고 툭 튀어나온 등뼈가 느껴졌다. 굶주림이 아이를 이렇게 만들었다.

커갈수록 카이의 허기는 심해졌다. 30일 동안 두 끼 이상의 식사가 필요해진 지 석 달째였다. 원래는 그것보다 훨씬 더 많이 먹어야 했지만, 데번은 차마 매주 사냥에 나설 수 없었고 현실적으로 힘든 부분도 있었다. 생명을 해치고 싶지 않은 마음과 아들에게 굶주림을 강요하는 일 사이에서 데번은 아슬아슬한 줄타기를 했다. 그러다 보니 카이의 기력이 너무 떨어져서 거의 한 달 내내 방에서 잘 나오지도 못했다.

아들이 언제 배가 고프고 얼마큼 먹어야 하는지 데번도 실은 자세히 알지 못했다. 회백질 몇 입에 **그렇게** 많은 열량이 들어 있을 리는 없지만, 먹지 않으면 아이의 연약한 정신은 광기에 잠식되었다. 그렇게 살이 빠지고 몸에 독소가 쌓이다 결국 장기가 천천히 망가질 것이었다. 수집주의 생물학적 설계에 따라 아이는 늘 먹어야 할 필요와 당위에 사로잡혔다.

카이가 포옹에 질린 듯 데번의 품에서 빠져나왔다. 데번은 아이를 순순히 놓아주었다. "돌아오는 길에 용들을 봤어. 곧 여길 떠나야 할 것 같아."

카이가 아무 말 없이 게임보이를 바라보며 입을 삐죽거렸다. 잠시 한눈을 판 사이에 마리오가 버섯 위에서 죽었다.

"미안, 넌 여행을 싫어하는데."

"이번엔 어디예요?" 아이의 목소리에 힘이 없었다.

"그게 오늘 밤의 좋은 소식이야. 레이븐스카와 거래한다는 사람을 만나기로 했거든." 데번이 휴대폰을 흔들었다. 먼저 이 크리스라는 사람을 만나 레이븐스카 일당의 연락처를 얻어낸 다음, 버스를 타고 이곳을 떠날 계획이었다. 시간이 촉박하기는 하지만 충분히 해볼 만했다. "일이 잘 풀려서 그들에게 약을 살 수만 있다면 우린 조만간 아일랜드에 가게 될 거야." 드디어. 마침내.

카이가 뚱하게 어깨를 으쓱했다. "가기 전에 한 번 더 먹어도 돼요? 정말 배고파서 그래요." 아이의 입안에서 빨대 혀가 풀어졌다 감겼다 했다.

"적당한 인간을 발견하면." 아들의 반응에 데번은 가슴이 미어졌다. 지난 몇 달간 희망을 너무 많이 잃은 아이에게 또다시 실망을 안겨줄 수는 없었다. "최선을 다해볼게. 단지 누굴 제대로 뒷조사할 시간은 없을 것 같아서 그래."

"상관없어요." 카이는 몸을 숙여 텔레비전을 켜고는 하릴없이 채널을 돌리다 시트콤 〈적색 왜성〉에 정착했다.

데번은 엉겁결에 앉아서 그 시트콤을 보았다. 말을 탄 리스터,

캣, 리머가 거친 서부극 비슷한 것을 찍고 있었다. 타이밍 좋게 스튜디오 웃음소리가 터져 나왔다.

"난 이게 SF 시트콤인 줄 알았는데." 데번은 텔레비전을 많이 보지는 않았지만 가끔 《TV 가이드》라는 잡지를 먹긴 했다. 사회성을 기르려면 약간의 대중문화를 받아들일 필요도 있었다.

"인공 시뮬레이션 안에 갇혀서 그래요." 카이가 화면에 시선을 고정한 채 말했다. "크리튼의 머릿속에요. 크리튼은 로봇 인간이에요."

데번은 미소를 지었다. "네가 이 프로를 좋아하는지 몰랐네."

"아, 좋아해요." 진심으로 들뜬 카이가 목사의 억양을 고스란히 녹인 목소리로 말했다. "〈적색 왜성〉이 처음 나왔을 때 비슷한 프로가 하나도 없었어요. 정말 획기적인 시트콤이죠."

데번의 얼굴에서 웃음기가 사라졌다. 뻔한 감정의 덫에 빠진 스스로에게 짜증이 났다. 〈적색 왜성〉은 카이가 태어나기 훨씬 전인 14년 전에 첫 방송을 했다. 목사는 그 시절에 방송을 봤을 것이다.

속에서 신물이 올라왔다. 데번은 속으로 생각했다. 한번에 한 가지씩, 내가 통제할 수 있는 것에 집중하자.

"저기." 데번이 카이의 어깨를 건드렸다. "나 대신 문자 좀 보내 줄래?" 글도 못 쓰고 문자까지 못 보내는 자신에 대한 끝없는 좌절감이 밀려왔다.

"또요? **꼭** 보내야 해요?"

"레이븐스카 찾을 거니, 말 거니?" 데번은 쏘아붙였다가 이내 후회했다. 아이도 자기처럼 피곤하고 배고프고 지쳤을 뿐이다. 이번에는 좀 더 부드럽게 말했다. "리뎀션을 복용할 때 어땠는지 잘 기억 못 하는 거 알아. 그래도 다시 그 약을 구하면 모든 게 좋아질 거야."

"데번은 늘 그렇게 말하죠." 카이가 불만조로 말했다. "하지만 이 사람들 다 아무것도 모르잖아요."

"불법 약물을 파는 마약상이야. 예전에 레이븐스카 가문이랑 거래를 했었대." 데번은 아이에게 재차 상기시켜주었다. 카이는 영혼을 먹고 나면 기억에 혼선이 올 때가 있었다. "왜, 동커스터부터 그 사람을 추적했잖아. 기억나지? 그 남자가 레이븐스카 쌍둥이와 연결해줄 수 있다고 했고."

"알았어요, 알았어." 카이가 데번의 손에서 휴대폰을 채갔다. 그리고 데번이 불러주는 대로 '네, 만나죠. 현금 가져갈게요'라고 치고 전송 버튼을 눌렀다.

"고마워." 카이의 이마에 가볍게 입을 맞추려 했지만, 아이는 움찔하며 몸을 피했다. "아침이 되면 나가서 네 크림이랑 버스표를 사 올게. 급히 떠나게 될 수도 있으니까."

"기도는 어쩌고요? 크리스마스가 코앞인데."

가슴 안쪽에서 공허한 통증이 느껴졌다. "할 수 있으면 해야지. 하지만 먼저 처리해야 할 일이 아주 많아. 이를테면 잠을 좀 자둬야겠지. 이번 주에는 미행을 너무 많이 했어."

"보드카를 너무 많이 마신 게 아니라요?" 아이가 응수했다. 그래도 얼굴은 웃고 있었고, 데번이 베개로 때리자 장난스럽게 몸을 피했다. "내 생각엔 먼저 샤워부터 해야 할 것 같은데요. 술 냄새가 진동한다고요."

"고맙다, 꼬마야. 네 냄새도 만만치 않아."

카이가 혀를 쏙 내밀었다. 20센티가 넘는 긴 혀를 그렇게 내미는 게 쉽지는 않았을 것이다.

카이에게 여전히 아이다운 모습이 남아 있는 것을 보고 데번은 환하게 웃었다. 아이의 머리에 베개를 던지고 얼음처럼 차가운 물로 샤워를 하러 갔다.

"무엇이 두렵습니까, 공주?" 그가 물었다.
"새장이요." 여자가 대답했다.
"창살이 당연한 것으로 여겨질 때까지 평생
새장 안에 갇혀 살며 훌륭할 일을 할 기회를
모두 상실하는 것이요. 훌륭한 일을 하고 싶다는 욕망도,
한때 그런 생각을 했다는 기억조차
모두 잊어버리는 것이요."

J. R. R. 톨킨,
『반지의 제왕 3: 왕의 귀환』

기사 이야기

17년 전

여기저기서 수군대는 소리가 들려왔다. '과학기술로 아기를 만들 수 있대.'

이터 가문은 번식 문제로 어려움을 겪었다. 여자아이가 태어나는 일이 드물었고, 여자아이가 태어나더라도 커서 아이를 둘 낳으면 조기 폐경이 왔다. 셋을 낳는 경우도 가끔 있었지만, 그게 최대치였다.

그래서 인간 과학자들이 난임 치료법을 연구하기 시작하자 가문들은 몹시 흥분했다. 그 지식을 이터 여성에게 적용할 수도 있을 거라고 생각한 것이다.

이런 이야기는 데번이 알아서는 안 되는 것들이었다. 데번은 이제 겨우 열두 살로 어른들 일에서 철저히 배제되어 있었다. 하지만 데번은 문가에 서서 어른들 얘기를 엿듣는 걸 좋아했고 몰래 돌아다니는 것에 매우 능했기 때문에 이런 사정을 여차여차 알게 되었다.

데번은 저택 난간에서 램지와 놀면서 이 모든 이야기를 들려주었다. 둘은 이미 수십 번도 더 오른 경사진 지붕 타일을 함께 기어올랐다. 그날 오후 저택에 '신부'가 도착할 예정이었다. 페어웨더 영지에서 결혼식이 열리는 것은 아주 오랜만의 일이라 둘은 행렬을 보고 싶었다.

"데번은 바보였대, 바보 같대." 램지가 지붕 위에 버티고 서서 말했다. 램지는 데번의 이름을 가지고 늘 이런 장난을 쳤다. 데번은 정신 나갔대, 데번은 머저리 같대. 오늘은 거기에 '바보'가 들어갈 차례였다. "진짜 별 바보 같은 이야기를 다 듣겠네. 시험관에서 아기가 태어난다고? 너 시험관을 실제로 본 적은 있어?" 램지가 엄지와 검지를 들어 시험관이 얼마만 한지 보여주었다.

"시험관 **안에서** 아기가 자라는 게 아니잖아, 이 바보야." 데번이 홈통을 따라 조금씩 몸을 움직이며 대꾸했다. "시험관은 그냥 보조 도구로 사용할 뿐이야. 아기를 만드는 마법의 묘약처럼." 자신의 무지를 인정하고 싶지 않아 대충 떠오르는 대로 말한 것이었다.

램지가 깔깔거렸다. "그렇다고 치자." 램지는 봉인된 지 오래된 동쪽 굴뚝 위로 기어올랐다. "내가 보기엔 순전히 지어낸 얘기 같지만."

"지어낸 거 아니야!" 데번이 램지의 오만함에 치를 떨며 옆에 앉았다. "모두가 이 얘기를 하고 있어. 이 방법이 인간에게 통한다면 언젠가는 우리에게도 통할 거야. 그리고 그날이 오면 더 이상 기사가 결혼을 주선할 필요도 없겠지."

고모들은 그들만의 방에 모여 자주 이런 이야기를 했다. '기사
도 용도 이제 더는 필요 없을 거야. 여자도 원하는 사람과 결혼할
수 있어.' 이것 말고도 데번이 알아듣지 못한 다른 이야기도 했는
데, 거기에는 조심스러운 희망의 기운이 느껴졌다.

램지는 듣지 않았다. "어, 저기 봐! 저기 온다!" 램지가 데번의
팔을 잡고 손가락으로 방향을 가리켰다.

데번이 눈을 가늘게 떴다. 황무지를 가로지르는 움푹 팬 도로를
구불구불 통과해 저택으로 다가오는 차량의 느슨한 행렬이 멀리
서 보였다. 신부가 도착하고 있었다.

여자들은 결혼할 때나 가끔 파티에 참석할 때를 제외하면 집을
떠나지 않았다. 저택 안에서도 고모들은 집안일이나 에이크 삼촌
이 '여자 일'이라고 부르는 일 외에 다른 일은 일절 하지 않는 듯했
다. 페어웨더 가문은 너무 가난해서 데번이 열두 살이 될 때까지
한 번도 결혼식을 치르지 않았던 터라, 이 신부는 데번이 처음 보
는 다른 가문 출신의 여성인 셈이었다.

분필처럼 하얗고 번쩍이는 리무진이 멈춰 섰다.

"옛날 같았으면 말을 타고 왔을 텐데." 램지가 데번보다 세
살 많다고 제법 아는 척을 하며 말했다. "커다란 백마에 안장이
며…… 그 모든 걸 하고." 램지가 막연히 손짓했다.

"혹시 우리들 엄마 중 한 분일 수도 있을까?" 데번은 엄마의 사
진조차 본 적이 없었다. 사람들이 숙덕거릴 때 앰벌리 블랙우드라
는 이름을 스치듯 들은 게 다였다.

"바보 같은 소리 하지 마." 램지가 말했다. "우리 엄마들은 왔다가 전부 떠났어. 같은 가문에 두 번 시집오는 경우는 없다고."

램지 말이 맞았다. 데번은 그 사실을 잊은 자신이 짜증났다.

정문 진입로에서 리무진 문이 우아하게 열리자 페어웨더의 새 신부가 금속 마차에서 얌전히 내렸다. 옅은 금발을 격식에 맞춰 치장한 모습이었는데, 겨우 스물두 살 된 그보다는 나이가 곱절 많은 여자에게 더 어울릴 법한 스타일이었다. 프릴이 달린 흰 튜닉이 신부의 가냘픈 어깨를 뒤덮었고 자수가 잔뜩 놓인 파란색 치마는 신부의 몸보다 더 무거워 보였다.

"머리 색깔을 보니 글래드스톤에서 왔나 보네." 램지가 턱을 내밀며 말했다. "우리처럼 고국 혈통은 아니야."

데번이 눈을 위로 굴렸다. 램지는 최근 자기 가문 혈통에 열렬한 자부심을 가지게 되었다. 루마니아에는 가본 적도 없으면서 말이다. 데번에게 루마니아라고 하면, 그러니까 어른들이 말하는 **고국 혈통**이라는 건 특별한 날에 자수 드레스를 입는 것을 의미했다. 크리스마스에 오빠들 중 한 명이 염소 가면을 쓰고 뛰어다니는 동안 다 같이 캐럴을 부르는 것을 의미했다. 아기가 새로 태어나면 운명의 요정들에게 선물을 바치는 것을 의미했다. 농사나 하지夏至에 특별한 의미를 부여하지 않더라도 파티를 열고 추수를 축하하는 것을 의미했다. 비가 자주 내리는 영국의 봄을 맞이하며 괴상한 꽃 의식을 치르는 것을 의미했다.

하지만 지금 램지가 말하는 고국 혈통은 검은 머리와 눈, 장대 같이 큰 키, 튼튼한 다리, 넓은 어깨를 의미했다. 수십 년에 걸쳐 혈통이 갈라지고 뒤섞였음에도 이러한 특징은 남아 있었다. 페어웨더가의 피부색은 예전보다 다양해졌지만 체격은 여전히 다부지고 훤칠하고 건장했다. 방금 도착한 150센티 남짓의 창백하고 연약한 글래드스톤 여자와는 달라도 너무 달랐다.

"저 신부, 꽤 예쁘지 않아?" 데번이 꿈꾸듯 말했다. "동화책에 나오는 공주 같아. 진짜 공주."

"그래, 뭐 괜찮아 보인다." 램지가 손으로 햇빛을 가렸다. "야, 저기 기사들 좀 봐! 진짜 멋지다."

진회색 정장을 차려입고 선글라스를 쓴 남자 열 명이 새것처럼 깨끗한 오토바이를 타고 행렬의 뒤를 따랐다.

"오빠도 언젠가 저 중 한 명이 될 수도 있겠다." 늘 기사를 동경하는 것처럼 보이는 램지를 넌지시 떠보았다.

램지는 고개를 저었다. "그보단 가부장이 되는 게 낫지. 돈 있지, 집 있지, 게다가 모두에게 이래라저래라 할 수도 있잖아." 램지가 혼자 씩 웃었고 데번은 눈을 굴렸다. 가부장이 되기에 램지는 너무 어리석고 건방졌다.

기사들이 완벽하게 반원을 이루며 멈춰 섰다. 뒤에 누군가를 태운 사람도 있었다. 정장 차림의 건장한 남자들. 그들은 모두 바이저가 내려진 오토바이 헬멧을 착용하고 있었다. 얼굴과 목이 완전히 가려진 상태라 기괴한 문신은 눈에 띄지 않았다.

"용이다." 데번이 불안해하며 말했다.

"용이다!" 램지가 자세를 바로 했다. "가까이서 볼 수 있으면 좋을 텐데."

"그럼 용이 길고 뾰족한 혀로 오빠 뇌를 먹어버릴 텐데." 데번이 시연하듯 자신의 혀를 램지에게 내밀었다.

램지가 데번을 찰싹 때리며 밀어냈다. "멍청한 소리 좀 그만해. 데번은 멍청하대. 그래서 리뎀선이 있는 거잖아. 약을 먹으면 뇌를 먹고 싶어 하지 않는다고."

"아니, 틀렸어." 데번이 받아쳤다. "약은 굶어 죽지 않게 해줄 수는 있지만, 허기를 느끼고 뇌를 먹고 싶어 하는 건 그대로래."

"저렇게 헬멧을 쓰고는 불가능하지." 램지가 무시하듯 말했다.

저 아래에서 신부가, 뒤따르는 수행원들을 어깨 너머로 힐끗 돌아봤다. 신부의 시선이 바이저가 내려진 헬멧에 머무르던 찰나 얼굴에 불안이 감돌았다. 신부는 이내 고개를 돌려 다시 앞을 보며 예의 바른 미소를 지었다.

고모들과 삼촌들이 신부를 맞으러 나왔다. 에이크 삼촌이 앞장섰고 그의 어깨 정도 오는 임버 삼촌이 뒤를 따랐다. 신랑이 될 임버 삼촌은 30대 중반의 조용하고 단정한 남자였다.

"네가 페어드리 글래드스톤이구나." 멀리서도 에이크 삼촌의 목소리는 잘 들렸다. 삼촌은 비싼 드레스가 구겨지지 않도록 조심하며 신부와 포옹하고 두 뺨에 입을 맞췄다. "임버를 소개하마."

데번은 자신이 입은 옷을 내려다봤다. 색이 바랜 리넨 드레스, 갈기갈기 찢긴 레이스 소매, 쐐기풀에 찔린 발목을 덮기에는 너무 짧은 치맛자락. 신발이나 양말도 없었다. 매일 황무지를 쏘다니는 통에 드레스가 엉망이 되었지만, 가문 여자들에게 반바지나 바지는 허용되지 않았기 때문에 달리 입을 옷이 없었다.

데번은 저 아래 잘 차려입은 단정한 여자를 다시 바라봤다. "오빠도 결혼식 입찰에 참여하게 될 것 같아?" 데번은 신부가 된 자신을 상상할 수 없었다. 누군가의 남편이 된 램지를 상상하는 편이 차라리 쉬웠다.

램지는 동생의 말을 자르듯 손사래를 쳤다. "누가 결혼식을 원해? 아기들은 정말 구려." 그가 웃었다. "언젠가 여자 친구는 생기면 좋겠어. 인간이면 좋을 것 같은데."

"나도 그러면 좋겠다." 데번이 아무 생각 없이 동조했다.

그러자 램지가 눈살을 찌푸렸다. "여자는 여자 친구를 안 사귀지, 멍청아."

"그런 여자들도 있어." 데번은 금지된 책에서 레즈비언에 대해 읽은 적이 있었다. 이를테면 불라 고모의 협탁에서 발견한 『고독의 우물』 같은 책에서.

"어떤 아기는 시험관에서도 살 수 있는 것처럼 말이지?" 램지가 비웃었다. "어, 야, 사람들이 벌써 다 들어갔다. 우리도 내려가야겠어. 곧 파티가 시작될 거야."

"지루할 것 같은데." 무시당해 기분이 상한 데번은 오빠의 말에 무턱대고 어깃장을 놓고 싶었다. "『라푼젤』을 천 번째 먹는 건 진짜 못 참겠어." 이건 사실이었다.

"우리 모두 똑같은 이야기를 천 번도 넘게 먹어. 그 편이 우리에게 유익하단다." 램지가 가르치듯 말했다. "늘 같은 책을 먹으면 새로운 게 없기 때문에 뇌가 더 오랫동안 빠릿빠릿하게 유지되거든. 여러 책을 잡다하게 많이 먹으면 뇌가 훨씬 느리게 돌아간다고."

"말도 안 돼." 데번이 불안해진 마음을 숨기려 애쓰며 말했다. "이야기를 지어내고 있는 건 내가 아니라 오빠 같은데!"

"지어내는 거 아니야. 말이 안 되는 것도 아니고! 전적으로 사실인걸. 오번 삼촌이 어렸을 때 책을 아주 다양하게 많이 먹어서 머릿속에 단어들을 꽉 채웠다고 하잖아. 지금 삼촌이 잘 움직이지도 못하고 말도 못 하는 걸 봐. 그게 다 머릿속에 단어가 너무 많아서라고."

오번 삼촌이 이상한 건 데번도 인정해야 했다. 그에게 뭘 물어보면 대답이 나올 때까지 30초는 기다려야 했다. 그동안 그의 회색 눈은 먼 곳만 물끄러미 바라볼 뿐이었다. 침실에서 응접실까지 걸어가는 것도 삼촌에게는 힘든 일이어서 하루에 두 번만 할 수 있었다. 그의 발걸음은 느리고 무거웠다.

"뭐…… 그래도 상관없어. 아, 나한테 괜찮은 생각이 떠올랐어." 데번이 굴뚝에서 내려와 타일을 조심조심 가로질러 저택의 남쪽으로 향했다.

"야!" 지붕 위에서 서성이는 발소리가 들리는가 싶더니 램지가 해서는 안 되는 욕설을 내뱉으며 데번의 뒤를 쫓았다. "어디 가는 거야?"

"모두가 신부를 만나느라 바쁜 틈을 타 남쪽 서재에 들어가보려고." 데번의 검은 머리카락이 바람에 헝클어졌다. "오빠는 갈 거야, 말 거야?"

"남쪽 서재에서 뭐 하려고? 거기는 기사들이……." 램지가 눈을 휘둥그레 뜨고 말꼬리를 흐렸다.

"기사들이 용을 두는 곳이지." 데번이 조심스럽게 용마루를 따라 걸으며 대신 말을 마쳤다. "한번 봐야 할 것 같아. 가까이서 용을 본 적이 한 번도 없잖아."

"너 머리가 어떻게 됐니? 그러면 안 돼!"

"그냥 보기만 할 건데 뭐." 데번이 비웃는 투로 말했다. "오빠도 가까이서 용을 보고 싶어 하는 줄 알았는데!"

"그야 그렇지. 하지만 그들은 **용**이라고!"

"으이구, 애처럼 굴지 좀 마! 기사들에게 훈련을 받아서 안전하다고 한 건 오빠라고." 데번은 자신의 아이디어가 갈수록 마음에 들었다. "파티는 지루하고 먹을 거라곤 예전에 먹어봤던 책밖에 없잖아. 가서 용이나 구경하자."

데번은 빗물 홈통을 붙잡고 아래층 창문으로 내려가기 시작했다. 규칙에 어긋나는 일이었지만 두렵지 않았다. 여성 이터는 특별하고 희귀해서 웬만하면 크게 문제 삼지 않았다. 데번이 문제를 일으킬 때마다 에이크 삼촌은 기껏해야 사전을 먹게 할 뿐이었다.

"이건 미친 짓이야." 램지가 아래를 내려다보며 격앙된 어조로 외쳤다.

"조용히 좀 해!" 데번이 쉿, 하며 유리창에 몸을 바짝 붙인 채 넓은 창문턱에 내려앉았다.

데번은 이내 실망했다. 책이 가득 꽂힌 참나무 서가만 시시하게 늘어서 있을 뿐 안에는 아무도 없었다. 구경할 용도 없었다. 데번은 미간을 찌푸린 채 방 안을 주의 깊게 살폈다.

램지가 데번 옆 창턱에 착지했다. "데번은 진짜 멍청하대. 봐, 용들은 여기 있지도 않잖아. 이제 파티에 가도 되지?"

"분명 여기 있을 거야. 기사들이 용을 늘 여기에 두잖아." 데번이 지적했다. "저 뒷방 어딘가에 있지 않을까? 들어가서 찾아보자."

"그건 좋은 생각이 아닌 것 같아." 램지의 목소리에서 불안이 묻어났다. "그렇게 무작정 들어가서 돌아다닐 순 없다고."

"왜 안 되는데? 설마 용이 무서워?" 데번이 헐거운 창문 틈에 손가락을 넣었다. "용이 헬멧을 쓰고 있을 때만 용감해지나 보지?"

"헬멧을 썼든 안 썼든 무섭지 않거든." 램지가 씩씩거렸다. "그냥 이러다 문제가 생길 수도 있을 것 같아서……."

"그래, 그러면 내려가서 겁먹은 고양이처럼 연회장에 얌전히 앉아 있든가. 난 오빠가 도와주지 않아도 혼자 들어가볼 거야." 데번이 억지로 창문을 열었다. 그러다 순간, 중심을 잃고 두 팔을 내저으며 휘청거렸다.

램지가 손을 내밀어 데번의 셔츠를 단단히 붙잡았다. "넌 나 없으면 5분도 못 버틸 걸."

"오빠가 소리를 질러서 그런 거잖아." 데번은 살짝 열린 창문 사이로 자신의 조그만 몸을 욱여넣었다.

남쪽 서재에는 햇빛이 잘 들지 않았다. 책을 보관하기에는 훨씬 더 좋았다. 먼지를 꼼꼼히 털어낸 책들이 그늘 속에 꽂혀 있었고 서가도 더없이 깨끗했다. 페어웨더 가문은 보통 가죽 장정을 선호했지만 이곳의 장서는 훨씬 다양했다. 오래된 책과 새 책, 양장본과 문고본이 섞여 있었고 크기와 디자인도 제각각이었다.

램지가 창문 사이를 비집고 들어와 데번 옆에 섰다. "5분만 있다

나가는 거다." 그가 속삭였다.

"쉿! 용들이 안에 있으면 듣겠다."

이 방은 최소 세 개의 다른 방으로 이어졌고, 그 방들에도 서가가 빼곡 들어차 있었다. 문이 닫혀 안을 볼 수 없는, 가장 멀리 떨어진 방이 즉시 데번의 관심을 끌었다.

"저 뒷문부터 확인해보자." 데번이 서가 사이를 누비며 너덜너덜한 카펫이 깔린 통로를 L자로 이동해 서재 맨 끝에 도달했다.

"너 진짜 짜증 난다." 램지가 중얼거렸다. "장담하는데, 용은 여기 있지도 않을걸." 데번은 램지의 자만심이 빠르게 증발하는 모습을 흥미롭게 지켜봤다.

"그걸 알아낼 방법은 하나뿐이지." 데번이 놋쇠 손잡이를 돌리며 말했다. "그리고 진정 좀 해. 살짝 들여다보기만 할 거니까."

문은 소리 없이 열렸다. 살짝 열린 문틈으로 눈을 가늘게 뜨면 안을 엿볼 수 있었다.

이 방에는 오래된 서가가 늘어서 있었다. 오랜 세월에 걸친 과도한 옻칠에 서가 목재가 갈라지고 까맣게 변해 있었다. 저택보다도 더 오래된 듯 보이는 책이 빼곡했고, 데번이 모르는 (하지만 언제든 먹어서 배울 수 있는) 언어로 쓰인 양피지와 모조지 문서가 가득했다.

하지만 금지된 이 보물들은 눈에 들어오지도 않았다. 방 맨 끝에 정장 차림의 두 남자가 고개를 숙인 채 벽을 보고 서 있었으니까. 목에는 우로보로스 문신이 선명하게 새겨져 있었다. 헬멧은 쓰고 있지 않았고, 차렷 자세로 주먹을 쥐고 있었다.

순간 숨을 훅 들이마셔 두 아이의 가슴이 아주 살짝 올라갔다가 내려갔지만, 둘 다 용케 움직이거나 소리를 내지는 않았다.

"가자." 램지가 말했다. 데번이 들어본 가장 작은 목소리였다.

문득 오기가 발동했다. 어차피 여기까지 왔는데. 데번은 '잠깐만'이라고 말하려 입을 뗐다. 하지만 말이 나오지 않았다. 초자연적으로 조용한 방 안의 두 남자를 보고 있자니 돌연 자신감이 쪼그라들었다. 저렇게 **미동도 안 하는** 자들은 본 적이 없었다.

데번의 주저함을 감지한 듯 용들은 섬뜩할 만큼 동시에 뒤를 돌아봤다. 부드럽고 유연한 움직임이었다.

창백한 얼굴에 충혈된 눈, 벌름거리는 코, 경련하듯 떠는 손. 잠잠하고 고요했던 방금과는 달리 신경질적인 에너지가 가득한 모습이었다. 그들이 앞으로 성큼성큼 걸어오기 시작했고, 그게 공격을 하려는 건지, 인사를 하려는 건지, 아니면 단순히 호기심이 발동한 건지 가늠할 수 없었다.

그런 걸 따질 때가 아니었다. 데번은 비명을 지르며 문을 쾅 닫고 뒤로 물러섰다. 출입이 금지된 서재를 탐험하는 것이 이제 보니 그다지 좋은 생각이 아니었던 것 같았다.

"창문!" 데번이 간신히 입을 뗐다. "다시 창문으로 가자!"

"너무 멀어. 복도가 더 가까울 거야!" 램지가 데번을 휙 잡아당겨 중앙 서가를 빙 돌아 남쪽 서재의 정문 쪽으로 이끌었다.

그들 뒤에는 방에서 나온 용들이 있었다. 용들은 각기 다른 경로를 택해 서가를 돌아 나왔다. 추격하면서 속도를 내는 모습이 마치 한 쌍의 늑대 같았다.

데번과 램지는 홀로 우뚝 서 있는 오래된 책 타워 하나를 빙 돌아 나왔지만, 또 다른 장애물이 앞을 가로막았다. 필사적으로 피하려 했지만 결국 기사와 정면으로 부딪치고 말았다.

램지는 기사의 넓은 가슴에 머리를 박고 뒤로 넘어지면서 반사적으로 데번을 끌어당겼다. 오빠 위로 쓰러진 데번은 고개를 들고 휘둥그레진 눈으로 서재 정문 앞에 선 남자를 바라봤다.

기사가 그들을 내려다봤다. 말끔히 면도한 얼굴에서 옅은 색 눈이 번쩍거렸다. 키도 몸집도 큰 그는 빳빳하게 다린 검은 정장 차림이었다. 옷깃에 달린 계급장으로 보아 지위가 높은 사람이었다.

"안녕하세요." 데번이 얼빠진 얼굴로 말했다. 한 번도 만난 적 없었지만 데번은 이 남자가 누군지 알았다. 기사 사령관 킹시 대번포트. **모두**가 그를 알았다.

소리 없이 들이닥친 용 둘이 기사를 보고 걸음을 멈췄다.

"오베디레, 드라코네스." 킹시가 허공에 대고 나른하게 손짓했다. "데테인 에오스."

용 둘은 눈 깜짝할 사이에 다가와 아이들을 하나씩 맡았다. 거대한 두 손이 팔을 붙잡아 들어 올리자 데번은 비명을 질렀다. 발이 바닥에 닿지 않았다. 가까이 서니 용에게서 시큼한 땀 냄새와 풀을 잔뜩 먹인 면직물 냄새가 났다. 데번의 피부에 닿은 용의 손바닥에도 땀이 배어 나왔다.

데번의 머릿속은 온통, 헬멧에 가려지지 않은 그 혀 생각뿐이었다. 용은 기사의 말을 얼마나 잘 들을까? 더 이상 아무것도 확신할 수 없었다.

역시 포로로 잡혀 있던 램지가 데번과 겁에 질린 시선을 주고받았다.

"여기에는 아이들이 출입할 수 없다고 들었는데." 사령관이 그들을 위아래로 훑었다. "이 방에 어떻게 들어왔지?"

"쟤가 그러자고 했어요." 램지가 자신은 전혀 그럴 생각이 없었다는 듯 비열한 눈으로 데번을 노려봤다. "저흰 창문을 통해 들어왔어요. 그런데……."

데번도 램지를 쏘아봤다. "용을 보고 싶어서 그랬던 것뿐이에요. 그냥 보기만 했다고요. 그리고 오빠는 **자기 발로** 따라온 거고요." 램지가 저렇게 자기 탓만 할 줄은 상상도 못 했다. 천하의 겁쟁이 같으니라고.

"그냥 보기만 했다." 사령관이 생각에 잠겼다. "마침 내가 용을 살피러 돌아온 걸 다행으로 알아라. 아니면 이 문이 밖에서 잠겨 있었을 테니까. 그랬다면 무슨 일이 일어났을지 모르지." 그가 넓은 어깨를 동그랗게 말았다. "리뎀션은 영혼을 먹어야 할 필요성을 느끼지 않게 해주지만 먹고 싶다는 **욕망**을 없애주지는 않지. 저들은 여전히 굶주려 있어. 누구든 먹고 싶어 한다. 저 두 녀석처럼 수년간 먹지 못하면 갈망은 더 강해지지."

"다신 안 그럴게요." 램지가 꺽꺽거리며 말했다. "그치, 데브?"

"맹세할게요."

"그래, 그래야지." 킹시가 다시 손짓했다. "오베디레, 드라코네스. 데시스토. 키에스코."

용들이 아이들을 놓아주었다. 데번은 쿵, 등으로 착지했고, 램지는 얼굴을 찡그리며 무릎으로 착지했다.

"네 또래의 사내아이들은 에너지도 많고 호기심도 엄청나지." 사령관이 말했다. "하지만 금지된 영역에 몰래 들어오는 건 매우 위험한 성향이라는 걸 보여주는 거다. 너희 집 가부장과 이야기해 결혼식이 끝나면 우리가 널 데려가야겠어. 너 같은 녀석은 기사로 수양을 쌓을 필요가 있다."

"저를…… 기사로요?" 램지의 뺨에서 핏기가 가셨다.

"그건 그냥 실수였어요." 데번이 기어들어 가는 목소리로 말했다. "폐를 끼칠 생각은 아니었는데……."

"규칙은 괜히 있는 게 아니다." 킹시가 말했다. "규칙은 가문들을 결속시키고 안전과 질서를 유지할 수 있게 해주지. 규칙을 엄격하게 따르지 않으면 우리는 해체되고 말 거야. 너는 오늘 사고를 작은 규칙 위반 정도로 볼지 모르겠지만, 내가 보기에 네 행동은 고의적 반항과 교묘한 범죄성을 보여주고 있어. 이건 사회적으로 문제가 될 가능성이 다분하지. 가부장도 내 말에 동의할 거다."

램지의 얼굴에 일그러진 표정들이 잇따라 나타났다. 표정이 바뀔 때마다 얼굴은 더 창백해졌고 동요는 커졌다. 램지가 입을 뗐다가 도로 다물었다.

충격을 받은 데번은 아까처럼 화가 나지도 않았다. 힘을 다 써서 속이 텅 비어버린 것 같았다. 데번은 양팔로 자신의 몸을 감쌌다. 늘 먹는 동화책과 다른 흥미진진하고 재밌는 책 한두 권을 원했을 뿐이었다. 어쩌다 보니 작은 실수가 대참사로 이어진 건데…… 이러다 만약 램지가 기사단에 징발된다면…….

"그럼 재는요?" 램지가 굳은 목소리로 나지막하게 물었다. "이건 애초에 재 생각이었어요. 이 멍청한 계획은 다 재 머리에서 나온 거라고요. 그런데도 저만 끌고 가시는 거예요?"

"나도 이런 일이 생길 줄은 몰랐어!" 데번이 항변했다. "이건 절대 내가 원한 일이 아니라고……."

"우린 여자아이들은 처벌하지 않는다." 사령관이 사뭇 애석하다는 말투로 말했다. "하지만 이건 말해주지, 꼬마 아가씨. 네가 가문의 규칙을 어기면 너 자신은 벌을 받지 않더라도 네가 사랑하는 이들이 벌을 받게 될 거야. 오늘 네 오빠는 자유를 잃었다. 내일은 네 자식, 네 삼촌, 네 고모가 너 대신 책임을 지겠지. 그러니 주변 사람들을 위해서라도 주어진 책만 먹고 부디 선을 넘지 말거라." 그가 데번의 이마에 꿀밤을 먹였다. "알겠니?"

데번은 수치심에 굴복해 그의 발치에 무릎을 꿇었다.

"좋다." 사령관은 두 아이가 마치 개나 용이라도 되는 듯 손가락을 맞부딪쳐 딱 소리를 냈다. "이제 너희 가부장을 만나보자꾸나."

그들이 어디에서 왔든 나는 이터들이 적어도
수 세기 동안 인간과 공존해왔을 거라 생각한다.
'악령'이라 묘사되는 인도의 베탈라가 연상되기도 한다.
베탈라는 일종의 초기 뱀파이어 신화로 분류되지만,
피샤카(산스크리트 전설에 나오는 또 다른 괴물)와 달리 피를
빨아먹는 존재는 아니다. 방대한 지식과 깊은 통찰력을
자랑하며 어둠 속에 숨어 혼란을 유발하는 존재에 가깝다.
어딘지 익숙하게 들리지 않는가? 내가 보기에 이 신화는
이터들에 대해 알려진 사실과 비슷한 점이 상당히 많다.

**아마린더 파텔,
『종이와 살: 비밀의 역사』**

헤스터의 녹갈색 눈

현재

크로우스네스트 펍에 들어서는 데번의 어깨에 불안감이 내려앉았다. 입구에서 걸음을 멈추고 불안의 근원지를 찾았다. 뒤에서 유리 문이 부드럽게 닫히는 동안 뜨거운 공기가 뺨과 목을 강타하며 바깥의 쾌적한 찬기를 밀어냈다. 술집에 어울리지 않게, 암을 빨리 발견하는 열 가지 방법이 적힌 낡은 포스터가 벽에 붙어 있었다. 이터도 암에 걸릴 수 있을까? 데번은 자신의 종족에 대해 모르는 것이 많고, 이것도 그중 하나였다. 어른들은 반드시 알아야 할 게 아니면 여자아이에겐 아무것도 알려주지 않았다.

데번은 목을 길게 빼고 펍 안을 들여다봤다. 높은 천장, 플라스틱 샹들리에, 여기저기 갈라진 나무 바닥, 납틀 창을 통해 들어오는 깜박이는 가로등 불빛. 반짝이는 벽 장식은 여기저기 벗겨져 있고, 모퉁이에 자리 잡은 플라스틱 크리스마스트리에는 방울 장식이 달려 있었다. 손님들 대다수는 다소 보기 민망한, 알록달록한 크리스마스 스웨터 차림이었다. 평소와 다를 바 없이 재킷, 부츠, 바지, 셔츠를 검은색으로 통일한 데번의 옷차림과 극명한 대조를 이루었다.

분위기가 다소 천박해 보이긴 했지만 딱히 이상한 점이 느껴지진 않았다. 그럼에도 데번은 누군가 주의 깊게 지켜보고 있는 것 같은 느낌, 어깨뼈 사이가 근질거리는 느낌을 떨쳐낼 수 없었다.

쓸데없는 생각. 지금은 망상에 빠질 때가 아니었다. 처리해야 할 일이 있었다.

데번은 손님 무리를 헤치고 걸어 들어갔다. 펍은 흥이 나서 떠들썩하게 돌아다니는 사람들로 붐볐다. 크리스마스인 내일 문을 닫는 대신 오늘 밤은 술이든 뭐든 마음껏 즐기라고 늦게까지 영업할 예정이었다.

데번은 바에 다가가 바텐더를 불렀다. "기네스 한 잔 주세요. 거품은 적게요."

"그렇게 해드리죠." 바텐더가 레버를 당겨 잔을 채웠다. "혼자 오셨어요?"

"아니요." 데번은 억지로 예의 바른 미소를 지으며 쓸데없이 말을 시키는 남자에 대해 스멀스멀 올라오는 짜증을 억눌렀다. "친구를 기다리고 있어요."

"그럴 거 같더라고요." 바텐더가 가득 찬 맥주잔과 냅킨을 건넸다. "크리스마스에 특별한 계획 있으세요?"

별 의미 없이 던진 질문이 데번의 마음을 찔렀다.

"네." 데번이 살짝 날카롭게 대답했다. "이따가 밤에 10년 전 떠나보낸 누군가를 위해 기도할 거예요." 목에 건 나침반이 자철석처럼 묵직했다.

그 후 바텐더는 데번을 가만히 내버려두었다. 데번은 팁을 넉넉히 주고 더 이상의 시선 교환을 차단했다. 크리스를 기다리며 (진짜 이름이 크리스인지는 알 수 없지만) 맥주를 길게 한 모금 마셨다.

그리고 기다렸다.

또 기다렸다.

사람들이 옆을 스쳐 지나갔고, 주변에서 웃음꽃이 피어올랐다. 8시 20분이 되자 맥주를 거의 다 마신 데번은 휴대폰을 확인했다. 아무것도 없었다. 약속을 취소하거나 변명을 늘어놓는 문자도 오지 않았다. 이 불법 마약상은 겁을 먹고 내뺐거나 한참 늦을 모양이었다. 둘 중 뭐가 됐든 데번에게는 그럴 만한 시간적 여유가 없었다.

밀려드는 좌절감에 피로가 증폭되어 바 테이블에 몸을 기댔다. 이번에도 허탕을 친 걸까……. 제정신과 인내심을 간신히 유지하고 있는 요즘이었다. 카이를 끌고 영국 전역을 떠돈 16개월이 16년처럼 느껴졌다. 반복되는 상황에 지칠 대로 지쳤고, 암울했다. 걸핏하면 막다른 골목을 만났다.

물론 몇몇을 찾아내기는 했다. 레이븐스카가 여러 수상한 조직과 거래하며 장비와 약물을 공급받았기에 추적할 사람은 많았다. 하지만 대부분 경계심이 강해서 데번과의 만남이나 거래를 거부하곤 했다. 더는 거기에 납품하지 않는다고 티 나게 둘러대는 이들도 있었다.

크리스는 레이븐스카와 거래했다는 사실을 인정한 세 번째 사람이었다. 또한 킬록 레이븐스카라는 이름을 언급하면서 대가만 확실하다면 더 많은 정보를 주겠다고 한 첫 번째 사람이기도 했다. 어쨌든 그가 나타나기만 한다면 말이다.

"실례지만 지금 몇 신 줄 알 수 있을까요?"

데번이 어깨 너머로 뒤를 돌아봤다가 곧 시선을 아래로 내렸다. 데번보다 훨씬 키가 작은 여자가 서 있었다. 네모난 안경 너머에서 밝은 녹갈색 눈이 데번을 올려다봤다. 150센티미터가 겨우 넘을 법한 키, 동그란 어깨, 다부진 체격. 나이는 스물다섯에서 서른다섯 사이일 듯했다. 값비싼 담배 냄새를 풍기는 모직 코트와 고급스러운 가죽 핸드백이 눈에 들어왔다. 데번은 패션에 대해 잘 알지 못했지만, 어린 시절 내내 가죽을 먹은 덕분에 가죽에 대해서는 꽤 많이 아는 편이었다.

"내 시계가 정확하다면 8시 25분이요."

"아." 녹갈색 눈의 여자가 낙담했다. "생각보다 시간이 더 됐네요." 그는 스코틀랜드와 잉글랜드 북동부 사투리가 섞인 괴상한 억양을 사용했다. 아마도 주 경계 지역 출신인 모양이었다. 그 동네에서는 그리 드문 억양이 아닐 것이다.

"누구 기다리고 있어요?" 데번이 여자 쪽으로 몸을 돌려 물었다.

"일종의 크리스마스이브 데이트를 할 예정이었는데, 아무래도 그 여자가 날 바람맞힌 것 같아요. 원래 7시 반에 만나기로 했거든요." 여자의 머리색은 칙칙한 갈색과 연갈색에 가까운 금색이 뒤

섞여 있었다. 비싼 코트 아래로 보이는 옷 역시 패치워크 스커트부터 비대칭 블라우스에 이르기까지 비슷하게 뒤죽박죽이었다.

"나도 바람맞은 것 같아요. 그냥 좀 늦는 걸 수도 있지만요." 데번이 말했다.

여자가 회의적인 눈빛으로 데번을 바라봤다. "정말 그렇게 생각해요?"

"아니요, 그건 아니겠죠." 데번이 남은 맥주를 마저 비웠다. "원래 인복이 좋은 편은 아니거든요." 여러모로 사실이었다.

"아직 제대로 된 짝을 못 만났을 뿐이에요." 여자가 바 스툴에 올라앉았다. 데번과 달리 바닥에 발이 닿지 않았다. "아니면 당신이 누구에게도 기회를 주지 않은 걸 수도 있죠."

"둘 다 어느 정도 일리가 있는 것 같네요." 데번은 카이가 배고플 때 혀를 날름거리는 모습을 떠올리며 냅킨을 구겼다. "어, 그런데 이름이 뭐예요? 우리 둘 다 꼼짝없이 기다리는 신세가 된 것 같은데."

"헤스터라고 해요. 호손의 『주홍 글씨』에 나오는 그 불쌍한 여자랑 이름이 같죠. 되게 재수 없는 이름이라는 건 나도 알아요." 헤스터가 자조적인 웃음을 지어 보였다.

"왜요, 그렇게 나쁘지 않은데요. 충분히 괜찮은 이름이에요. 데번이라는 이름도 있는데요, 뭐."

헤스터가 코웃음을 쳤다. "그래요, 당신이 이겼네요. 내가 한번 맞춰보죠. 혹시 부모님이 당신을 가진 지역이 데번이었나요?"

"아니요. 집안 전통이에요." 데번이 말했다. "가족들 거의 다 지명을 딴 이름을 가지고 있죠." 그러고 나서 평소와는 달리 부주의하게 덧붙였다. "데번은 원래 내 할머니 이름이었어요. 할머니는 나보다 더 운이 나빴죠. 성이 대번포트였거든요."

"그러니까…… 아, 그러네요. 데번 대번포트라니, 정말 어이쿠네요." 여자의 웃음은 경쾌하고 편안했다. 경쾌하고 편안한 마음을 가진 사람만이 저렇게 웃을 수 있을 것 같았다. "그런데 어느 지역에서 왔어요? 북동부 억양을 쓰는 것 같지는 않은데."

"어……." 데번은 갑작스러운 질문에 크게 한 방 맞고 현실로 돌아왔다. 자신의 과거는 문제가 많았다. 게다가 지금은 크리스를 만나야 하고 카이에게 먹잇감도 제공해야 했다. 이 무의미한 잡담이 무슨 도움이 되겠는가. 데번은 대화를 그만 마무리해야 했다.

"내 생각엔 더비 출신일 것 같아요." 헤스터가 다리를 꼬았다 풀었다 하며 말했다. 새것이거나 새것처럼 광을 낸 구두를 신고 있었다. "더비에서 온 데번. 어때요, 비슷한가요?"

하지만 데번도 데번 나름대로 굶주려 있었다. 어쩌다 운 나쁘게 먹잇감으로 걸린 늙은이 말고 유쾌하고 상냥한 또래와 함께 있고 싶었다. 다음을 기약한들 과연 그 시간이 오긴 할까? 적어도 지금 이 시간은, 무산된 약속으로 인한 실망감을 덜어줄 수는 있을 것이다.

"저기, 괜찮아요? 내가 뭐 실수했나요?"

"미안해요, 그냥 이 술집 때문에 그래요. 이 요란한 크리스마스 조명 때문에 머리가 지끈거리네요." 데번이 자신의 빈 잔을 옆으로 치웠다. "나가서 좀 더 조용한 곳에 가지 않을래요? 여긴 너무

시끄러워서 말소리도 잘 안 들리고……."

헤스터가 스툴에서 폴짝 내려오더니 블라우스 매무새를 가다듬었다. "내가 딱인 곳을 알아요. 여기서 조금만 걸으면 되죠."

데번은 이 순간을 즐기려 웃음을 지어 보였다. 크리스도 못 만나게 된 마당에 어차피 달리 할 일이 있는 것도 아니잖아?

그들은 손님 무리를 헤치고 반쯤 구르다시피 거리로 나왔다. 어둠이 도시의 화려한 네온 빛 윤곽을 한결 부드럽게 만들어주었고, 주변이 갑자기 한산해지면서 고요한 진공 상태가 된 듯했다.

"이런 일이 자주 있는 편인가요?" 데번은 답답한 재킷을 벗어버리고 싶었다. "데이트 상대에게 바람맞고 다른 사람을 고르는 일 말이에요."

"지금 이거 데이트예요?"

"꼭 그럴 필요는 없죠." 신중하자, 데번은 스스로에게 말했다. 너무 들이대지도 말고, 너무 필사적이지도 말고. "근데 우리 어디로 가는 거예요?"

헤스터는 데번을 이끌고 몇 블록을 걸어가 부둣가 펍에서 새 술을 주문했다. 둘은 필시 특이한 한 쌍처럼 보였을 것이다. 수수한 검은 옷에 굽 있는 부츠 차림의 데번과, 나풀거리는 파스텔 톤 옷을 입은 키 작은 헤스터. 하지만 뉴캐슬에는 취향이 다양한 사람들이 많은 편이라 아무도 둘을 보고 수군대지 않았다.

쌀쌀한 날씨인데도 둘은 술을 가지고 나와 야외 테이블에 앉았다. 그리고 사람 구경을 하며 이런저런 잡담을 나누었다. 헤스터는 마치 데번이 오랜 친구라도 되는 양 책, 영화, 날씨, 그 밖의 여러 가지 것들에 대해 편히 수다를 떨었는데, 평생 친구라고는 가져보지 못한 데번에게는 다른 세계 사람처럼 느껴졌다. 데번은 자기 얘기를 할 게 별로 없어 듣는 역할에 충실했다.

어쩌면 평범한 인간으로 사는 건 이런 느낌인지도 모르겠다. '평범함'이란 게 정말 인간 사회에 존재한다면 말이다. 데번이 바란 삶이 이런 것이었을까? 알 수 없었다. 세상은 울타리 쳐진 들판의 연속이었고, 울타리 저편의 잔디가 늘 더 푸르게 보이는 법이니까.

어렸을 때 데번은 책을 매번 먹기만 하기보다는 때로는 읽고도 싶었다. 물론 제일 중요한 것은 직접 책을 선택하는 것, 어떻게 자신을 만들어가고 무엇에 몰입할지 스스로 결정하는 것이었다.

그러한 욕구는 나이가 들어도 변하지 않았다. 그는 여전히 자신에게 선택권이 있기를, 자신의 인생이 불가피한 사건의 연속이 아니기를 간절히 바랐다. 모든 것이 타인에 의해 계획된 유년기를 보낸 데번은, 성격과 세계관 역시 페어웨더 가문의 서사, 이터 가문들의 서사에 맞춰 조각되었다.

"당신은 내가 만나본 사람 중 남 얘기를 가장 잘 들어주는 사람 같아요. 아니면 비밀이 아주 많아서 말을 아끼려고 하는 것도 같고요." 자신의 수다를 끝으로 대화가 끊기자 헤스터가 말했다.

"비밀이 많은 사람과 재미없는 사람을 헷갈리는 것 같은데요. 솔직히 말하면, 난 얘기할 만한 게 전혀 없어서 그래요." 어쨌든 인간 여자가 흥미를 느낄 구석은 전무했다.

"아, 그래요? 그럼 내가 맞춰볼게요." 헤스터가 자세를 고쳐 앉고 상체를 앞으로 내밀었다. "어디 보자. 내 생각엔…… 내 생각엔 그쪽 부모님은 이혼하셨을 것 같아요. 그래서 당신이 이렇게 냉담한 사람이 된 거죠." 헤스터가 버번콕을 홀짝이며 생글거렸다.

"이혼보다는 별거에 가까워요." 엄마가 페어웨더 저택에 남겨진 여자아이 생각을 아직도 할지 데번은 궁금했다. 데번은 방어적으로 덧붙였다. "그리고 난 **그렇게까지** 냉담한 사람은 아니에요. 우리 지금 이야기를 나누고 있잖아요."

"별거나 이혼이나 그게 그거죠." 헤스터의 말은 틀렸다. 이혼은 선택인 반면 강제 별거는 선택이 아니었다. 앰벌리 블랙우드에게는 선택의 여지가 없었다. "그리고 당신은 '냉담하다'의 사전적 정의에 꼭 들어맞는 사람처럼 보이는데요."

"글쎄요……."

"기다려봐요, 나 아직 안 끝났다고요!" 헤스터가 해맑게 웃었다. "당신 가족은 전통과 규칙에 얽매인 고루한 사람들이었을 것 같아요. 결혼했다가 후회한 적도 있을 것 같고요. 어때요, 맞나요?"

데번의 가슴속에서 불안이 꿈틀거렸다. 쓸데없는 상상일 수도 있지만 헤스터의 시선이 갑자기 날카롭게 변한 것처럼 느껴졌다.

데번은 재밌는 척하며 받아쳤다. "그래요? 당신이 겪은 걸 나한테 투사하는 건 아니고요?"

"어쩌면요." 헤스터가 얼굴을 붉히며 데번이 잠시 품었던 의심을 씻어주었다. "좋아요, 그럼 마지막으로 한 번만 더 시도할게요. 이번엔 꼭 맞출 거예요. 내 생각엔…… 당신은 속마음을 잘 털어놓지 않는 책벌레일 것 같아요. 깊은 생각에 잠긴 표정을 보면 그래요. 책을 많이 읽는 편인가요?"

"음……." 30년 가까이 살면서 대략 3만 권의 책을 먹었고, 최소 3000권의 책을 읽었다. "책은 좀 읽는 것 같네요." 데번은 동시에 접근할 수 있는 용량 이상의 정보를 받아들였고, 머릿속에서 필요한 정보를 가려내는 능력은 매년 조금씩 더뎌졌다. 어렸을 때 램지가 경고했던 것처럼.

"그럴 줄 알았어요." 헤스터가 술잔을 젖히며 말했다. "어떤 책이든 안 가리고 다 읽을 것 같은데요."

"그렇진 않아요. 난 문학적인 사람은 아니거든요. 스릴러랑 범죄소설을 좋아하죠." 데번이 어깨를 으쓱했다. "저급하면 저급할수록 좋아요. 재밌는 책, **감칠맛** 나는 책이요. 고상한 문학 작품은 고리타분한 노땅들이나 읽으라 그래요." 자신의 삼촌처럼. "한잔더 할래요? 이번엔 내가 사 올게요."

"이번엔 콜라만 부탁해요." 헤스터가 말했다. "나같이 작은 사람들은 주량도 작아서 금세 취하거든요."

데번은 펍 안으로 들어가 줄을 섰다. 주문하는 동안 휴대폰이 진동해 폴더를 열어 문자를 확인했다.

크리스

생각이 바뀌었어요. 돈은 그쪽이 가지길. 미안합니다.

데번은 탁 소리 나게 휴대폰을 닫았다. 너무 피곤하고 실망스러워 화낼 힘도 나지 않았다. 하지만 쫓을 수 있는 단서가 아직 남아 있었고, 확인해야 할 이름도 머릿속에 몇 개 저장되어 있었다.

이곳을 떠나기 전 카이에게 줄 안전한 먹잇감을 발견할 수 있다면 좋을 텐데. 행복하고 순수하고 상냥한 사람으로.

헤스터 같은 사람.

이 생각은 물속에 가라앉는 벽돌처럼 데번의 마음을 무겁게 짓눌렀다. 사실 데번은 카이에게 여자를 먹잇감으로 주고 싶지 않고, 지금까지는 그런 상황을 용케 피해왔다. 합리적이지 않다는 것은 알지만 그래도 어쩐지 더 약한 존재를 희생시키는 것은 특히 나쁜 짓처럼 느껴졌다. 생명은 다 같은 생명이라고 해도 데번에게는 그렇지 않았다. 하딘의 '구명선 윤리'에 나올 법한 상황이 닥치면 누구를 구하고 누구를 익사시킬 것인지 온갖 기준이 생기기 시작하는 법이다. 어쩌면 자신이 이터 가문에서 자라며 여자가 더 소중한 존재라고 배웠기 때문인지도 모르겠다. 아니면 같은 성별에게 더 쉽게 동정심을 느끼기 때문일 수도. 어쨌든 데번은 아들을 위해 여자를 희생시키고 싶지 않았다.

하지만 시간에 쫓기고 선택지마저 박탈당한 지금 여기서, 데번은 동요 없이 이 방안을 고려하고 있는 자신을 발견했다. 카이는 배가 고팠고 데번은 뉴캐슬을 빨리 떠야 했으며 이 낯선 여자는 잘 포장된 선물처럼 데번의 무릎 위에 안착했다. 그것도 크리스마스이브에. 안 될 것 없었다. 용기를 내서 실행에 옮길 수만 있다면.

기네스를 몇 잔 마셨음에도 순간 정신이 맑아졌다. 집에는 참을성 있게 기다리는 아들이 있었다. 고작 두어 시간이지만 아들을 잊었다는 사실에 죄책감이 밀려왔다. 게다가 도시 어딘가에는 기사들이 돌아다니고 있을 터였다. 약해질 때가 아니었다.

데번은 안에서 술을 받아 들고 야외 테이블로 돌아갔다. 미소 띤 얼굴이지만 정신은 바짝 가다듬은 채였다.

술을 반쯤 마셨을 때 데번이 테이블 너머로 몸을 숙여 와자지껄한 소음을 뚫고 말했다. "우리 집에 갈래요?"

"당신 마음이죠." 헤스터가 데번의 귀에 대고 말했다. "이성애자면서 괜한 호기심에 사고 쳤다가 아침에 눈 떠서 결국 남자가 더 좋다는 사실만 확인하게 되는 건 아니겠죠?"

데번은 뭐라 대답할까 고민하다가 그냥 솔직해지기로 했다. "뭐라고 말해야 할지 모르겠네요. 그냥 당신이 마음에 들어요." 사실이긴 했다. 헤스터가 원하는 방식은 아닐 테지만.

"당신도 나쁘지 않아요." 헤스터가 무미건조한 투로 응수했다.

데번은 소리 내 웃으면서 히스테릭하게 들리지 않았기를 바랐다. '당신 정도면 나쁘지 않다'는 말은 잠재적 희생자를 관찰하면서 종종 혼잣말처럼 하던 말이었다. 데번은 속으로 이 말을 되풀이했다. '당신 정도면…… 카이에게 나쁘지 않을 거야.' 또다시 길을 떠나기 전에 카이를 굶주림에서 벗어나게 해줄 마지막 식사가 될 것이다.

둘은 남은 술과 음료를 마저 마시고 함께 일어났다. 데번은 길을 나서기 전 보드카를 한 병 사 오는 걸 잊지 않았다. 오늘 밤 끔찍한 일을 겪고 나면 분명 한잔이 절실할 것이다.

"집이 멀어요?"

"그냥 아파트인데, 멀지 않아요. 타이어 매장 위층에 있고 저쪽으로 조금만 가면 돼요." 데번이 모호하게 손짓했다. "당신도 마음에 들어 할 거예요." 새빨간 거짓말.

헤스터가 데번의 팔에 손을 댔다. "안 추워요? 코트 가지러 돌아가야 하는 거 아니에요?" 그제야 데번은 술을 마셔 알딸딸해진 바람에 재킷을 깜빡했다는 것을 깨달았다.

"내가 원래 북쪽 출신이라서요." 영하의 날씨에 퍽이나 그럴듯한 말이라도 되는 양 둘러댔다. "황무지에서 자랐는데, 거긴 정말 춥거든요."

"네? 황무지요? 정말 낭만적인데요!" 헤스터가 모피 안감을 댄 코트 속에서 오들오들 떨었다. "조금 있으면 어릴 적 『폭풍의 언덕』에 나올 법한 저택에서 자랐다고 할 판인데요?"

머릿속에서 경보음이 울렸다. 이번에도 너무 정곡을 찌르는 말이었지만, 술을 마신 이상 웃지 않을 수 없었다. 게다가 두려워할 게 뭐람? 헤스터는 인간이었다.

10분 후, 골목길로 방향을 틀어 작은 아파트 입구로 향했다. 둘은 묘한 침묵 속에 계단을 올랐다. 데번이 문을 여는 동안 헤스터는 기다렸다. 마침내 두 여자는 페인트가 갈라지고, 낡아 빠진 가구가 놓인 작고 초라한 아파트에 들어섰다.

카이의 방문이 활짝 열려 있어서 무릎 위에 잡지를 펼쳐놓고 침대에 앉아 있는 아이의 모습이 거실에서도 보였다. 카이가 고개를 들고 말했다. "집에 여자 데려오는 건 싫어하는 줄 알았는데요."

헤스터가 그 자리에 멈춰 섰다. "아이가 있어요?"

데번은 주의가 산만해진 틈을 타 조용히 현관문을 잠갔다. "미안해요. 내 아들 카이예요. 애가 좀 직설적인 편이죠." 데번은 아이의 새는 발음을 듣고도 아무 말 하지 않는 헤스터에게 묘하게 고마운 마음이 들었다. 카이는 이 문제에 예민했다.

"지금까지 아이 혼자 있었던 거예요? 보모는 어디 가고요?"

"딱히 보모가 필요하진 않아서요." 사실이었다. 성인 스물다섯 명분에 달하는 영혼을 축적한 아이에게 몇 시간 혼자 있는 것쯤이야 거뜬했다.

"전 혼자 있어도 괜찮아요." 카이가 잡지를 매트리스에 내려놓고 침대에서 미끄러지듯 내려왔다. 그리고 문지방을 넘어 소리 없이 거실로 나왔다. 아이의 팔에는 아침에 사다 준 크림이 덕지덕지 발려 있었다.

헤스터가 긴장한 듯 숨죽이며 가방끈을 비틀었다.

"좀 앉아요." 데번이 아들 옆을 쓱 지나쳐 화장실로 향했다.

비좁은 아파트에는 숨을 곳이 거의 없었다. 거실에서 모든 방이 보였다. 화장실만 그나마 문이 있어서 들어가 문을 닫으면 카이가 벌이는 일을 대면하지 않을 수 있었다. 누군가가 죽는 모습을 **지켜보지** 않을 수 있었다. "좀…… 편하게 있어요."

"아, 안 그래도 될 것 같아요." 헤스터가 가방끈을 점점 더 세게 비틀었다. "저기, 당신이 마음에 들긴 하지만 난 아무래도 여기 오래 있지는 못할 것……."

헤스터가 자신을 향해 다가오는 남자아이를 연신 쳐다보며 말꼬리를 흐렸다. 그러고 보니 둘은 한번 보면 잊기 힘든 기묘한 한 쌍이었다. 열병을 앓듯 굶주림으로 열이 오른 창백하고 삐쩍 마른 남자아이와, 깜짝 놀라 입술을 꼬집는 자그마한 체구의 녹갈색 눈을 가진 여자.

데번이 한 손으로 화장실 문을 잡은 채 서서 뒤를 돌아봤다. "뭐 하나만 물어봐도 돼요? 당신은 좋은 사람인가요? 친절한 사람이에요?"

헤스터가 눈을 깜빡거리며 아이에게서 데번에게로 시선을 옮겼다. "뭐라고요?"

"상관없어요." 뜻밖에도 카이가 끼어들었다. "우리 중 좋은 사람은 아무도 없어요. 오로지 하느님만이 우릴 용서해주실 수 있죠."

저 빌어먹을 목사 놈. 뒤엉킨 분노가 데번의 가슴을 짓눌렀다.

"하느님이 뭘 해준다는 건지는 몰라도." 데번이 이를 악물고 말했다. "네가 괜찮다면 된 거야." 화장실 문을 쾅 닫았다.

문 반대편에서 숨죽인 비명이 들려왔다. 곧 으르렁거리는 소리와 헤스터의 날카로운 고함이 이어졌다. 그리고, 고인 피가 엉겨붙듯 끔찍한 침묵이 흘렀다.

데번은 아무 감정도 느끼지 못했다. 희생자가 잡아먹히는 순간에는 늘 이랬다. 후유증은 나중에 오기 마련이다. 데번은 세면대 위로 몸을 숙이고 수도꼭지를 틀었다. 정신이 확 깨도록 얼굴에 찬물을 끼얹었다.

맙소사, 대체 무슨 정신으로 젊고 매력적인 여자를 데려왔을까? 시신은 어떻게 수습하지? 헤스터 같은 사람을 노숙자 쉼터에 버리는 것은 너무 위험한 일이었다. 어제 목사를 그곳에 두고 왔으니 더욱 안 될 일이었다. 데번은 낡아 빠진 수건으로 얼굴을 닦았다. 마음이 꼭 이 수건 같기만 했다. 그때 거실에서 부드러운 웃음소리가 들려왔다.

데번은 손과 얼굴의 물기를 닦아내다 말고 그 자리에 얼어붙었다. 누군가 말을 하고 있었다. 헤스터의 목소리였다. 이어서 카이가 조용히 뭐라고 대답하는 게 들렸다.

기묘한 전율이 목덜미를 타고 흘렀다. 수백 가지 가능성이 머리를 스쳤는데, 그중 무얼 바라고 무얼 버려야 할지 가늠할 수 없었다. 데번은 몽롱한 정신으로 느릿느릿 수도꼭지를 잠그고 수건을 건 다음 문을 열었다.

카이는 소파에 걸터앉아 좀 전에 읽고 있던 잡지를 무릎 위에 그대로 펼쳐놓고 눈을 휘둥그렇게 뜬 채 잡지에서 찢어낸 종이를 입안에 넣고 있었다. 헤스터가 아이 옆에 앉아 미소 띤 얼굴로 그 모습을 유심히 지켜보았다. 데번의 등장에 둘이 고개를 들었다.

데번은 충격과 동시에 터무니없는 질투에 사로잡혔다. 카이는 책을 먹지 못하기 때문에 데번 옆에서 무언가를 먹어본 경험이 없었다. 그런데 어떻게 아이가 저 여자, 하룻밤 나갔다가 만난 저 여자 옆에서 **책을 먹고 있는 거지?**

"데번 페어웨더, 맞죠? 자기 남편을 죽인 악명 높은 공주님." 여자의 녹갈색 눈이 반짝였다. "마침내 만나 뵙게 되어 영광이에요."

데번이 여자를 빤히 쳐다봤다. "당신 누구야?"

"킬록 레이븐스카가 날 보냈어." 헤스터가 자신의 혀끝을 입가에 가져갔다. "좀 앉지 그래? 이제 정말 솔직하게 대화를 나눠야 할 때가 온 것 같은데. 여자 대 여자로 말이지."

그가 공주 수업을 받기 시작한 후로
사람들은 입을 모아
세상에서 가장 아름다운 여자는 그라고 말했다.
이제 그는 가장 아름다울 뿐만 아니라
가장 부유하고 가장 강력한 여자가 될 터였다.
인생에서 너무 많은 걸 기대하지 마,
버터컵은 말을 타고 가며 속으로 생각했다.
가진 것에 만족할 줄 알아야 해.

윌리엄 골드먼,
『프린세스 브라이드』

프린세스 브라이드

11년 전

페어드리의 결혼식과 대참사로 끝난 서재 모험 이후 몇 년이 흐른 뒤, 열여덟 살의 데번은 분필처럼 새하얀 리무진이 도착하기를 또 다시 기다리고 있었다. 다른 점이 있다면 이번에는 리무진이 데번을 태우러 온다는 것이었고 이제 데번 자신이 결혼을 한다는 것이 었다.

페어웨더 저택의 어른들이 데번을 배웅하러 나왔다. 늘 숨어 지내다시피 한 고모들, 커갈수록 데번을 더 피하는 것처럼 보였던 그 고모들마저 모습을 드러냈다. 집안의 여자가 첫 결혼을 위해 집을 떠나는 것은 가문의 큰 행사였고 기념할 만한 가치가 있었다. 페어 드리가 남겨 두고 간 꼬마 체스터가 기뻐하며 손을 흔들었다. 아이는 이제 거의 다섯 살이었다.

데번은 가족들을 모두 꼭 껴안았다. 상황에 너무 압도된 나머지

눈물도 나오지 않았다. 결혼식이 무사히 끝나고 아이를 가진다면 데번은 4년간 집에 돌아오지 못할 것이다. 모두가 데번과 악수하고 포옹했다. 입을 맞추고 행운을 빌어준 이들도 있었다.

이제 70대에 접어드는, 나이가 가장 많은 뷸라 고모가 마지막으로 작별 인사를 했다. 고모는 구부정하게 서서 데번을 잡아당겨 눈높이를 맞추고는 강한 요크셔 억양으로 속삭였다. "강인해야 한다, 애야. 아무에게도 우는 모습을 보이면 안 돼. 결국엔 다 괜찮아질 거야."

"어…… 네, 물론이죠." 살짝 놀란 데번은 어색하게 고모를 안아주었다. 좀 이상한 말이었다. 울 생각 같은 건 없었고 우는 모습을 다른 이들에게 보일 생각은 더더욱 없었으니까.

리무진이 진입로에서 기다리고 있었다. 양옆에는 기사와 용이 시동 걸린 오토바이에 타 있었다. 기사단은 어떤 가문에도 속하지 않은 중립 단체로서 결혼을 주선할 뿐 아니라 계약을 집행하고 신부를 안전하게 에스코트까지 해주었다.

짐을 쌀 필요도 없었다. 가방은 이미 트렁크에 실렸고, 먼저 차에 탄 에이크 삼촌이 느긋하게 미소를 지으며 데번을 기다리고 있었다. 데번은 힐끔 뒤를 돌아봤다가 아직도 자신을 빤히 쳐다보고 있는 늙은 고모를 발견하고 당황했다.

"아무 걱정 마라, 우리 공주." 데번이 차에 올라타자 삼촌이 말했다. "요새 네 고모가 툭하면 흥을 깨는구나. 여자들 소설을 너무 많이 먹은 모양이야. 너도 그 소설들이 어떤지 알잖니."

"걱정 안 해요." 데번이 삼촌에게 미소를 지어 보이며 볼에 입을

쪽 맞췄다. "전 행운아인걸요."

데번은 정말이지 운이 좋았다. 다른 이들, 이를테면 오빠 램지만 해도 동료와의 경쟁에서 지지 않기 위해 고군분투해야 했고 기사가 되기 위한 훈련과 역경을 견뎌내야 했다. 인간 사회에서는 뚜렷한 목적이나 방향 없이 가난과 환경에 짓눌린 채 사는 이들도 많았다. 또 인간 여성들은 변덕스럽고 제멋대로인 데다가 사회적으로 취약한 처지에 놓여 있지 않은가.

하지만 여성 이터들은 희귀하고 특별한 존재로서 사회에서 안정적인 자리를 차지했다. 데번도 그만큼 희귀하고 특별했기에 존재하는 것 말고는 아무것도 하지 않아도 되었다. 데번이 맡은 역할은 자신의 위치에 부합하는 것이었다.

요컨대 데번은 저택 밖의 뒤틀린 세상과 동떨어진 아름다운 집에서 안전하고 행복한 삶을 살았다. 이 정도는 삼촌이나 오빠가 알려주지 않아도 몰래 읽은 책만으로도 알 수 있었다. 온갖 극적인 사건, 마음의 상처, 추악한 범죄, 어둡고 스트레스가 난무하는 이야기들. 데번은 이 모든 것에서 예외였다. 제인 에어처럼 가난에 시달리다 폭풍 같은 치정극에 휘말린다? 데번에게 **그런 일**은 결코 일어나지 않을 것이다.

지금 여기, 사파이어로 장식된 베일을 머리에 쓰고 몸통을 꽉 조이는 초록색 드레스를 차려입고 값비싼 리무진의 단단한 안전벨트를 딸깍 채우는 데번이 있다. 그는 값비싼 것들로 뒤덮인 채 행운을 발산하고 있었다. 엄밀히 보면 왕족은 아니었지만 사실상 두말할 나위 없는 공주였다.

조용히 살라. 규칙을 준수하라. 가족을 기쁘게 하라. 이대로만 하면 삶은 만족스러울 것이다. **지금까지** 그래왔듯이.

"램지에게는 소식 없었어요?" 데번이 안전벨트 가장자리를 엄지손가락으로 문지르며 물었다. "마지막으로 전화했을 때 절 배웅할 수 있으면 좋겠다고 했는데."

데번이 마지막으로 저지른 어리석은 실수의 직격탄을 맞은 불쌍한 램지.

"네 오빠는 잘 지내고 있는 걸로 안다. 다만 너무 바빠서 집에 오기는 힘든 모양이구나." 에이크 삼촌이 평소처럼 무심한 투로 대답했다. "아마 네 다음 결혼식에는 올 수 있을 거야."

실망하지 말자, 데번은 속으로 되뇌었다. 기사가 된 오빠에게는 이제 책임이 따랐다. 데번 때문에 그런 곤경을 겪고도 연락을 받아주는 것만으로 다행이었다.

사실 램지가 데번의 연락을 받기까지는 4년이 걸렸다. 오빠가 기사들 밑에서 4년간 갖은 고생을 하는 동안 데번은 집에 남아 자신의 수치를 곱씹었다.

가장 힘든 훈련이 어느 정도 끝나서야 램지는 자신의 역할에 충실했다. 예전과 같은 관계로 돌아갈 수는 절대 없겠지만 그래도 둘 사이에는 무언가가 남아 있었다. 데번은 오빠와 연락을 주고받을 수 있다는 것에 그저 감사했다. 비록 대화가 조심스럽고 들쭉날쭉하더라도.

그들이 탄 리무진은 주로 고속도로나 작은 시골길을 달렸다. 관례대로 운전사는 인간들이 사는 마을을 최대한 덜 거치는 경로를 택했다. 데번은 이 차가 도시를 통과했으면 하고 헛되이 바라는 자신을 발견했다. 분명 인간 사회는 이터 사회보다 열등했지만, 그래도 데번은 약간의 호기심을 느꼈다. 그러지 않기가 어려웠다.

어느 작은 마을을 지나갈 때 나란히 걷는 젊은 커플을 보았다. 여자는 청바지 차림이었다. 인간 사회에는 남자 옷을 입는 여자들이 많았다. 데번이 평생 입어온 긴 드레스를 입는 여자는 극히 드물었다.

두 사람이 길모퉁이에 멈춰 섰을 때 여자가 남자에게 뭐라고 말하자 남자가 웃음을 터뜨리며 여자의 손을 잡았다. 어렸을 때 오빠들과 손을 잡은 적이 있지만, 저들이 잡는 것과는 완전히 다른 느낌이었다.

"어떤 남자예요?" 약혼을 통보받고 6개월간 한 번도 묻지 않은 질문이었다.

"네 남편 말이니?" 에이크 삼촌은 셸리의 시집을 야금야금 먹고 있었다. "유능하고 부유하고 똑똑한 남자란다. 장담하는데 넌 그 집에서 아주 행복할 거야."

'페어웨더 저택에서 삼촌과 함께 살 때 엄마도 행복했어요?' 데번은 두 손으로 깍지를 끼면서 이 말을 입 밖으로 꺼내는 광경을 상상했다. 그러면 에이크 삼촌은 (사실은 삼촌이 아니라 아버지라 불러야 했지만) 진심을 다해 '물론이지, 얘야!'라고 답할 게 뻔했다.

데번은 다시 창가로 고개를 돌려 경치를 음미했다. 삼촌이 뭐라고 할지 이미 알고 있는데 굳이 물을 필요가 있을까? 그건 그냥 확인을 받기 위한 것일 뿐. 데번은 그런 무의미한 확인을 받고 싶어

하는 타입은 아니었다.

리무진은 언덕을 넘고 들판을 가로질러 마침내 버밍엄 외곽 어딘가에 있는 윈터필드 영지에 도착했다. 정확한 위치는 데번도 몰랐다. 중요한 것은 집 자체였다. 진입로 대문이 열리면서 튜더 양식으로 지은 우아한 저택이 모습을 드러냈다. 흰 외벽에 검은 목재 장식이 줄무늬처럼 들어간 것이 마치 얼룩말 같았다.

무너져가는 난간이나 마구잡이로 지은 증축 시설 같은 건 보이지 않았다. 말끔하게 정돈된 집이었다.

깔끔한 잔디밭이 진입로를 에워쌌고, 풀과 산울타리는 한 치의 오차도 없이 정밀하게 다듬어져 있었다. 수행 기사들이 모두 들어가 헤엄칠 수 있을 만큼 거대한 4단 분수를 차로 한 바퀴 도는 동안 데번은 웃음을 지었고, 윈터필드가 형제들이 위풍당당한 말에 올라타 일렬로 대기하고 있는 모습을 보고 숨을 골랐다. 페어웨더 영지에서는 말을 키우지 않았다.

에이크 삼촌이 데번 쪽으로 몸을 기울였다. "저런 동물을 키우려면 돈이 엄청나게 많이 들지. 우리 집안은 수십 년간 가세가 기울었지만 이제는 달라질 거다. 다 네 덕분이다. 윈터필드가에서 지참금을 아주 후하게 치렀거든."

데번은 자신의 가치에 자부심을 느끼며 미소를 지었다.

루턴 윈터필드가 그들을 맞기 위해 말을 타고 앞으로 나왔다. 데번이 리무진에서 내리자 루턴도 말에서 내려왔다. 남편 될 인물은 데번이 바라는 것만큼 얼굴이 잘나지는 않았다. 그래서인지 불만이 많아 보였다. 나이를 짐작하기 어려웠는데, 서른보다는 많고

마흔보다는 적어 보였다. 보기에 따라 코가 너무 작은 것 같기도, 턱이 너무 큰 것 같기도 했다. 이제 희끗희끗하게 센 금발 머리도 각진 턱과 흐릿한 이목구비를 가려주지는 못했다.

난 운이 좋은 거야, 데번은 스스로에게 상기시켰다. 부유한 가문의 남자와 결혼하는 것만으로도 행운이었다. 남편은 성실하게 계약을 이행하고 둘 사이에서 낳은 아이를 잘 보살펴줄 것이다. 생김새가 좀 마음에 안 들면 어떤가? 적응이 되면 점점 좋아질 것이다. 사실 그런 건 전혀 중요하지 않았다. 외모는 껍데기에 불과하니까.

루턴은 눈살을 찌푸리며 고개를 뒤로 젖혔다. "키가 말도 안 되게 크네."

이 단순한 몇 마디가 사람을 얼마나 작아지게 만들 수 있는지. 순간 데번은 자신감을 잃고 움츠러들었다. 키가 큰 건 좋은 거 아니었나?

에이크 삼촌이 코웃음을 쳤다. "루턴, 이 친구 성격 좀 보게나."

다른 남자들이 껄껄대며 웃었고 데번도 살짝 머뭇거리다가 이내 따라 웃었다. 데번도 어엿한 성인 여자였다. 농담쯤은 받아들일 줄 알았다.

호리호리한 백발의 여자가 앞으로 나오더니 데번에게 악수를 청했다. "만나서 정말 반가워. 나는 루턴의 누나 게일리라고 해. 앞으로 필요한 게 있으면 나한테 말해."

"고맙습니다. 정말 친절하시네요." 데번은 놀란 모습을 들키지 않으려 애쓰며 여자의 손을 잡았다. 페어웨더 저택에서 나이 든 여자들은 데번을 늘 피하려고만 했다. 윈터필드가 여자들이 단순히 더 친절한 걸까? 아니면 데번이 결혼을 앞둔 다 큰 여자라서 그들 세계에 받아들여지게 된 걸까? 어느 쪽이든 데번은 마음 한구석이 따뜻해지는 걸 느꼈다.

많은 일이 정신없이 이어졌다. 기사들은 지하실 어딘가에 용을 쓸쓸히 남겨놓고 사라졌고, 에이크 삼촌과 루턴은 '그 빌어먹을 체외 인공수정 문제'를 논하러 남자들과 위층으로 올라갔다. 남자들은 요즘 늘 그 이야기만 했다. 특히 그 기술을 이터 여성들의 몸에도 적용할 수 있는지, 어떻게 시험할지, 누구를 시험 대상으로 삼을지, 장비는 어떻게 구할지 등에 대한 이야기가 주를 이루었다.

데번은 자신을 에워싼 인파 속으로 들어갔다. 게일리가 옆에서 데번을 안내하며 이곳저곳에서 악수하고 입 맞추고 인사를 나누게 했다. 어찌나 많은 이들과 인사를 나눴던지 첫 계단에 이를 때쯤에는 숫자 세기를 포기할 정도였다. 페어웨더 저택에서 열린 페어드리의 결혼식은 이것보다 규모가 훨씬 작았다. 물론 페어웨더 가문은 집도 훨씬 작고 손님도 훨씬 적긴 했다.

윈터필드 저택은 외관뿐 아니라 실내도 아름다웠다. 대리석과 마호가니로 장식되었고, 크림색 카펫과 두툼한 덮개를 씌운 가구가 곳곳에 배치되어 있었다. 현대식 양장본을 선호하는 듯한 서재에는 다양한 언어로 쓰인 문학 작품과 현대 소설이 주로 소장되어 있었다. 데번을 게일리를 따라, 반들반들한 코팅지와 빳빳한 흰 종이 냄새를 풍기는 흥미로운 소설이 잔뜩 꽂힌 서가들을 지나쳤다.

이곳에는 오래된 가죽 코덱스양피지나 나무를 묶어 겉표지를 싼 서양의 대표

적 제본 방식으로 채워진 후미진 구석도 없었고, 두껍고 칙칙한 학술서도 찾아볼 수 없었으며, 오래된 책 냄새도 남아 있지 않았다. 데번이 한 서가 앞에서 멈춰 서자 게일리는 곧 식사 시간이라고 속삭이며 그를 앞으로 떠밀었다. 데번은 그렇게 올림머리에 꽉 조이는 드레스 차림 그대로 연회장으로 향했다.

연회장은 숨을 멎게 했다. 거대한 마호가니 테이블 네 개가 정사각형 모양으로 배치되었고, 각 테이블에는 책이 높이 쌓여 있었다. 오래된 학술서, 빳빳한 신작 소설, 두꺼운 코덱스가 솜씨 좋게 쌓여 작은 탑을 이루었다. 젊은 남자들로 구성된 사중주단이 처음 듣는 관현악곡을 연주했다. 아름다운 선율이 울려 퍼졌다. 데번은 고풍스러운 목관악기와 다소 낡은 듯한 금관악기의 향을 들이마셨다.

연회장 한가운데에는 예술적으로 재현한 선악과나무가 서 있었다. 크기가 어찌나 큰지 네 개의 테이블 위로 가지가 뻗어 나갈 정도였다. 금속과 유리를 융합해 나무껍질처럼 보이게 만든 자재가 반들반들하고 견고한 줄기를 이루었으며, 데번의 키를 훌쩍 뛰어넘는 나뭇가지는 높이 솟아 지붕에 닿았다. 가지에는 나뭇잎 대신 사과 모양으로 접힌 종이 다발이 달려 있었다. 나무를 이렇게 공들여 만들다니, 실로 놀라왔다.

"여기 와서 앉으렴." 게일리가 와자지껄한 소음과 웃음소리를 뚫고 말했다. "잘 먹어둬야 해! 오늘 밤은 아주 길 테니까."

데번은 게일리의 말을 듣는 둥 마는 둥 했다. 반짝이는 불빛과 풍성한 향신료 냄새를 들이마시느라 여념이 없었다. 음악이 머릿속을 가득 채웠고 솟구치는 아드레날린으로 온몸이 쿵쾅거렸다. 여전히 휘둥그런 눈으로 게일리가 안내해준 자리로 가 앉았다.

윈터필드가는 인간의 음식을 본떠서 만든 먹거리를 즐겼다. 종이를 조각해 만든 '고기', 종이에 다양한 색을 물들여 정교하게 모양을 낸 과일. 데번에게는 새로운 식사였다. 나무에서 종이 사과를 한 개 따 먹을까 생각했지만 그럴 용기는 나지 않았다.

술이 도처에 널려 있었다. 데번은 술을 마셔본 적이 없었다. 가족들은 오로지 잉크티와 물만 마셨다. 처음으로 와인 한 모금을 마신 데번은 사레가 들릴 뻔했다. 그다지 맛있는 것도 아니었고 잉크티의 묵직한 맛도 없었지만, 제법 마실 만했다. 다시 한 모금을 들이켰다. 그렇게 세 모금째 마시고 나자 술은 잘 쓴 로맨스 소설 같구나, 하는 생각을 했다. 복잡하고 달콤하면서 톡 쏘는 맛이었다.

"세상에, 좋은 결혼식은 이렇게 **재밌을** 수 있구나! 생각지도 못했네!"

왼쪽을 돌아보자 페어드리가 환하게 웃고 있었다. 많은 이가 오가고 책, 와인, 음악이 어우러져 분위기가 고조되던 어느 시점에 데번 옆에 자리를 잡은 모양이었다. 페어웨더를 떠난게 불과 몇 년 전인데 어쩐지 아주 오랜만에 보는 것처럼 느껴졌다.

"안녕하세요." 어린 여자애같이 말한 자신을 속으로 책망했다. 무언가 재치 있는 말을 생각해내려고 했는데 뇌가 명령을 거부하듯 백지상태가 되어버린 것이다. "어, 그러니까 저는……."

"너 좀 많이 취한 것 같은데!" 페어드리는 마스카라가 덕지덕지 발린 속눈썹을 파르르 떨었다. "원래 자기 결혼식 때는 많이 마시고 취하는 편이 좋아. 나도 두 번 다 그랬지!" 그가 치마 위 데번의 허벅지에 손을 얹었다. 여기저기 깨지고 부러진 긴 손톱에는 큐티클 위까지 매니큐어가 칠해져 있었다.

"그렇죠." 데번이 얼굴을 붉혔다. "아니 제 말은, 감사하다고요." 데번은 얇은 천 위로 닿는 여자의 따뜻한 손길을 의식하며 와인을 좀 더 마셨다.

"긴장 풀고 이 시간을 즐기렴!" 페어드리가 데번의 뺨에 다정하게 입을 맞췄다. "너 좀 봐. 얼굴이 새빨개졌네!" 그러고는 반대쪽으로 몸을 돌려 '샐러드' 한 접시를 집었다. 『한여름 밤의 꿈』에서 찢어낸 종이에 다양한 톤의 초록색을 물들여 잘게 자른 요리였다. 글은 거의 알아볼 수 없었다.

페어드리가 페어웨더 저택에 산 적이 있긴 하지만 데번은 그를 잘 알지 못했다. 고모들이 페어드리를 북쪽 건물에 떨어뜨려놓은 데다가 대부분의 시간을 육아에 썼기 때문이다.

게다가 데번은 다른 여자와 어떻게 대화해야 하는지 전혀 알지 못했다. 지금도 마찬가지였다. 페어드리의 갑작스런 등장에 당황한 나머지 말까지 더듬었다. 악명 높은 그 혀를 가지고도 말이다.

"윈터필드 가문은 늘 최고의 파티를 열지. 그러니 너희 가문 파티를 떠올리며 기죽을 필요 없어. 그보다 더 못한 파티도 가봤는걸." 페어드리가 종이 샐러드 조각을 집어 과감하게 와인에 담갔다. "너도 아기를 다 낳고 나면 이런 파티에 참석하게 될 거야. 난 이제 아기는 끝이야! 그저 여기저기 다니며 즐겁게 지내기만 하면 되지." 하지만 페어드리의 얼굴엔 아쉬움이 스쳤고 순간적으로 아랫입술이 떨렸다. "내 아들은 어떻게 지내니? 그 애를 키우는 건 정말 힘들었지. 애가 잠도 통 못 자고 말이야. 첫째보다 훨씬 심했어. 그래도 그 아일 떠올리면 애틋한 마음이 들어."

"체스터는 아주 행복하게 지내요." 이 말이 사실이길 바라며 데번이 말했다. 사실 그는 체스터를 자주 보지 못했다. 아이는 페어드리가 떠나자 몇 주를 울어댔었다. 그래도 점차 괜찮아졌으니 지금도 분명 잘 지낼 것이다.

"아, 잘됐네." 페어드리가 와인에 대고 중얼댔다. "정말 다행이야. 그 소식을 들으니 마음이 놓여." 그러고는 잔을 뒤로 젖혀 와인을 길게 한 모금 더 마셨다.

"뭐 하나 물어봐도 돼요?" 데번이 어깨가 맞닿을 정도로 페어드리에게 가까이 다가갔다. "싫지는 않았어요?"

"싫지 않았냐고?" 페어드리가 손바닥에 묻은 초록색 잉크를 핥았다. "그게 무슨 뜻이니?" 취기가 올랐는지 두 뺨에 박힌 주근깨가 한층 도드라져 보였다.

"결혼하고 애를 낳는 그 모든 것이요."

한때 신부였던 여자는 한동안 아무 말 없이 앉아 검지 끝으로 엄지손톱을 긁어대기만 했다. "글쎄, 달리 할 수 있는 일도 없잖아. 인간들이랑 살 수도 없고. 그러니 이 방법뿐인 거지 뭐." 페어드리가 와인을 길게 한 모금 마시고, 한 모금 더 마셨다. "몇 년만 이렇게 살면서 아기를 두어 차례 낳으면 그다음엔 자기 인생을 살 수 있어. 의무를 마치고 나서 여왕처럼 사는 거지." 페어드리의 얼굴이 밝아졌다. "난 싫지 않았던 것 같아. 그런데 왜 이런 걸 묻는 거야? 혹시 이렇게 살기 싫어서 그래?"

멀리서 누군가 무의미한 건배를 청했고 몇몇 이들이 환호성을 지르며 화답하고 난 뒤에야 주위는 다시 잠잠해졌다.

"아니요, 물론 그런 건 아니에요." 데번이 반사적으로 말했다. 페어드리의 말이 옳았다. 이렇게 사는 것 말고는 대안이 없었다. 기사가 될 수도, 인간이 될 수도 없었다. 그저 여성 이터로 살면서 따라오는 모든 일을 겪어내야 할 뿐.

데번은 자신이 내뱉은 말을 어색하게 의식하며 이렇게 덧붙였다. "우린 정말 운이 좋아요." 왠지 이 말을 꼭 해야 할 것 같았다.

"아, 그럼, 당연하지! 우리처럼 운이 좋은 이들이 어디 있다고!" 페어드리가 킥킥대며 둘의 잔을 가득 채웠다. "행운을 위해 건배!"

두 여자는 폭소를 터뜨렸다. 데번은 무엇이 그렇게 웃겼는지 기억해내려고 하다가 그냥 와인 때문에 좀 취했구나 하는 결론을 내렸다.

"세상에. 이 파티들이 그리워지겠는데." 페어드리가 킥킥대며 말했다. "이제는 이런 파티도 많이 열리지 않을 거야. 영국 전역에 신부가 겨우 여섯 명 남았대."

"네?" 술 때문인지 대화를 따라가기 어려웠다. 데번은 중요한 무언가를 놓치고 있다는 느낌이 들었다.

"놀라기는." 페어드리가 와인 잔을 빙빙 돌리며 말했다. "우리는 희귀한 존재고 갈수록 더 희귀해지고 있어. 몰랐니?"

"물론 알죠. 누구나 다 아는 사실 아닌가요?" 사실 데번은 몰랐다. 이터 중 여자가 귀하다는 건 알았지만, 갈수록 **더** 희귀해지고 있다는 사실은 아무도 말해주지 않았다.

"이제 여섯 명밖에 안 남았어." 페어드리가 재차 말했다. "갈 수 있는 결혼식도 별로 안 남은 셈이지. 과학적인 방법으로 어떻게 해결하지 않는 한 말이야. 내 마지막 남편이 그렇게 말하더군."

"과학적인 방법이요?" 데번이 술기운에 눈을 깜빡이며 그의 말을 되풀이했다. "그러니까…… 시험관 아기 말씀하시는 거예요?"

"응, 과학의 힘으로 아이를 낳는 거지. 우리도 곧 시도하게 될 거야. 10년 후쯤에." 페어드리가 요란하게 웃어대기 시작했다. "앞으로 여자들이 남편을 직접 고를 수 있게 되면 기사들은 어떻게 될까? 자기를 받아주고 충동을 제어할 수 있게 가르치는 기사들이 없어지면 용들은 또 어쩌고? 불쌍한 기사들! 불쌍한 용들!"

주변에서 두 여자를 힐끔거렸고, 기사 몇 명은 페어드리를 뚫어져라 쳐다보고 있었다.

이때 게일리가 타이밍 좋게 나타나 상냥하게 말을 걸었다. "자, 이제 나랑 같이 갈 시간이야."

"오늘은 이만 안녕! 다음에 또 봐." 페어드리가 데번에게 윙크하고 키스를 날린 후 양손에 머리를 묻은 채 테이블 위로 몸을 웅크렸다.

"파티 아직 안 끝난 거 아니에요?" 이렇게 말하는 동안에도 데번은 게일리의 부축을 받았고, 겨우 테이블에서 일어나 연회장을 나서기 시작했다. "예식은 안 치러요?" 페어웨더 저택에서 결혼식을 했을 때 하객이 조용히 지켜보는 가운데 신랑 신부가 혼인 서약을 주고받았던 것을 기억했다.

"윈터필드에서는 그런 관습을 따르지 않는단다." 게일리가 말했다. 그들은 조용히 연회장을 빠져나와 계단을 오르기 시작했다. "우린 좋은 파티를 즐길 뿐 격식을 따지지는 않거든."

"그럼 지금 어디 가는 거예요?" 데번이 난간에 몸을 기댔다. 취기가 올라 머리가 빙글빙글 돌았다.

"이 홀을 따라 조금만 더 가면 돼. 저기 문턱 있으니까 조심하고. 이런, 술을 좀 한 모양이구나. 술이 처음인가 봐."

"그게……."

"자, 다 왔어." 게일리가 우아하게 채색된 나무 문 앞으로 데번을 이끌었다. "그럼 좋은 밤 되길. 내일 아침에 다시 찾아올게."

데번의 눈앞에 은은한 푸른색 꽃무늬 벽지가 발린 방이 펼쳐졌다. 왼쪽으로 욕실이 딸린 침실이 보였고, 오른쪽으로는 L자형으로 꺾인 넓은 거실이 눈에 띄었다.

루턴 윈터필드가 테이블에 브랜디 한 병과 유리잔 두 개를 올려놓고 소파에 앉아 있었다. 술잔 옆에는 접힌 종이가 가득 담긴 쟁반이 놓여 있었다. 루턴이 문간에 선 데번을 위아래로 훑어보았다. 데번의 나이보다 최소 두 배는 많을 법한, 아버지뻘에 가까운 남자였다.

"그 키에 힐까지? 정말?" 그가 고개를 저으며 두 잔에 브랜디를 따랐다. "그렇게 움찔대지 말고 좀 앉지 그래. 그냥 장난삼아 한 말이니까."

신발을 벗을까 생각했지만 우아하게 신발을 벗을 방법을 떠올리지 못했다. 데번은 쭈뼛쭈뼛 남자 옆으로 가 딱딱하게 격식을 차리며 앉았다. 접힌 종이는 자세히 보니 실제 책에서 뜯어낸 종이를 정교한 백조 모양으로 접은 것이었다.

"긴장 풀어." 그가 술잔을 건넸다. "재밌을 거야." 웃고 있는 걸 보니 데번이 그럭저럭 잘하고 있는 모양이었다.

데번은 술잔을 받아 들고 종이 백조를 하나 집었다. 한입 물자 혀가 따끔거리면서 눈앞에서 별이 쏟아지는 듯했다.

보라, 그대는
아름다워라, 내 사랑
보라, 그대는
아름다워라
비둘기 같은, 그대 두 눈

"이게 무슨……?" 루턴이 잡아주지 않았으면 데번은 뒤로 넘어갈 뻔했다. "솔로몬의 노래 아닌가요?" 하지만 예전에 먹어본 성경은 이런 맛이 아니었다.

"어떤 화학 물질은 글처럼 특별한 효력을 발휘하지." 루턴의 미소가 서서히 사납게 변했다. "인쇄된 종이에 적당한 물질을 조금만 묻히면 양쪽 다 제대로 경험할 수 있어."

거실 풍경이 데번을 빠르게 스쳐 지나갔다. "하늘을 나는 기분…… 아니, 물 위를 떠다니고 있는 것 같아요."

"그래서 우리는 그걸 백조라고 부르지." 그가 데번의 입에 종이 백조를 하나 더 넣어주었다.

그대는 얼마나 아름다운지, 내 사랑!

아, 너무나 아름다워라!

비둘기 같은, 그대 두 눈

머릿속에서 비둘기들이 허리케인처럼 소용돌이쳤다. 루턴은 무의미한 대화를 유쾌하게 이어갔고, 데번은 머릿속에 회오리바람이 부는 와중에도 루턴의 신랄한 농담을 재치 있게 받아치려고 최선을 다했다.

"당신의 그 혀." 어느 순간 루턴이 말했는데, 그 전에 데번이 뭐라고 말했는지는 기억이 나지 않았다. "당신 삼촌이 경고하더군."

"무례하기는!" 데번이 어릴 때처럼 혀를 쏙 내밀자 루턴이 이로 데번의 혀를 덥석 깨물었다. 데번이 얼굴을 붉혔다.

서투른 키스를 몇 차례 나누고 루턴은 데번의 코르셋 위 구식 보디스의 끈을 풀기 시작했다. 그러다 이내 뒤로 물러나 브랜디에 손을 뻗으며 말했다. "당신도 술이 더 필요할 것 같은데."

데번이 술을 세 잔째 마시고 난 뒤에는 (저녁 먹으면서 이미 와인도 몇 잔 한 터였다) 문제의 하이힐을 포함해 걸치고 있던 모든 옷이 바닥에 쌓여 무더기를 이루었다.

루턴이 데번의 어깨에 팔을 걸쳤다. "당신 좀 추워 보이는데."

"난 운이 좋아요." 데번이 선언하듯 말했다. "게다가 공주이기도 하죠."

어쨌든 그들은 결국 침실에 이르렀다. 과음으로 인한 피로가 몰려와 데번의 머릿속은 온통 흐릿했다. 침대에서 뒤로 넘어졌는지 눈앞에는 갑자기 천장이 보였다. 툭 튀어나온, 화려하게 장식된 불그죽죽한 나무 대들보가 거대한 생물의 몸속에서 바라본 갈비뼈 같았다.

어쩌면 예언자 요나처럼 데번도 고래 몸속에 들어온 것인지도 모른다. 어디서 나온 이야기인지 떠올리려 애쓰던 중 루턴이 데번의 몸을 홱 뒤집었다.

고개를 들려고 했지만 수놓인 베갯잇과 면 시트에 파묻혀 목소리가 잘 나오지 않았다.

"긴장 풀어." 루턴이 데번의 머리를 도로 눌렀다. "착하지." 그의 목소리가 강물처럼 흘렀고, 데번도 그 목소리와 함께 흘러갔다.

역사를 거슬러 올라가면 소울이터들에 대한 증거를
더 많이 찾아볼 수 있다. 메소포타미아와 바빌로니아에는
어린아이를 잡아먹는 흡혈 괴물에 대한 전설이 있는데,
이는 라마슈투와 릴리투(릴리투는 히브리 악마 릴리트로
이어진다)와 비슷하다. 그리고 이것은 시작에 불과하다.
이런 전설들은 역사를 통틀어 모든 문화권에 펴져 있다.
세부 사항과 맥락은 다를지라도 다양한 문화와 시대에 걸쳐
드러나는 일관적인 패턴은 하나의 결론을 암시한다.
우리는 모두 수 세기 동안 이 괴물의 먹잇감이었다.

아마린더 파텔,
『종이와 살: 비밀의 역사』

구원의 맛

"잘 생각해봐. 네가 운이 좋은 놈 같은지. 어때, 애송이, 그런 것 같아?"

텔레비전에서 얼굴을 찌푸리고 있는 더티 해리가 총구를 아래로 겨누었다. 애송이는 운이 좋지 않았다. 그들은 결코 운이 좋은 법이 없었고, 해리의 호의는 영원히 인정받지 못했다.

카이는 해리의 진가를 알아주었다. 아이는 소파에 푹 파묻혀 있는 대신 발을 동동 구르며 영화를 보았다. 영화를 보는 동안 에너지가 흘러넘쳤고 대사를 혼자 따라 하기도 했다.

데번은 헤스터와 함께 간이 주방으로 자리를 옮겨 카이를 지켜봤다. **초현실적.** 꿈처럼 말도 안 되는 현실을 가리키는 말. 지금 이 상황이야말로 **초현실적**이었다.

"괜찮은 애네. 마음에 들어. 아까 날 죽이려고는 했지만." 헤스

117

터가 부엌 조리대에 기대어 이 나간 머그잔에 담긴 물을 홀짝였다. "그건 그렇고, 속인 건 미안하게 됐어. 당신이 레이븐스카 형제들을 찾고 있다는 이야기를 크리스에게 전해 들었어. 당신 사정에 대해서도……. 음, 킬록은 우선 당신에 대해 알아보자고 했지. 혹시 가문에서 파놓은 함정은 아닌지 확인해야 한다고."

데번은 지금 크리스 따위는 안중에도 없었다. "카이에게 뭘 준 거야? 혹시……." 그 단어는 차마 입에 올리지도 못했다.

"리뎀션 말이야? 당연하지." 텔레비전에서 총소리가 울려 퍼지자 헤스터가 고개를 기웃했다. "내가 정말 레이븐스카랑 일한다는 걸 이보다 더 잘 증명할 수 있는 방법이 있을까?"

데번이 의자에 털썩 주저앉았다. 카이가 아주 어릴 적에는 리뎀션을 먹였지만 레이븐스카 형제들이 돌연 자취를 감추고 나서는 약을 구하기가 몹시 어려워졌다. 그로 인해 가문 정치와 데번의 삶에도 여러 사건들이 잇따라 일어났고, 그리하여 데번이 지금 여기 이렇게 있게 된 것이다. 테이블을 사이에 두고 저 여자와 마주 앉은 채 말이다. 한 바퀴 빙 돌아 원점으로 돌아온 셈이었다.

"당분간 저 아이도 당신처럼 책을 먹을 거야." 헤스터가 말을 이었다. "책니가 없어서 단단한 표지를 씹는 데 애를 먹긴 하겠지만. 그래도 인쇄되거나 손으로 쓰인 종이를 낱장으로 주면 그걸 먹고 정보를 흡수할 수 있을 거야. 인간 뇌를 먹는 대신 말이지. 글을 쓰는 건 여전히 가능할 테니 보통 이터들보다 우월한 점도 있어. 그래도 본인이 쓴 글을 먹게 하지는 마. 속이 안 좋아질 테니까."

"나도 알아. 전에 책을 먹은 적이 있거든." 데번이 주먹을 쥐었다 팠다 했다. 스스로가 타르 구덩이에서 구조된 선사시대 동물처럼 느껴졌다. 한참을 버둥거리느라 지쳤고 자신의 행운이 못 미더웠으며 너무 많이 움직이면 다시 구덩이에 빠질 수도 있다는 의심을 늦추지 않고 있었다. "그런데 당신 정체가 뭐야? 레이븐스카 일당이야?"

헤스터가 두 손을 들었다. "그래, 맞아. 난 킬록 레이븐스카의 형제 중 한 명이야. 킬록 대신 당신을 만나러 왔어."

"형제가 직접 행차하셨군." 데번은 생각을 정리하려 애쓰며 각성된 정신과 한결 날카로워진 눈으로 헤스터를 찬찬히 뜯어봤다. 그러고는 비꼬는 말투로 덧붙였다. "그럼 당신도 나와 같은 공주인가?"

"어, 그런 셈이지." 무미건조한 대답이 돌아왔다.

"그렇군." 데번은 그 말을 곰곰 생각했다. 뒤에서 더티 해리가 요란한 타이어 소리를 내며 격렬한 자동차 추격전을 벌였다. "그런데 정말 여자를 좋아하는 거야, 아니면 오늘 밤만 그런 척했던 거야?"

"나도 당신에게 같은 질문을 할 수 있을 것 같은데."

데번은 화제를 바꾸기로 했다. "그런데 왜 킬록이 직접 오지 않은 거지?"

"킬록은 우리의 지도자야. 직접 오면 위험해질 수 있어."

"그래서 당신더러 자기 대신 위험을 감수하라고 한 거야? 여자한테?"

"지금 내 걱정 하는 거야? 내 몸은 내가 지킬 수 있어."

"그야 그렇지." 데번이 사과하는 투로 말했다. "오해할까 봐 말하는데 당신을 비하하려고 한 말은 아니야. 단지 우리 종족의 경우 여자들에 비하면 남자들은…… 뭐랄까……."

"소모품에 가깝다고?"

"그건 당신 말이고."

"그 점에 대해서는 뭐라 말하기 어렵네. 킬록은 그냥 여자를 만날 땐 여자를 보내는 게 외교적으로 더 나은 선택이라고 생각했을 뿐이야." 헤스터가 말했다. "괜찮다면 이제 그만 본론으로 들어가도 될까?"

"원한다면." 데번이 자세를 바꿨다. "난 잉글랜드를 떠나도 될 만큼의 리뎀션을 구하고 싶어. 그러고 나서 카이와 함께 자유롭고 행복하게 살 수 있는 안전한 곳으로 가려고 해. 가문들과 멀리 떨어진 곳으로." 간략히 말하긴 했지만 대부분 사실이었다.

"그럼 우리 쪽에서는 뭘 바라는지 말해주지." 헤스터가 깔끔하게 손질된 손톱으로 조리대를 두드렸다. "단도직입적으로 말할게. 킬록은 현재 우리의 리더고 카이에게 필요한 약을 제공할 의향이 있어. 단, 당신이 응해줘야 할 조건이 있어."

"어떤 조건이지?"

"당신도 레이븐스카 형제에 합류해야 해."

데번이 의자에 등을 기댔다. "당신 말처럼 그리 간단한 문제가 아닌 것 같은데."

"전혀 그렇지 않아. 우리에게 합류한다는 건 킬록의 지배하에 산다는 걸 뜻해. 그를 지도자로 받아들이고 그의 명령을 따르고 그에게 어느 정도 충성을 보이면 돼." 헤스터가 긴장한 기색으로 손끝을 엄지에 문댔다. "이건 킬록이 다른 형제들과 합의한 조건이기도 해. 그의 가족 구성원으로서 당신에게도 같은 규칙이 적용될 거야."

다시 말해 쿠데타에 성공한 킬록이 자신의 형제들에게 죽음 아니면 복종을 택하게 했다는 뜻이겠지, 데번은 생각했다. 그렇게 도망쳐 가문 공동체를 탈출한 것 치고는 크게 달라진 게 없는 느낌이었다.

그렇다면 레이븐스카 가문은 애초에 왜 붕괴된 걸까? 단순히 지도자를 교체하고 싶었던 거라면 다른 방법으로도 가능했을 텐데. 킬록이 가부장 자리를 처음으로 탐낸 야심찬 청년은 분명 아니었을 것이다.

가문들과 완전히 갈라서려는 시도는 새로운 시작을 의미했지만, 데번은 그들에게서 새로운 변화의 증거를 찾아볼 수 없었다. 데번은 무언가를 놓치고 있었다. 어쩌면 놓치고 있는 게 아주 많을지도. 가문들 간에 복잡하게 얽힌 불화의 해류와 소용돌이가 데번의 발목을 휘감았지만, 아무것도 모른 채 그 안으로 들어서고 있었다.

데번이 큰 소리로 말했다. "그건 안 될 것 같은데. 난 가부장이니 가문이니 하는 걸 이미 한 번 버리고 나왔어. 다시는 그런 체제하에서 살 수 없다고."

헤스터가 초조하게 움직이던 손가락을 멈췄다. "킬록은 이전의 가부장들과는 전혀 달라. 완전히 다른 방식으로 이끌고 있어."

121

데번이 몸을 거의 반으로 접으며 웃음을 터뜨렸다.

"데브?" 순식간에 소파에서 일어난 카이가 비좁은 주방 입구를 통해 데번을 바라봤다. 텔레비전에서는 클린트 이스트우드가 단호한 발걸음으로 건물 안을 가로질렀다.

"괜찮아." 데번이 손사래를 쳤다. "그냥 좀 웃기는 이야기를 들었어. 가서 영화 봐."

"흠." 카이가 몇 초 머뭇거리다 줄곧 의심쩍은 시선을 던지며 다시 소파로 돌아갔다. 웃을 일이 아무리 없었다고 해도 엄마의 웃음소리에 불안해하다니 슬픈 일이었다.

헤스터가 입술을 앙다물었다. "난 진지하게 한 말이었어!"

"농담 같은데?" 데번은 마음을 가라앉히기 위해 가쁜 숨을 내쉬며 몸을 일으켰다. "젠장, 한잔해야겠어."

"나도 한잔 부탁해." 헤스터가 테이블로 와 다리를 꼬고 앉아 한쪽 발을 흔들어댔다.

데번은 눈썹을 찡그리면서도 매너 좋게 앞서 사놓은 보드카를 꺼내고, 찬장을 뒤져 술잔 두 개를 찾아냈다. 간단한 해결책은 결코 보이지 않는 법이지, 데번은 씁쓸히 생각했다. 모두가 하나같이 예상을 뛰어넘는 무언가를 요구했다.

싸구려 술 냄새가 그들 사이를 가득 채우며 타이어 매장에서 지속적으로 올라오는 자동차 기름 냄새에 시큼한 기운을 더했다.

"나에겐 내 아들의 삶을 바꿔줄 약이 필요해. 값은 기꺼이 치를 거야." 데번이 보드카가 채워진 잔을 테이블 너머로 밀었다. "가문과 본질적으로 다를 것 없는 이들이랑 다시 살고 싶은 생각은 추호도 없어. 당신네 가짜 가부장과 엮이고 싶은 마음은 더더욱 없고."

"그럼 우리 둘 다 빈손으로 돌아가는 거네." 헤스터가 잔에 묻은 이물질을 닦아내고는 조심스럽게 술을 홀짝였다. "내가 보기엔 문제될 게 없을 것 같은데. 그렇게 나쁜 제안인가?"

거실에서 카이가 계속 그들을 지켜보고 있었다. 늘 그렇듯이 한 단어도 놓치지 않고 다 듣고 있을 게 분명했다.

"가문에서의 삶이 그렇게 나빴냐고 묻는 거야?" 데번은 상대가 움찔하는 것에 쾌감을 느끼며 쏘아붙였다. "부, 특권, 호화로운 집. 나쁠 게 어디 있냐고?"

"그거랑은 달라." 헤스터가 무슨 생각인지 알 수 없는 복잡한 표정을 지었다. "결코 예전과 같지는 않을 거야." 의도만큼이나 모호한 말이었다.

"당신이 그렇다면 그런 거겠지." 데번이 보드카의 독한 기운에 콜록거렸다. "근데 그는 왜 날 자기 집안에 들이고 싶어 하는 건데? 짐이 주렁주렁 딸린 데다 기사들을 적으로 돌린 위험한 도망자를 뭐 하러?"

"당신을 존경하거든. 당신이 한 일, 당신이 겪은 일. 살아남겠다는 당신의 집념도." 데번은 이 말이 어디까지가 사실이고 어디까지가 만들어낸 말인지 궁금해졌다. "저기, 지금 당장 결정을 내릴 필요는 없어. 그냥 나랑 같이 우리 오빠를 만나보자고 제안하는 것뿐이니까. 당신이 직접 보고 아닌 것 같으면 아니라고 하면 돼."

"그래? 우리가 거기까지 가서 이건 아닌 것 같다고 다시 떠나려 한다면 과연 무슨 일이 벌어질까? 당신 오빠가 우리를 위험하게

123

생각하지 않겠어? 언젠가 내가 다시 가문에 돌아가 이 모든 정보를 유출할 수도 있잖아?"

카이가 소파에 앉은 채 말했다. "우리에겐 다른 선택지가 없다는 걸 킬록도 알 거예요. 나한테 리뎀션을 줄 수 있는 건 이 땅에서 그뿐이잖아요. 그러니 그자가 원하는 방식으로 거래해야 해요. 아니면 난 여기서 굶어 죽고 말 거예요."

두 여자가 카이를 건너보았다.

"너무 비관적으로 생각하지는 말고." 제3자가 지켜보고 있다는 것을 지나칠 정도로 의식하며 데번이 말했다. "아직 그런 걱정을 할 때는 아니야."

"이제 그런 걱정을 해야 해요." 카이가 소파 등받이에 팔꿈치를 걸쳤다. "하루에 한 알씩 먹으면 영혼은 필요 없다. 예전 집에서 리뎀션을 복용할 때 자주 들었던 말이에요. 내일 또 한 알을 먹지 않으면 곧 누군가를 먹어야겠죠. 게다가 저번에 데번이 그랬잖아요. 기사들이 다가오고 있다고."

데번이 머뭇거렸다. 카이 말이 맞았다. 하지만 문제는 레이븐스카에 합류하는 것도 그들 집안싸움에 휘말리는 것도 데번이 세심하게 짜놓은 계획과는 맞지 않는다는 것이었다. 그 이야기를 카이에게 할 수는 없었다. 애초에 사실을 있는 그대로 말하지 못했기 때문이다. 아이를 보호한다는 명분으로.

데번이 헤스터를 돌아봤다. "잠깐 자리 좀 비켜줄래?"

"물론이지. 어차피 담배 피우러 나가려고 했어." 자리에서 일어난 헤스터는 옷자락을 스치며 조용히 그들 옆을 지나 현관문 바로 앞 계단실로 향했다. 그가 나가자 데번이 몸을 일으켜 주방에서 거실로 나와 카이 앞에 놓인 커피 테이블에 털썩 앉았다.

"나도 저들의 약을 원해. 하지만 상황이 좀 복잡해." 네가 아는 것보다 **훨씬**. 피곤에 지친 데번이 속으로 덧붙였다. '자칫하면 다 엉망진창이 되어버릴 수도 있어. 신중해야 해.'

카이가 리모컨의 음소거 버튼을 눌러 소리를 제거했다. "모든 게 다 기억나진 않아요. 남아 있더라도 떠올리지 못하는 걸 수도 있겠지만요. 그런데 가끔은……." 카이의 입이 일그러졌다. "가끔은 잠에서 깰 때 메리 생각을 하면서 묘를 찾아가야겠다고 결심해요. 곧 그럴 수 없다는 걸 알아차리죠. 메리는 내 아내가 아니고 난 결혼한 적이 없으니까. 메리는 전기 기술자의 아내였어요. 그 남자 기억나요? 데번이 데려온 다섯 번째 사람이었는데."

텔레비전 화면에서 배우들이 소리 없이 가짜 싸움을 벌였고, 데번은 두 손을 깍지 낀 채 꼼짝도 하지 않았다. 카이가 이런 이야기를 이런 식으로 털어놓는 것은 처음이었다.

"난 결혼을 열다섯 번 했고, 이혼 서류에는 여덟 번 서명했어요." 다섯 살짜리 아이답게 카이는 거리낌 없이 말했다. "네 개의 종교를 믿었고 종교를 아예 믿지 않기도 했죠. 죽을 뻔한 적도 두 번 있었고 운전면허 시험에는 스물두 번 합격했어요. 전쟁터에 나갔다가 실수로 민간인을 죽인 적도 있어요. 군복에 그 여자 피가 잔뜩 묻었었는데." 카이가 멍하니 생각에 잠겨 들창코를 찡그렸다. "처음 여자를 때리면 여자가 어떤 소리를 내는지 기억해요. 데번을 다치게 한 걸 기억해요. **그 남자**의 눈을 통해서요. 그때 데번이 냈던 소리가 생각나요."

데번은 자신의 목만 어루만질 뿐 아무 말도 하지 못했다. 전남편의 흔적을 발견할까 봐 차마 아이의 얼굴을 바라볼 수도 없었다.

"내가 하지도 않은 그런 일들이 다 생각나요. 목사라면 이렇게 말하겠네요. 죄를 짓지 않아도 고통을 겪는다고요. 난 그 사람들도 아니고 나도 아니에요. 난 결코 내가 될 수 없죠. 내 안엔 다른 삶이 너무 많거든요." 카이가 리모컨을 손에 쥐고 이리저리 굴렸다. "데번은 스물다섯 명에게 좋은 사람이냐고 물었어요. 그 질문은 내가 아니라 데번이 한 거지만, 이제 그 모든 사람이 나니까 그 질문은 내가 해야 하죠. 스물다섯 번에 걸쳐서요."

"카이……." 데번이 못 참고 말했다. 이 대화는 데번을 배제한 채 걷잡을 수 없는 방향으로 흘러가고 있었다.

"내 말 아직 안 끝났어요." 카이가 말했다. "그 질문에 대한 내 답은 '아니오'예요. 난 좋은 사람이 아니에요. 아무리 좋은 사람을 먹어도 난 결코 좋은 사람이 될 수 없어요. 나쁜 사람을 먹으면 특히 더 그렇고요. 난 그냥 괴물일 뿐이에요. 데번은 날 그렇게 부르지 않겠지만 그게 나예요."

"그렇지 않아. 그렇게 생각하지 마."

"아니라고요? 나한테 먹힌 사람들 모두 마지막 순간에 날 괴물로 생각했는데도요? 그들은 날 두려워했어요."

"누구나 다 어떤 사람에겐 괴물이야." 애써 생각해낸 대답은 아니었다. 이미 오래전에 준비한 대답이었으니까. "하지만 넌 나한테 괴물이 아니고 앞으로도 영원히 아닐 거야."

126

아이에게 하는 최고이자 최악의 거짓말이었다.

"다행이네요. 하지만 그렇다고 내 기분이 달라지진 않아요. 난 지쳤어요, 데브. 영혼을 그만 먹고 싶어요. 사람들을 해치고 싶지 않다고요. **바로 저기에** 약이 있고 우리가 그걸 가질 수 있는데, 킬록이 뭘 요구하는지가 당장 중요한가요? 나중에 알아내면 되죠. **데번**이 알아낼 거잖아요. 늘 그렇듯이."

데번은 아무 말 없이 아이 옆에 앉아 한쪽 팔을 내밀었다. 카이는 마지못해 데번이 자신을 껴안도록 내버려두었다. 더 어릴 때는 잠시도 떨어지려고 하지 않더니 요즘 카이는 자기 공간을 지키고 싶어 했다. 아이는 데번처럼 다부지고 독립적이었고, 데번처럼 상처투성이였다. 가슴이 저려왔다. 데번은 아이에게 무슨 짓을 했던가. 그들은 서로에게 무슨 짓을 했던가.

카이가 데번의 어깨에 기댔다. 좀처럼 보기 힘든 행동에 마음이 살짝 녹아내리는 것 같았다. "리뎀션을 구할 수 없다면 계속 이러는 건 그만둘래요. **더는** 이러고 싶지 않아요."

"그러지 않을 거야." 데번이 불안해하며 말했다. "리뎀션을 꼭 구할 테니까."

"알아요." 카이가 대답했고, 데번은 아이를 더 꽉 껴안았다.

데번은 복잡하게 꼬인 상황을 좋아하지 않았지만 지금 이 계획은 레이븐스카 일당에게 현금을 주고 약을 챙겨 타국으로 뜨겠다는 원래 계획보다 훨씬 더 복잡했다. 하지만 궁극적으로 크게 달라지는 게 없다면? 리뎀션이 보관된 장소에 갈 수만 있다면 이 방식으로도 얼마든지 기대한 목적을 달성할 수 있을 것이다. 킬록과 그의 이상한 형제들이 무슨 꿍꿍이수작을 부린다 할지라도.

머지않아 데번은 아들에게 계획을 사실대로 털어놓고 자신이 누구와 연락하고 있었는지, 탈출하고 나서 첫 8개월간 무엇을 해 왔는지 진실을 이야기해야 할 터였다. 카이의 기억에는 공백이 있었고 복부에는 데번이 여태껏 모반이라고 둘러댄 수술 상처가 있었다.

생각이 거기까지 미치자 속이 살짝 울렁거리기 시작했다. 비밀이 너무 많았다. 어쩌면…….

"저기?" 헤스터가 손가락 사이에 담배를 끼운 채 문틈으로 고개를 들이밀었다. "방해해서 미안한데, 곧 손님이 올 것 같아."

제 **2** 막

자정

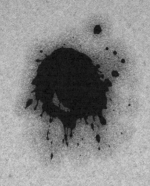

쥐 죽은 듯 고요한 깊은 밤,
눈먼 어머니의 창문 없는 무덤을
희미하게 밝힌 석고 램프 아래에서
한 여자아이가 울부짖으며
어둠을 뚫고 세상에 나왔다.

조지 맥도널드,
『**낮 소년과 밤 소녀의 역사**The History of Photogen and Nycteris』

아기 예수를 위한 선물

10년 전

데번은 자신이 죽어가고 있다고 생각했다. 진통이 올 때마다 극심한 고통이 찾아와 더는 할 수 없을 것 같았는데도 상황은 계속 이어졌다.

고통에 못 이겨 베개에 대고 비명을 질렀다가 비명을 질렀다는 수치심에 흐느껴 우는 동안 윈터필드가 여자들 몇 명이 주변을 오갔다. 몸부림치고 신음하는 것은 나약한 여자들이나 하는 짓 아니었던가. 180센티가 넘는 이 건장하고 젊은 이터 신부에게 어울리는 행동은 아니었다. 출산이 결국 데번의 존재 이유였던 것이다.

진통이 여섯 시간 넘게 계속되자 루턴이 더는 못 참겠다는 듯 건너와 짜증을 냈다. "우리 모두 귀머거리가 되기 전에 저 여자에게 뭐라도 줘."

"이건 어쩔 수 없는 일이야." 게일리가 데번의 머리에 손을 얹으며 말했다. "아이가 엄마와 등을 맞대고 있거든."

"뭐라고요?" 데번이 숨을 헐떡였다.

"뭐?" 루턴도 같은 말을 내뱉었다. "개입이 필요한 거야? 수술이라든가 뭐 그런……."

"별 문제는 없을 거야." 게일리가 루턴을 안심시켰다. "시간이 오래 걸리고 산모가 고생해서 그렇지."

데번에게 그건 엄청나게 큰 문제였다. 하지만 힘에 부쳐 뭐라고 불평할 수도 없었다.

그러나 루턴에게는 불평할 기운이 남아 있었다. "오래 걸린다고? 그러니까 이러고 몇 시간을 더 있어야 한다는 거지? 그렇다면 젠장, 망할 주사라도 좀 놔주든가! 저 소리를 더 듣고 앉아 있다간 내가 미쳐버릴 것 같으니까. 오늘은 크리스마스이브잖아. 좀 평화롭게 있자고."

여자들은 흥분해서 데번이 알아들을 수 없는 말을 쏟아내며 반박했다. 산통도 이들에겐 전통의 일부였다. 여기서 오는 트라우마는 엄마가 아이와 유대감을 형성하기 어렵게 해 이후 아이와의 이별을 보다 수월하게 만들어주었다.

하지만 결국 루턴의 의지, 조용한 크리스마스이브를 보내고 싶다는 그의 열망이 승리를 거두었다. 데번이 느끼지도 못하는 사이에 따끔한 바늘이 허벅지를 찔렀다. 남편이라는 이 남자는 눈을 가늘게 뜨고 손가락으로 귀를 틀어막은 채 데번을 지켜봤다. 데번은 그 무관심에 분개하면서도 한편으로는 그의 발치에 엎드려 감사의 눈물을 흘리고 싶었다.

헤로인이 들어오자 졸음이 몰려왔다. 통증은 여전했지만 좀 더 아득하게 느껴졌다. 데번은 고통 대신 내키지 않는 어떤 공명 속으로 빠져들었다.

"약발이 오래가지는 않을 거야." 게일리의 목소리가 긴 터널을 타고 되울리는 메아리처럼 들렸다.

"그럼 그때 다시 약을 주면 되지. 여기 일해야 하는 사람도 있다고!" 루턴이 자리를 뜨자 발소리가 울려 퍼졌다. 그의 목소리도 메아리처럼 들렸다. 모든 게 윙윙거렸다. 떨리는 현이 된 기분이었다.

이후 분만 과정이 어떻게 진행되었는지 데번은 거의 기억하지 못했다. 지금까지 먹은 책의 모든 문장을 마치 색인처럼 뇌에 저장해두었지만, 그때를 떠올리면 생각나는 건 그저 감각의 파편과 의미를 알 수 없는 짧은 대화뿐이었다. 헤로인은 속을 뒤집어놓았고 시간을 분 단위가 아닌 시간 단위로 흐르게 했다.

고통은 어느 순간 예고도 없이 불쑥 멈췄다. 더 이상 진통도 없었고 밀고 나오는 힘도 느껴지지 않았다. 데번은 가만히 침대 위 천장을 바라봤다. 살아 있다는 것에 감동하면서도 출산을 제대로 묘사하지 않은 동화책에 울컥 배신감이 치밀었다. 아기의 탯줄을 잘라야 한다면서 여자들이 주위를 바삐 움직였다.

아기. 데번이 힘들게 일어나 앉았다. "아기를 봐야겠어요!"

게일리가 아이를 건넸다. "건강한 딸을 낳았어."

"딸이라고요……?"

"메리 크리스마스. 이 아이가 네 아기 예수구나."

데번이 땀에 젖은 두 팔을 내밀었다. 잔뜩 구겨진 빨간 얼굴을 하고 몸부림치는 아기를 경외감에 젖어 물끄러미 바라봤다. 작은 주먹, 부어오른 두 뺨까지.

세상은 하나도 바뀌지 않았다. 은하계는 여전히 거대한 미지의 세계를 품은 채 무심히 회전했고, 침실 밖엔 여전히 비정한 세계가 펼쳐져 있었다. 하지만 지금 이 순간 데번의 우주는 한쪽으로 기우뚱 기울었다. 그는 마음의 중심을 잃고 비틀거렸다.

아기가 구둣발에 밟힌 개구리처럼 자지러지게 울어댔다.

"애가 배가 고플 거야. 아기에게 젖을 주렴. 둘 다 건강해야 해." 게일리가 다가와 데번이 똑바로 앉아 윗도리를 벗고 버둥대는 아기를 제 위치에 안을 수 있게 도와주었다. 그동안 고모들은 가쁜 숨을 내쉬며 법석을 떨었다. "여자아이야! 여자아이! 이런 엄청난 행운이 찾아오다니!"

데번의 품 안에 달라붙은 작은 핏덩이의 눈꺼풀이 스르르 감기자 침묵이 감돌았다. 고요가 핏물처럼 고였고, 데번은 자신의 우주가 또다시 기울까 두려워 꼼짝도 하지 않고 멍하니 앉아 있었다. 고모들이 이미 주위를 치우고 있었다. 데번의 다리에서 피를 닦아내고 그를 침대에 그대로 둔 채 시트를 갈았다. 누군가 태반을 가져갔다.

"검은 모유가 나오더라도 너무 놀라지 마. 완전히 정상이니까." 게일리가 말했다.

데번은 기력이 부쳐 대답 대신 고개만 끄덕였다. 완전히 정상이라고? 뭐가 됐든 어떻게 다시 정상으로 돌아갈 수 있지? 데번의 삶은 자신이 공주인 뒤틀린 동화의 연속이었지만, 지금 품에 안겨 숨쉬며 코를 킁킁대는 이 존재는 데번이 삼킨 이야기들을 전부 합친 것보다 더 많은 진실을 품고 있었다.

이 아이에게 데번은 세계였다. 이것을 깨닫자 겸허한 마음이 들었고 힘이 불끈 나기도 했다. 자신이 누군가의 세계였던 적은 한 번도 없었다. 아니, 아무 생각 없이 섭취한 종이 살을 다 합친 것 말고는 애당초 무엇이었던 적 자체가 없었다.

"제가 이름을 지어줘도 돼요?" 데번이 누구에게랄 것도 없이 질문을 던졌다. 완전히 넋이 빠져 기본예절마저 잊어버린 듯했다.

"그럴 필요 없어." 게일리가 피 묻은 시트를 빨래 바구니에 집어넣으며 대답했다. "루턴이 여자아이가 태어나면 '세일럼'이라고 짓겠다고 이미 결정했거든."

세일럼 윈터필드. 음절이 입안에서 썩은 종이처럼 뭉개졌다. 마녀재판과 화형당한 여자들을 떠올리게 하는 이름이었다. 윈터필드처럼 건조하고 에스러운 성이 붙자 더욱 그렇게 느껴졌다.

"마음에 안 들어요." 데번이 딸의 토실토실하고 보드라운 얼굴을 내려다봤다. "이 아이에게 전혀 어울리지 않아요."

"어리석은 소리 하지 마. 아주 사랑스러운 이름인걸! 여기, 아기 머리를 조금만 더 받쳐볼까? 그래, 그렇지."

데번은 너무 지쳐서 싸울 힘이 없었다. 기진맥진한 상태로 여전히 피를 흘리고 있었으며 헐벗은 가슴에 헐벗은 아기를 안고 있었다. 원치 않았지만 '세일럼'이 이미 마음속에 콕 박혀버린 것을 알아차렸다. 마치 아이가 그 이름을 가지고 태어나기라도 한 것처럼.

문 두드리는 소리가 데번의 정신을 흐트러뜨렸다. 루턴이었다.

그는 잠옷 차림 그대로 와 흐릿한 눈으로 하품을 했고, 데번은 새벽 4시 반이 넘었다는 사실을 알고 깜짝 놀랐다. 시간이 흐르는 걸 전혀 느끼지 못했다.

"아이 혀." 루턴이 손바닥으로 얼굴을 비비며 말했다. "확인한 사람 있어?" 그는 피로 난장판이 된 침대에 비위가 상했는지 가까이 다가오지 않았다.

잠깐이었지만 데번은 어리석게도 그들이 자신의 혀('네 그 혀!') 에 대해 말하는 줄 알고 쓸데없이 왜 그 이야기를 꺼내나 의아해 했다.

"아기는 괜찮아. 빨대 혀도 없고." 다른 고모가 말했다. "어차피 여자앤데 뭐, 루턴."

"여자애도 소울이터가 될 수 있어. 드물긴 하지만. 어쨌든 내가 보기에도 이 아인 괜찮아 보이네."

그가 게일리를 한쪽으로 데려가 호적 등록이니 의료 기록이니 하는 것에 대해 나지막하게 말했다. 처리해야 할 현실적인 문제들. 게일리가 입술을 오므린 채 중요한 순간마다 고개를 끄덕였다.

데번은 딸을 꼭 끌어안았다. 루턴의 질문에 화가 치밀었지만 고모의 대답에 마음이 놓이기도 했다. 아이는 건강한 여자애였다. 그래도 아이의 혀를 문제 삼았다는 사실 자체는 여전히 화가 났다. 소울이터 여자아이라면 신붓감이 못 된다는 것. 루턴은 오로지 그 생각뿐이었다.

데번은 자신의 품에 안겨 코를 훌쩍이는 아기를 내려다봤다. 두려움과 자부심이 어지럽게 뒤섞였다. 페어드리가 말하기를 "영국 전역에 신부가 겨우 여섯 명 남았다"고 했다. 그렇다면 데번의 딸이 일곱 번째 신부가 된다는 말인가? 여러 가지 이유로 불안감이 커져갔다.

루턴이 끝까지 피를 외면한 채 데번의 침대 옆으로 왔다. "수고했어. 아이가 딸이고 건강하다니 기쁘군. 내가 다시 자러 가는 걸 양해해주면 좋겠는데. 시간이 너무 늦었고 내일 하루 종일 약속이 있어서."

"네, 물론이죠." 데번이 애써 예의를 차리며 말했다. 그는 느끼지 못한 걸까? 이 엄청난 힘, 충격, 경외감을? 왜 **저 남자의** 우주는 데번의 우주처럼 한쪽으로 기울어지지 않은 걸까?

자신에게 약을 주라고 한 것을 고맙다고 말해야 하나 고민하다가 그만두고 딸아이를 내려다봤다. 루턴은 데번의 고통이 성가셨기 때문에 도와준 것뿐이다. 약기운과 통증에서 벗어난 데번은 예리하고도 냉정하게 그 사실을 알아차렸다. 기본예절에 불과한 걸 가지고 고맙다고 할 필요는 없었다.

그가 떠난 뒤 고모들이 체중을 재고 씻기고 옷을 입히겠다며 아기를 데려갔다. 그중 한 명은 데번을 욕조로 데려가 목욕물에 고급스러운 입욕제를 풀고 욕조에 몸을 담그는 것을 도와준 다음 그를 혼자 두고 사라졌다.

지친 데번이 홀로 도자기 욕조에 벌거벗은 채 거품을 덮고 앉아 있는데, 질주하는 기차처럼 맹렬하게 계시가 들이닥쳤다.

데번은 세일럼을 포기할 수 없다.

이 감정이 향할 곳은 없었다. 계획도, 구체적인 목표도 없었다.

그저 데번이 느끼는, 부정할 수 없는 사실일 뿐. 아무리 이름이 투박해도 세일럼은 데번의 아이였다. 아이에게서 자신을 떼어놓을 수 있는 사람은 아무도 없었다.

데번은 욕조에서 나와 비누 거품을 바닥에 뚝뚝 떨어뜨리며 목욕 가운을 걸쳤다. 그리고 말끔하게 청소된 침실로 절뚝대며 돌아와 이불 속에 스르르 들어가면서 세일럼을 자기 옆에 뉘어주는 고모에게 감사의 말을 속삭였다.

"잘 자." 게일리가 모녀의 이불을 세심히 덮어주며 말했다. "처음 며칠 밤은 방에 사람을 둘 거야. 아이가 자다가 깔릴지도 모른다는 걱정은 안 해도 돼."

"제가 이 아일 키워도 돼요?" 데번이 물었다. 세일럼의 작은 손이 데번의 손가락을 감아 단단히 움켜쥐었다. 모녀는 서로를 꽉 붙들었다. "전 여기 더 오래 머물 수 있어요. 그래도 괜찮아요."

게일리가 거칠게 베개를 두드려 불룩하게 만들었다. "그럴 순 없어."

"왜 안 돼요? 왜 그러면 안 되는데요?"

"이런, 애야." 게일리가 마치 개를 다루듯 데번의 머리에 손을 얹었다. "내 말 잘 들어. 아무도 3년 이상 머무르며 아이를 돌보진 못해. 그 기간이 끝나면 여자는 다음 결혼으로 넘어가야 하지. 근친 교배를 제한하기 위해 결혼을 신중하게 조정해야 하잖니."

"알아요." 세일럼이 울음을 터뜨리는 바람에 데번은 자신이 아이를 너무 세게 안고 있다는 걸 알아차렸다. "제 계약 조건은 저도 알아요. 우리가 출산 문제로 어려움을 겪고 있다는 것도 이해하고요." 데번이 좀 더 차분하게 말을 이었다. "하지만 제 생각엔……."

"아니." 게일리가 말을 뚝 잘랐다. 데번의 표정을 본 그의 얼굴이 살짝 누그러졌다. "모든 신부는 이런 경험을 한단다. 네가 이러는 것도 완전히 정상이야. 우리 모두 다 겪은 일이지. 나도 마찬가지고."

"당신도 이걸 겪었다고요?" 사실 놀랄 일은 아니었다. 아이를 낳을 수 있는 여자들은 당연히 모두 겪는 일이었다. 그럼에도 데번은 결혼하고 임신해 아이를 키우는 젊은 게일리를 좀처럼 상상할 수 없었다. 그러니까, 다른 여자들은 어떻게 이런 경험을 하고도 이 방식을 옹호할 수 있는지 도무지 이해할 수 없었다.

"당연하지, 얘야." 게일리가 자신의 한 손 위에 다른 손을 포갰다. "아까도 말했지만 우리 모두 떠나야 한다는 생각에 힘들어했어. 네 어머니도 마음고생깨나 하셨을 거다. 하지만 네 아기는 눈깜짝할 사이에 커서 어엿한 신부가 될 거야. 곧 자기 자식도 낳을 테고. 다른 집안에 네 자손이 생긴다면, 그렇게 네 가문의 혈통이 이어진다면 얼마나 행복할지 생각해봐. 정말 아름답지 않니?"

데번은 뭐라 답해야 할지 알 수 없었다.

"과정일 뿐이야, 그걸 믿으렴." 게일리가 지친 표정으로 말을 이었다. "3년이 지날 때쯤이면 너도 아이와 떨어지고 싶은 마음이 간절할 거다. 나도 그랬으니." 게일리의 목소리가 살짝 떨렸다. 다른 고모들은 서로 바라보기만 할 뿐 아무 말도 하지 않았다.

"뭐라고요? 아니요, 그럴 일은 없을 거예요!" 저들은 데번을 바보로 아는 걸까. 함부로 정신을 팔아먹고 쉽게 단념하는 그런 멍청이로? "전 아이와 함께 지내고 싶다고요!"

게일리가 눈살을 찌푸리자 얼굴에 주름이 깊게 패었다. "아무래도 대책을 마련해야겠구나. 아이와 떨어져 지내는 시간을 정해야겠어. 그렇게 하는 신부들도 있단다. 아이와 지나치게 가까워지는 걸 막을 수 있지."

"아이와 떨어져 지내라고요?" 데번은 목소리에서 당황한 기색을 지우려 했다. "그런 시간 따윈 필요 없어요!"

"그 얘긴 나중에 하자꾸나. 지금은 좀 쉬어야 해." 게일리는 어깨를 축 늘어뜨린 채 벌써 방을 나서고 있었다.

게일리도 많이 지쳤을 것이다. 오랜 진통으로 모두가 기진맥진한 상태라 데번은 너그럽게 이해할 생각이었다. 자신 역시 너무 지쳤기에 일단 자라는 게일리 말대로 품 안에 웅크린 세일럼과 함께 스르르 잠이 들었다.

하지만 열 시간 후 게일리가 용의주도한 눈빛을 하고 돌아오자 데번도 더는 너그럽게 생각할 수 없었다.

"아이에게 지나치게 집착하는 위험한 엄마의 징후가 네게서 너무 많이 보이는구나." 게일리가 말했다. "좀 가혹하게 보일 수도 있겠지만 조기 개입이 필요하겠어."

"말도 안 돼요. 전 동의할 수 없어요!"

게일리가 다른 고모들에게 손짓했다. 세 여자가 데번을 붙잡고 있는 동안 다른 한 명이 세일럼을 채 갔다. 데번은 겨우 출산 이틀째였고 여전히 피를 흘리고 있었기에 고래고래 악을 쓰는 것 말고는 그들을 저지할 수도, 저항할 수도 없었다.

"즐거운 시간 보내렴." 나이 든 여자 한 명이 말했다. "긴장 풀고 좀 쉬어."

"나가 뒈지시지!" 그 말은 돌아서는 그들의 등에서 힘없이 튕겨 나와 아무런 타격을 입히지 못했다.

데번은 침대에 누운 채 수치심과 패배감에 사로잡혀 몇 시간을 보냈다. 너무 화가 나서 눈물도 나오지 않았다. 규칙을 따르라, 시키는 대로 하라, 그러면 좋은 삶이 따라올 것이니. 평생 이런 것들을 배웠지만 데번은 좋은 삶을 원하지 않았다. 오로지 딸을 원할 뿐이었다. 규칙을 어긴 자에게는 나쁜 일이 일어날 거라고 했던, 수년 전 기사 사령관 킹시의 말이 공허한 메아리처럼 느껴졌다. 데번은 시키는 대로 하며 착하게 살았지만, 사람들은 그에게서 세일럼을 데려갔다.

불공평했다. 램지의 처벌 이후 오랫동안 잠들어 있던 반항심이 가슴속에서 꿈틀거렸다.

기운을 좀 차리자 데번은 침대에서 나와 책이며 그들이 가져온 잉크티 따위를 내던졌다. 세일럼, 사랑스러운 세일럼도 엄마 못지 않게 맹렬히 저항했다. 집 안 어디를 가도 아이의 자지러지는 울음소리가 들려왔다. 데번은 난폭한 행동을 멈추고 잠긴 문 앞에 무릎을 꿇고 앉아 비통에 찬 만족감을 느끼며 그 소리에 귀를 기울였다. 그리고 마침내 그들은 마지못해 아이를 데리고 왔다.

"난 동의한 적 없어." 데번이 갈라진 목소리로 말했다. 게일리는 고개만 저을 뿐이었다.

그들은 다음 날 다시 돌아와 같은 짓을 또 하려 했다. 욕설을 퍼부으며 침을 뱉는 데번을 저번처럼 두 여자가 제압하려 했지만, 데번은 그때보다 강해져 있었다. 그는 오소리처럼 싸우고 목이 쉴 때까지 처절하게 절규했다.

마침내 데번의 손아귀에서 세일럼을 빼내려던 그때 넥타이를 삐뚜름하게 맨 루턴이 얼굴이 벌게져서는 성큼성큼 방 안에 들어왔다.

"대체 뭣들 하는 거지?" 그가 가쁜 숨을 내쉬는 데번을 향해 인상을 썼다. 데번은 이 틈을 타 아이를 다시 자기 쪽으로 끌어당겼다. 세일럼이 기를 쓰고 데번의 품속으로 파고들었고, 데번은 아기에게 젖을 주려 상의를 아래로 내리다가 드레스를 찢기까지 했다.

게일리가 숨을 헉헉대며 말했다. "이건 여자들 일이야."

"그 반대지. 여긴 내 집이고, 따라서 이것도 내 일이야." 루턴이 게일리를 내려다보자 게일리는 순식간에 기가 꺾여 움츠러들었다. "다시 묻지. 뭘 하고 있는 거야?"

"루턴, 데번이 아이에게 지나치게 집착하고 있는 것 같아서 아이와 짧게 떨어져 지내볼 것을 제안했어. 다른 신부들에게도 통했던 방법이야. 다른 집에서는……."

"글쎄, 이 집에선 전혀 안 통하고 있는 것 같은데! 이건 뭐, 오줌 쌀 때도 아기랑 여자가 울어대는 소리를 들어야 한다니!"

자신은 막 태어났을 때를 빼고는 한 번도 운 적이 없다고 일갈하고 싶었다. 분노에 차 절규하는 건 완전히 다른 이야기라고. 그러나 데번은 입을 꾹 다물었다. 아무리 이기적인 의도로 하는 말이라 해도 지금 루턴은 사실상 데번의 편이었다.

"우리가 단호하게 대처해야 장기적으로 모두를 위해 많은 문제를 예방할 수 있어."

"문제?" 루턴이 세일럼을 품에 안고 젖을 먹이는 데번을 바라봤다. "봐. 여자도 행복하고 아기도 행복하잖아. 내가 두통에 시달릴 일도 없고. 대체 뭐가 문제지? 왜 저들을 괴롭히냐고!"

"내가 걱정하는 건, 헤어져야 할 때가 오면……."

"헤어져야 할 땐 헤어지게 만들면 되는 거지." 그의 미간에 짜증 서린 주름이 잡혔다. "불편한 상황을 미리 만드는 게 무슨 의미가 있는지 모르겠군. 데번이 협조를 안 하면 아기 젖은 누가 줄 건데? 지금은 엄마와 아기를 행복하게 하는 게 우선이야. 그 정돈 할 수 있겠지?"

게일리가 어두운 얼굴로 침을 꿀꺽 삼키고는 다른 고모들과 시선을 교환했다.

"알아들으니 다행이군." 루턴이 다시 성큼성큼 방을 나섰다.

데번은 아이를 감아쥔 채 그가 나가는 모습을 지켜봤다. 안도감에 식은땀이 나면서도 심장에 대못이 박히는 것 같았다. 3년이면 그들의 생각을 바꾸기에 충분한 시간이었다. 데번은 무슨 일이 있어도 그렇게 할 작정이었다.

아무도 세일럼을 빼앗아 갈 수 없었다.

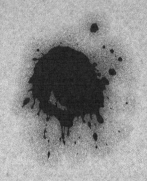

이전 시대의 소울이터들은 대체로 태어나는 즉시
죽임을 당했다. 그러다가 1920년대에 레이븐스카 가문의
가부장이 소울이터로 태어난 아들 중 한 명을 위해
치료제를 직접 개발하면서 상황이 바뀌었다.
아들에 대한 사랑에서 비롯된 결정이었는지, 아니면
이 사업으로 권력과 돈을 거머쥘 수 있다는
현실적 계산 때문이었는지는 추측만 무성하다.
우리에게 알려진 것이라고는 대략 25년 후,
오늘날 '리뎀션'이라고 불리는 약물의 원형을 만드는 데
마침내 성공했다는 것뿐이다.
이후 여섯 가문은 영영 예전으로 돌아가지 못했다.

아마린더 파텔,
『종이와 살: 비밀의 역사』

9

에든버러행 10시 15분 열차

현재

아파트 아래 골목에서 용 하나가 쓰레기가 어지럽게 널린 보도를 따라 걸어오는 모습이 보였다. 용은 골목 끝에서 건너편 골목으로 건너갔다.

데번은 계단 난간 아래로 몸을 웅크렸다. "저들이 내 방식을 파악하고 있어. 이번엔 기사들이 직접 쉼터에 가서 확인한 모양이야."

"쉼터?" 헤스터는 여전히 연기 나는 담배를 손가락 사이에 끼운 채 데번 옆에 쭈그려 앉았다.

"내가 카이의 희생자를 두고 오는 곳이지. 인간들은 가난한 사람은 없는 사람 취급해서 절대 경찰에 신고하지 않거든."

"맞아. 인간은 또 인간대로 잔인하더라." 헤스터가 손거울을 꺼내 난간 너머를 비춰보며 상황을 확인했다. "갔어. 일단은."

"안심하기엔 놈이 너무 코앞까지 온 것 같은데." 데번이 손목시

145

계를 확인했다. 밤 9시 50분. 당장이라도 휴대폰을 써야 했다. 레이븐스카 일당을 만나러 오늘 밤 떠날 거라면 그에게 지금 알려야 했다. 데번이 큰 소리로 헤스터에게 물었다. "여기까지 운전해서 왔어? 우리가 타고 갈 차가 있나?"

"아쉽게도 그건 아니야. 며칠 전에 친구가 차로 도시 경계까지 데려다주고 갔어."

"흠, 거 신기하네. 왜 같이 오지 않고?"

"이 일 자체가 가문이 놓은 덫일지 모르고, 기사들이 도처에 깔려 있을 수도 있으니까." 헤스터가 마지못해 덧붙였다. "우리가 이렇게 급박하게 떠나게 될 줄도 몰랐고."

"그렇군. 그럼 기차를 타야겠네."

"기차?"

"당신과 함께 킬록을 보러 가야지."

"그렇지." 헤스터가 바닐라 향이 나는 담배를 더러운 벽돌에 비벼 끄고는 꽁초를 휙 던졌다. "불만 있어서 하는 말은 아닌데, 왜 마음을 바꾼 거야? 날 못 미더워하는 줄 알았는데."

"나에게 선택의 여지가 있나? 카이에겐 당신들의 약이 필요해. 그걸 부정할 순 없지. 아이에게 자유롭고 행복한 삶을 살 기회를 주려면 리뎀션이 있어야 해. 안전한 퇴로도 필요하고." 데번이 다시 아파트 안으로 들어갔다. "바로 짐을 쌀게."

"무슨 일이에요?" 카이가 물었다. "우리 떠나는 거예요?"

"그래." 데번이 벽에 세워둔 트렁크를 침실 안으로 가지고 들어갔다. "게임보이 챙겨야지. 아니, 그건 내 메신저백에 넣는 게 좋겠다. 트렁크엔 자리가 없을 것 같아." 데번은 옷가지 위로 여태껏 소장하고 있던 오래된 동화책 몇 권을 눌러 담았다.『낮 소년과 밤 소녀의 역사』,『엘프랜드 왕의 딸』,『털 뭉치 공주』같은 책들.

"알겠어요." 카이가 메신저백의 지퍼를 열고 게임보이를 쑤셔 넣었다. 중요한 물건은 모두 이 가방 안에 있었다. 이를테면 2만 파운드 가량의 현금, 비상시에 먹을 책, 휴대폰, 그리고 카이를 살게 해주는 게임보이도 이제 여기에 포함되었다. 카이는 온갖 영혼을 먹고 나서도 직전에 했던 게임에 또다시 몰두하곤 했다.

"뭐 도와줄 거 없어?" 헤스터가 현관 근처를 맴돌며 물었다.

"고맙지만 준비는 다 끝났어." 데번이 자신의 빈약한 짐이 담긴 트렁크를 쾅 닫았다. "떠나기 전에 화장실 좀 다녀와야겠는데." 또, 통화도 해야 했다.

"서둘러야 해!"

"알았어. 금방 갔다 올게." 데번은 누가 또 말을 보탤까 얼른 화장실로 몸을 피했다.

데번은 변기에 앉아 (화장실도 정말 급하긴 했다) 코트 주머니에서 휴대폰을 꺼냈다. 통화 목록에는 연락처가 네 개뿐이었다. 데번은 그 번호를 선택해 통화 버튼을 눌렀다.

이럴 때면 글도 못 쓰고 문자도 못 보낸다는 사실이 무척이나 답답했다. 글을 쓸 수만 있다면 몰래 문자를 보낼 수도 있을 텐데. 누가 엿들을지도 모르는 상황에서 이렇게 불편하게 통화를 시도하는 게 아니라.

통화 연결음이 세 번 울린 뒤 정적이 뒤따랐다. 누군가 전화를 받아서는 아무 말도 하지 않았다. 말하는 것은 위험했다. 데번은 별표를 연속해서 빠르게 눌렀다. 데번 쪽에서는 아무 소리도 나지 않았지만, 상대방에게는 길고 짧은 신호음으로 변환된 모스부호가 들렸을 것이다. '계획 변경, 자세한 정보는 나중에.'

-.-.....--.—../-.-./.—..-..--./....-/-.—....-/.-.—.-.
./——.-../.-..-.—.-.

데번은 휴대폰에 귀를 대고 몇 초간 초조하게 신호를 기다렸다. '오케이.'

"아직 멀었어?" 헤스터가 문에 대고 외쳤다.

데번은 휴대폰 마이크를 엄지로 감쌌다. "가만히 좀 기다리지."

다른 한 명에게 연락할 시간은 없을 듯했다. 일단은 헤스터와 함께 가고 나중에 연락을 취하는 편이 나을 것이다. 데번은 물을 내리고 바지를 홱 추켜올리고는 휴대폰을 닫고 손을 씻은 뒤 화장실에서 나왔다.

"다 됐어." 누군가와 비밀 연락을 주고받는다는 것을 카이에게 숨기는 것만으로 충분히 힘들었는데, 이제는 헤스터에게도 숨겨야 했다. 스트레스로 관자놀이가 지끈거렸다.

그들은 미끄러지듯 계단을 내려왔다. 헤스터가 앞장섰고, 데번이 작은 트렁크를 들고 메신저백을 어깨에 둘러멘 채 뒤를 따랐으며, 카이가 그 옆에 바짝 붙어서 따라왔다. 모자는 뒤 한번 돌아보지 않고 아파트를 떠났다. 떠날 때가 되면 어떤 집이든 다 똑같아

보였다.

"시간이 촉박해." 헤스터가 한쪽 손을 핸드백 안에 넣은 채 말했다. 데번은 그 안에 어떤 무기가 숨겨져 있는지 궁금했다. "무언가 눈에 띄는 게 있으면 바로 알려줘."

그들이 걷는 밤거리는 몇 시간 전 데번이 걸었던 밤거리가 아니었다. 맨정신에 건물들의 윤곽이 한결 또렷하게 보였고 기온은 더 떨어졌다. 인도를 오가는 사람들도 슬슬 줄어들기 시작했다. 어딘가 먼 곳에서 취객 한 무리가 크리스마스이브를 자축하며 환호하는 소리가 들려왔다.

카이가 초조하게 입술을 잡아당겼다. "기차역까지 가는 길에 용이나 기사를 만나면 어떡해요?"

헤스터가 가방끈을 짧게 잡아 가방을 몸에 더 밀착시켰다. "도망쳐야지. 기차역 인파에 섞여 놈들을 따돌릴 수 있기를 바라면서."

그들이 세인트 제임스 대로에서 네빌 스트리트로 접어들자 어두운 겨울 하늘을 배경으로 우뚝 솟아 있는 세인트 메리 대성당의 종탑이 시야에 들어왔다. 기차역까지는 멀지 않았다. 길 건너 겨우 두 블록 거리였다.

"진작 떠났으면 훨씬 순조롭고 덜 위험했을 텐데." 데번이 눈을 가늘게 뜨고 군중을 살피며 말했다. "당신이 원했다면 우린 몇 시간 전에 만났을 수도 있어."

"이렇게 다급한 상황인 줄 몰랐지." 헤스터가 입김을 내뿜자 안경에 김이 서렸다. "그리고 펍에서 한 시간 동안 시간을 때운 건 당신이야."

"그거야 당신이 딱히 서두르는 것 같지 않았으니까……." 데번이 뒷말을 삼켰다.

세인트 메리 대성당으로 이어지는 넓은 안뜰 계단에 두 남자가 데번에게 등을 보인 채 서 있었다. 첫 번째 남자는 헬멧을 써 얼굴이 보이지 않는 용이었다. 두 번째 남자는 데번처럼 검은 머리에 어깨가 삐딱했는데 데번보다는 나이가 살짝 더 많아 보였고 덩치며 키가 더 컸다. 잘 다려진 정장 차림에 머리는 단정하게 뒤로 빗어 넘긴 모습이었다. 그가 반쯤 돌아섰을 때 옷깃에 달린 나무 모양의 조그만 은 핀이 보였다.

이제는 기사가 된 램지 페어웨더였다. 데번의 오빠이자 친구, 적이자 사냥꾼. 또 다른 남자도 있었는데, 만난 적 있고 이름도 아는 자였다. 램지의 친구 일랜드. 그 역시 기사였다.

데번은 그들을 보고도 놀라지 않았다. 어느 정도 예상했던, 아니 기다리기까지 한 만남이었다. 기사들은 지극히 정확하고 예측 가능한 존재였다. 하지만 그들이 하필 지금 나타난 건 매우 곤란했다.

헤스터가 걸음을 늦췄다. "왜 그래?"

"앞에 기사들이 있어. 10시 방향."

"침착해." 헤스터가 대로변을 향해 오른쪽으로 돌아섰다. 전혀 당황하지 않은 침착한 태도였다. 헤스터는 그야말로 베테랑이었다. "여기서 길을 건너자. 저들을 무사히 지나칠 수 있는지 어디 보자고."

"들킬 것 같아요." 카이가 속삭였다. "저들이 이쪽을 보면……."

"고개 숙이고 겁먹지 마." 데번도 자신의 말대로 했다. 묘한 흥분감이 차올랐다. 늘 똑같은 일만 반복되다가 마침내 무슨 일이 일어나자 안도감이 들 정도였다.

차가 뜸해진 도로를 건너 빠른 걸음으로 역과의 거리를 좁혔다. 데번은 고개를 내내 숙이고 있었고 헤스터는 옷깃을 세웠다. 길을 건너기만 해도 그대로 빠져나갈 수 있을 것 같다는 생각이 잠시 들었다. 그때 근처에서 택시 한 대가 멈춰 섰다.

술 취한 청년 한 무리가 쏟아져 나왔다. 그중 한 명이 연석에 발이 걸려 우스꽝스럽게 넘어지자 나머지 일행이 요란하게 웃음을 터뜨렸다.

시끄러운 소리에 반사적으로 고개를 돌린 램지가 즉시 그들을 발견했다. 그가 멈칫하자 옆에 있던 용이 몸을 홱 돌렸다. 누군가 보이지 않는 줄을 세게 잡아당겨 돌려세우기라도 한 듯 날카롭고 갑작스러운 움직임이었다. 일랜드도 눈을 커다랗게 뜨고 그의 시선을 쫓았다.

"씨발." 카이가 말했다.

"말조심해." 데번이 아이의 손목을 잡고 뛰기 시작했다. 뛰는 속도만큼 차가운 밤공기가 얼굴을 세차게 때렸다. 헤스터도 보조를 맞추며 달리기 시작했다.

밤사이 기온이 떨어지면서 살얼음이 낀 길은 미끄러웠다. 데번의 싸구려 부츠가 인도 위에서 미끄러졌다. 달리기에는 너무 투박한 신발이었다. 청년 무리가 놀라서 지켜보는 가운데 데번은 씩씩대며 신발을 벗어 던지고 차가운 바닥을 맨발로 뛰기 시작했다. 버려진 부츠에 발이 걸려 넘어질 뻔한 헤스터가 욕설을 내뱉었다.

"욕은 데번도 하잖아요!" 카이는 발에 꽉 끼는 신발을 신고도 날 듯이 가볍게 뛰었다. 아이가 이렇게 자유롭게 움직이는 것을 마지막으로 본 게 언제였는지 기억이 나지 않았다. 전에도 도시를 뜬 적은 있었다. 인간 경찰이 주위를 맴돌았을 때 한 번, 기사들이 따라붙었을 때 또 한 번. 그때는 두 번 다 아이를 안고 이동해야 했다. "근데 왜 나만 말조심을 해야 해요?"

아이의 말을 이해하는 데 꼬박 2초가 걸렸다. "뭐?" 데번이 카이를 기차역의 아치형 입구 안으로 떠밀었다. "젠장할, 난 어른이잖아. 욕은 어른의 특권이야."

"저기 전광판." 헤스터가 손짓했다. "몇 번 승강장으로 가야 하는지 찾아! 에든버러행 다음 열차를 타야 해."

"글쎄요, 내 안엔 어른이 스물다섯이나 있으니 욕도 데번보다 스물다섯 배는 더 많이 해도 될 것 같은데요." 카이가 받아쳤다.

"넌 내가 어른이 됐다고 하기 전까진 어른이 아니야!" 데번이 씩씩댔다. 왜 아이들은 늘 최악의 순간에 말대답일까. "헤스, 전광판 볼 필요 없어. 6번 승강장이야."

"확실한 거야?"

"내가 기차 시간표를 먹었어. 가자."

상황이 순간들로 쪼개졌다. 역의 후미진 구석에서 나타난 네 남자가 그들을 촘촘히 에워싸며 다가왔다. 둘은 정장 차림의 기사였고, 나머지 둘은 목에 덩굴손 같은 검은 문신을 새긴 용이었다.

키가 큰 기사가 헤스터를 똑바로 가리키며 주변 소음을 뚫고 외쳤다. "레이븐스카다!"

헤스터가 핸드백에서 리볼버를 꺼내 네 남자의 머리를 놀라울 정도로 정확히 명중했다. 군중은 경악하며 비명을 질렀다. 근처에 있던 행인들은 모두 도망치거나 숨었다.

기사들이 쓰러지면서 몸이 허물어졌다. 살이 바스러지고 창백해지더니 잉크에 물든 종이 뭉치가 되어 역내에 휘날렸다. 정장에 덮인 종이 더미 꼴로 모두 바닥에 쓰러졌다.

"엄청난데요!" 카이가 환하게 웃었다. 데번은 할 말을 잃었다.

램지가 또 다른 기사와 용을 한 명씩 데리고 역 안에 들이닥쳤다. 동료들이 허물어지는 모습에 허를 찔린 그는 잠시 주저했다.

그때 헤스터가 빙그르 몸을 돌려 램지를 쐈다. 램지는 눈에 보이는 기둥 뒤로 미끄러지듯 몸을 피했고, 또 다른 기사도 함께 피했다. 혼자 남은 용은 사방이 훤히 뚫린 곳에서 반쯤 쭈그려 엉거주춤 선 채 얼굴을 찌푸렸다.

"젠장." 헤스터가 성을 냈다.

데번은 총알이 떨어졌다는 걸 알아차렸다. 5연발 권총이었던 것이다.

램지가 엄폐물 뒤에 숨은 채 외쳤다. "오베디레, 드라코네스!" 용이 으르렁대며 앞으로 내달렸다.

데번은 트렁크를 용의 정면으로 던졌다. 훌륭한 투구였다. 모양새는 볼품없었지만 트렁크는 완벽한 반원을 그리며 날아갔다. 용은 미처 피하지 못하고 육중한 트렁크에 얼굴을 맞아 고꾸라졌다. 트렁크 지퍼가 터지면서 옷이며 책이 콘크리트 위로 흩어졌다.

"꽉 잡아." 데번이 일행들 허리에 팔을 두르고, 자신의 키만 한 보폭으로 역 안을 내달렸다. 인간 같지 않아 보일지도 모른다는 걱정은 더 이상 하지 않았다. 뭘 하든 공공장소에서 총을 쏜 것만큼 시선을 끌지는 않을 것이다. 지금은 이곳을 떠나는 게 급선무였다.

"저 기사가 우릴 쫓아오고 있어." 헤스터가 데번의 귀에 대고 외쳤다. "데브, 이러다 기차를 놓치겠어!" 카이도 한마디 거들었다.

"둘 다 입 좀 다물어!"

건너편 승강장으로 가려면 계단을 올라 육교를 건너야 했지만, 그러면 시간이 너무 많이 걸릴 것 같았다. 데번은 그들을 꽉 붙잡고 힘을 끌어모아 승강장 사이를 **점프했다.**

선로 사이에 놓인 자갈 위에 깔끔하게 착지했다. 그러고는 다시 위로 튀어 올라 6번 승강장으로 올라섰다. 헤스터가 욕설을 내뱉었고 카이는 깔깔대며 웃었다. 데번은 혼비백산하는 승객들을 뒤로하고 전속력으로 대합실을 통과해 반대쪽으로 나와, 에든버러로 향하는 크리스마스이브의 마지막 기차에 올라탔다. 때마침 휘슬 소리가 들렸다.

여자는 즉시 일어났다. 물질을 지배하는
지구의 힘은 더 이상 여자에게 적용되지 않았다.
그는 꿈, 상상, 우화, 환상이 되어 방에서 흘러나갔다.

로드 던세이니,
『엘프랜드 왕의 딸』

10

엘프랜드에 돌아온 공주

7년 전

세일럼은 자신의 세 번째 생일 선물로 조개껍데기를 받고 싶어 했다. 아이는 바다에 가본 적이 없었고 갈 수도 없었지만, 파도가 밀려드는 해변에 푹 빠져 있었다. 루턴과의 만남을 요청한 데번은 그날 저녁 그의 서재 문을 공손히 두드렸다.

"조개껍데기? 그런 황당한 아이디어는 대체 어디서 얻은 거지? 아이가 이제 겨우 책을 먹기 시작하지 않았나?"

"『인어공주』를 먹었어요." 그의 표정을 본 데번이 몸을 움츠렸다. "그 정돈 괜찮지 않나요? 고전 동화잖아요. 나도 어렸을 때 많이 먹은 책이고 당신 책장에도 있길래……."

"나랑 먼저 상의를 했어야지." 그가 심술궂게 말했다. "어쨌든 딱히 해가 될 것 같진 않군. 조개껍데기를 구할 수 있는지 알아보지. 아이가 더 원하는 건 없고?" 투덜대기는 해도 루턴은 세일럼의 응석을 대부분 받아주는 편이었고, 그런 사실에 데번만큼이나 스스로도 놀라는 듯했다.

"없어요. 지금도 충분히 잘해주고 있는걸요. 고맙게 생각해요."

데번은 운이 좋았다. 다른 신부들은 아이를 포기해야 했다. 하지만 아이와 엄마 사이에 형성된 강한 유대감을 확인한 루턴은 데번을 특별 대우해주기로 했다. 데번이 그들과 함께 살고 딸을 페어웨더에 데려가지 않는다는 조건으로 기간 연장을 허락해준 것이다. 규칙은 때때로 예외도 있었다.

얌전히 있으라, 착하게 굴라, 시키는 대로 하라, 규칙을 따르라, 그러면 가부장이 은혜를 베풀 것이다. 이것은 진실로 드러났다. 진작 이 말을 믿었어야 했는데. 어쨌든 가문의 전통이 없었으면 세일럼이 이 세상에 나올 일도 없었을 것이다. 딸아이는 정말 멋진 존재였다.

"고맙게 생각한다." 실수로 벌레라도 삼킨 듯 루턴의 얼굴에 우스꽝스러운 표정이 스쳤다.

데번은 그에게 감사를 표하고 서재에서 나왔다. 세일럼을 위한 조개껍데기. 나비가 마냥 신기하고, 오르지 못할 나무가 없으며 엄마와 말타기를 즐기는 사랑스러운 검은 머리 꼬마 아가씨, 세일럼.

데번은 한번에 두 계단을 내달려 아카시아와 스페인 장미 덤불이 우거진 정원으로 나갔다. 딸은 오래된 분수에 자갈을 던지고 있었다.

"엄마!" 세일럼이 두 팔을 내밀었고, 데번은 미소를 지으며 아이를 안아 들었다. 세일럼은 데번의 판박이였다. 데번처럼 어깨가 넓고 건장했으며 매부리코에 검은 머리칼을 지녔다. 루턴은 과정에 살짝 올라탄 것 말고는 전혀 기여한 바가 없었다.

희한하게도 데번은 자신이 엄마가 되기 전까지 엄마를 그리워한 적이 없었다. 두 팔로 딸의 등을 감싼 채 눈을 감으면 오래전 같은 방식으로 자신을 품에 안았을 젊은 앰벌리 블랙우드의 모습을 상상할 수 있었지만 그때조차 떠올릴 수 있는 유일한 얼굴은 조금 더 나이 든 자신의 얼굴뿐이었다. 한 번도 보지 못한 걸 상상하기란 너무 어려웠다.

정원 반대쪽 끝에서 게일리와 다른 고모들이 얼굴을 찌푸린 채 그들을 지켜보았다. 데번이 임신했을 때는 기꺼이 무리에 끼워주었지만, 루턴이 마음을 바꾸고 나서는 데번에게 말도 걸지 않았다. 힐끗 쳐다보기만 해도 뒷걸음질을 칠 지경이었다.

그러거나 말거나 상관없었다. 데번에게는 딸과 함께 탐험할 숲과 개울, 그리고 서리 내린 정원이 있었다. 때로는 걸었고, 때로는 세일럼을 안장에 조심스럽게 앉혀 말을 타고 나갔다. 늙은이들은 하루 종일 곰팡내 나는 방에 처박혀 자신들이 자초한 고립이나 즐기라지. 데번은 세일럼의 조그만 손을 잡고 윈터필드 영지 내 과수원으로 나갔다.

루턴은 자기가 한 말을 지켰다. 조개껍데기 한 상자가 윈터필드 저택에 배송되었다. 데번은 파티 전날 밤 물건을 꼼꼼히 살핀 다음 파스텔색 종이로 예쁘게 포장했다.

세일럼은 크리스마스 날에 세 살이 되었다. 메마른 땅에 흩뿌려진 서리를 밟으면 뽀드득뽀드득 소리가 났다. 데번은 만찬장에 장식용 깃발을 걸며 오전을 보냈다. 따로 시간을 내어 초록색 시폰 드레스를 입어보기도 했다. 데번은 드레스를 별로 좋아하지 않았지만, 세일럼은 예쁜 옷을 입는 것도 보는 것도 좋아했다. 아이의 행복을 위해서라면 못 할 게 없었다.

페어웨더 저택에서는 생일 파티를 성대하게 연 적이 딱히 없었지만, 윈터필드에서는 축하 행사를 좋아했다. 정원은 자리에 앉아 환담하는 이들과 여기저기 돌아다니는 손님들로 붐볐다. 심지어 루턴도 시간을 내 파티에 참석했다. 말쑥한 차림이었지만 어딘가 불편해 보이는 얼굴이었다.

"와줘서 고마워요." 데번이 몸을 수그리며 말했다. 루턴은 데번 옆에 서면 자기가 작아 보인다며 싫어했기 때문이다. "레미가 당신을 보면 좋아할 거예요."

루턴은 아무 대답 없이 잉크터를 휘저었다. 그는 데번이 딸을 부르는 애칭을 한 번도 사용한 적이 없었다.

세일럼이 의자들 사이를 지그재그로 통과한 뒤 한 바퀴를 빙 돌아 데번에게 왔다. 아이의 눈이 기쁨으로 반짝반짝 빛났다.

"레미, 어디 갔다 이제 오니? 엄마가 너한테 줄 선물이 있단다." 데번이 포장지에 싸인 꾸러미를 내밀었다.

"엄마랑 아빠가 같이 주는 거야." 루턴이 재빨리 끼어들었다. 선물을 생각해낸 게 데번이 아닌 자신이었다는 듯이. 그냥 넘어가주었다. 어쨌든 물건을 산 건 그였으니까.

세일럼이 꾸러미를 낚아채 얇고 구겨진 포장지를 뜯어내더니 환호성을 질렀다. "조개껍데기다!"

"조개껍데기가 아주 많단다." 데번이 딸을 무릎에 앉히고 포장 푸는 걸 도와주었다. "원하면 이걸로 목걸이를 만들 수도 있어."

세일럼은 가장 큰 조개껍데기를 집어 귀에 가져다대며 미소를 지었다. "바다다!"

다른 어른들과 윈터필드가의 몇 안 되는 아이들도 앞으로 나왔다. 세일럼은 생일을 마음껏 누렸다. 자잘한 선물들이 잔뜩 들어왔는데, 대부분은 책니가 나기 시작한 세일럼이 읽을 만한 흔한 그림책이었다.

페어웨더가에서 보낸 장난감 찻잔 세트도 있었다. 데번은 발신 주소를 보고 당황했다. 여기서 3년을 지내는 동안 본가와는 거의 연락하지 않았다. 세일럼을 돌보는 데 시간과 에너지를 너무 많이 썼고 루턴과의 사소한 주도권 싸움에 정신이 없기도 했다. 에이크 삼촌이 집에 전화를 설치하지 않아서 전화를 걸 수도 없었다.

"데번."

데번이 화들짝 놀라 쳐다보니 옆에 게일리가 서 있었다. "무슨 일이죠?"

"루턴이 보자는구나. 나랑 같이 가야겠는데." 게일리의 표정은 뚱하고 무미건조했다.

"루턴이요? 루턴은 방금까지 여기 있었는데요." 데번은 고개를 돌렸다가 남편이 자리를 뜬 걸 발견하고 깜짝 놀랐다. "급한 일인 가요? 파티가 한창인데."

"잠깐이면 돼." 게일리가 딱딱하게 말했다. "금방 돌아올 거야."

"꼭 그래야 한다면, 알겠어요." 데번이 아이의 머리에 입을 맞췄다. "가서 놀아, 레미. 얼른 다녀올게."

그들이 자리를 뜨는데도 세일럼은 고개 한번 들지 않았다. 겨울 햇빛에 눈을 가늘게 뜬 채 조개껍데기를 크기별로 질서정연하게 배열하느라 바빴다.

"이쪽이야." 게일리는 여태 집 구조도 모르냐며 나무라듯 말했다. 어쩌면 자동 조종 모드 같은 걸 발동해 평소처럼 아무 생각 없이 말하고 손짓하고 있는 것인지도 몰랐다.

데번은 절대 저런 로봇 같은 여자로 늙지 말아야겠다고 다짐하면서 성실히 뒤를 따랐다. 얼른 마무리 짓고 싶은 마음에 두 계단씩 올라 층계참에서 루턴의 서재로 향하려 했다.

"아니, 네 방으로." 게일리가 홱 잡아당겼다. "루턴이 거기서 보자고 했어."

"무슨 일이죠?" 데번은 순간 딸이 기다리는 겨울 정원으로 도망치고 싶다는 충동에 사로잡혔다.

"데번, 오늘은 나랑 실랑이하지 말아줘." 게일리가 지친 목소리로 말했다. "나도 할 일이 있고 가봐야 할 데가 있어. 그리고…… 어차피 오래 걸리지도 않을 거야."

"알겠어요. 좋으실 대로 하세요." 데번은 자신의 방을 향해 성큼성큼 걸어갔다.

방에 도착했을 때 루턴은 데번이 딸과 함께 쓰는 작은 거실에서 기다리고 있었다. 말쑥한 재킷은 소파 팔걸이에 걸쳐 놓았고, 잉크가 빽빽하게 들어찬 신문을 무릎 위에 펼쳐놓은 채였다. 그리고 이상하게도 신문을 먹지 않고 읽고 있었다. 좀처럼 보기 드문 광경이었다.

"왔어요." 데번이 적진에 정찰병을 보낸 장군에게 하는 것처럼 인사했다.

"오래 걸렸네." 루턴이 신문을 한 장 넘겼다. "당신 바로 옆 테이블에 컵이 하나 있어. 그걸 좀 마시지." 사실 루턴은 신문을 읽는 것이 아니었다. 그저 불안한 에너지를 내뿜으며 손가락으로 글자를 훑고 만지작거리고 있을 뿐.

데번은 왼쪽에 놓인 머그잔을 살펴봤다. "이게 뭔데요?"

"그냥 차야, 쌍." 거의 1년 만에 그에게서 나온 격한 말이었다. "마시고 앉아, 알았지? 말꼬리 잡는 여자는 딱 질색이니까."

데번도 무례한 남자는 딱 질색이었다. 하지만 데번은 이제 겨우 스물두 살이었고 세일럼과 함께 지낼 수 있게 해준 그에게 빚진 마음이 있었으며 말싸움을 일으키고 싶지 않았다. 하루하루가 이 지긋지긋한 가문과의 사소한 갈등으로 점철되어 있었다. 괜히 싸움을 일으켰다가 그마저 적으로 돌리게 될 수도 있었다.

데번은 컵을 들고 차를 마셨다. 지독한 쓴맛에 구역질이 왈칵 났다.

"여기 뭐가 들었어요?" 그의 말처럼 **단순한** 차가 아니었다. 뭘 탔는지는 몰라도 잉크로도 가려지지 않는 맛이 났다.

"침실에 가서 기다려. 좀 이따가 이야기하지." 데번이 꿈쩍도 하지 않자 루턴이 버럭 짜증을 냈다. "다 설명할 거야. 잠시 생각을 정리할 시간이 필요해서 그래."

그때만 해도 데번은 루턴이 얼마나 겁쟁이인지 몰랐다. 알았더

163

라면 좀 더 의심했을 텐데. 데번은 인접한 침실로 가 그가 시키는 대로 침대에 앉았다. 그렇게 몇 분이 흘렀지만 루턴은 나타나지 않았다. 신문지가 바스락거리는 소리, 이따금 그가 움직이는 소리만 들릴 뿐이었다. 루턴도 데번처럼 기다리고 있었다.

졸음이 밀려들었다. 뼈가 수은처럼 무겁게 가라앉는 것 같았다. 무언가 아주 잘못되었다는 생각이 들어 몸을 일으켰지만…… 무엇을 해야 하는지 떠오르지 않았다. 세일럼은 정원에 있었고 상황이 이상하게 흘러가고 있었다.

바닥으로 쓰러지자 땅이 달려들어 데번을 맞았다. 누군가 다가오는 발소리, 눈꺼풀에 닿는 손가락의 서늘한 감촉을 마지막으로 어둠 속으로 빠져들었다.

움직임, 불빛, 목소리들이 혼란스럽게 뒤섞였다. 사람들이 데번을 에워쌌다. 자는 것 같았지만 자고 있지 않았고, 꿈 같았지만 꿈이 아니었다. 데번은 동굴에 갇힌 공주였다. 용이 사방에서 포효했지만 자동차 엔진 소리에 불과했다. 조잡한 만화영화처럼 시골 풍경이 휙휙 스쳐 지나갔다. 더 많은 손, 더 많은 움직임. 그리고 익숙한 냄새까지. 곧 어둠과 부드러움이 찾아왔다.

데번은 머리가 깨질 것 같은 두통, 구역, 지독한 상실감을 느끼며 밤늦게 잠에서 깼다. 욕지기를 참으며 눈을 비볐다.

이곳은 데번의 방이 아니었다. 아니, 자신의 방이긴 했는데 윈터필드 저택이 아니라 페어웨더 저택의 방이었다. 익숙한 그 냄새는 창밖으로 가파르게 펼쳐진 축축한 황무지와 헤더의 냄새였다.

데번은 초록색 시폰 드레스 차림으로 천천히 몸을 돌렸다. 방

안에 두 남자가 있었는데, 둘 다 아는 얼굴이었다. 에이크 삼촌은 반쯤 먹은 책을 접시에 받쳐 든 채 다리를 꼬고 의자에 앉아 있었다. 데번이 한 번도 먹어본 적 없는 언어인 일본어로 적힌 제목이라 무슨 책인지는 알 수 없었다.

삼촌 옆에는 램지가 서 있었다. 하마터면 못 알아볼 뻔했다. 거의 10년 만에 보는 것이었다. 램지는 당연히 나이가 더 들어 보였고, 개구쟁이 소년 같던 덥수룩한 머리는 군대식으로 짧게 잘려 있었다. 언제나 살짝 날카롭고 좁아 보였던 얼굴이 이젠 손도끼 칼날을 연상시켰다.

"오빠구나." 데번의 머리가 욱신거렸다.

"안녕, 데브. 오랜만이네." 램지가 옷깃에 달린 은 핀을 만지작거렸다. "이제 다 컸으니 '데번 부인'이라고 불러야 하나."

심심하면 애칭을 짓던 램지의 오랜 습관이 그대로인 것을 보고 데번은 마음속이 따뜻해지는 것을 느꼈다. "보고 싶었어."

"여전히 감상적이네." 램지는 늘 그렇듯 회피적이었다. "결혼해 보니 어때?"

결혼. 루턴. **세일럼**!

데번이 벌떡 일어나 앉았다. "잠깐, 내 딸은 어딨어?"

에이크가 일본 책 모퉁이를 한 입 깨물더니 처음으로 입을 열었다. "윈터필드 저택에 있지. 아이가 있어야 할 곳에." 책니를 드러내 책을 먹느라 그의 말은 일그러져 나왔다. "그리고 너는 계약을 마치고 집으로 돌아왔고. 네가 있어야 할 곳으로." 그가 일본어로 나직하게 덧붙였다. "'에샤조리회자정리'라고도 하지 않니."

165

데번은 아직도 상황을 이해하지 못했다. "아니요, 그렇지 않아요. 루턴과 합의해서 세일럼과 함께 지내기로 했는데……"

"단도직입적으로 말하마." 데번의 삼촌이 음식을 입에 넣은 채 말했다. "네 남편은 거짓말을 했어, 공주야."

"거짓말이요?" 자신이 듣기에도 초라하고 한심한 목소리였다. 데번은 이게 사실인지 물으면서도 아니라고 해주길 바라는 얼굴로 램지를 봤다.

오빠는 하품을 참으며 자신의 손톱을 내려다볼 뿐이었다.

"합의 같은 건 없단다. 500년에 걸친 우리의 전통이 응석받이 여자애 하나 때문에 하룻밤 사이에 뒤집힐 일은 없지." 에이크 삼촌이 긴 한숨을 내쉬었다. "그래도 거짓말은 안 했으면 좋았을 텐데. 결국 일을 더 어렵게 만들었으니 말이다. 하지만 다른 집 지붕 아래서 일어난 일은 그들 소관이지. 네 남편은 이렇게 해야 널 진정시킬 수 있을 거라고 생각한 모양이다. 어쨌든 미안하게 됐구나, 얘야."

"뭘 모르셔서 하는 소리예요. 오늘 아이 생일이라 제가 금방 돌아오겠다고 했다고요!" 데번이 간절하게 오빠를 바라봤다. "날 다시 데려가줄래? 왜 아무 말도 없어?"

"호들갑 떨지 마." 램지는…… 짜증이 난 투였다.

"네 아이는 젖을 뗐고 이제 세 살이 되었다." 에이크 삼촌이 잉크 묻은 손가락을 냅킨에 닦고 빈 접시를 협탁으로 치웠다. "계약은 끝났어, 공주야. 무슨 말인지 이해하지?"

안에서 무언가가 갈라지고 있었다. 작은 균열이 거미줄처럼 계

166

속 퍼져 나갔다. 숨을 너무 깊이 쉬기라도 하면 온몸이 산산조각 날 것 같았다. 이제 와서 자꾸 생각나는 건 이상하게도 데번을 불쌍하게 바라보던 게일리의 시선과 끊임없이 이어지던 게일리의 잔잔한 분노였다. 그 분노는 데번을 향한 것이 아니라 데번을 위한 것이었다. 그것도 모르고 데번은 그 여자들에게 얼마나 불친절했던가.

데번은 속아 넘어갔대, 멍하니 생각했다. 쉽게 함정에 빠진 이 한심한 것.

"공주야." 에이크 삼촌이 다시 한번 주의를 환기시켰다.

"세일럼을 보고 싶어요. 마지막으로 한 번만 더요." 데번은 그게 얼마나 말도 안 되는 요구인지 알면서도 말했다. "젠장, 최소한 작별 인사는 하게 해줘야죠!"

"네 그 혀는 여전하구나." 에이크 삼촌이 입술을 톡톡 두드렸다. "언성 좀 낮춰라."

데번은 뺨 안쪽을 깨물며 자신이 한때 그토록 사랑했던 가족이 사무친 증오의 대상이 되었다는 사실에 경탄했다. 이터들은 자기 종족을 가족으로 생각하면서도 정작 가족을 전혀 소중히 여기지 않았다. 끔찍하고 무서운 아이러니였다. 딸은 상품이었고 아들은 완벽한 소모품이었다. 그리고 아이들은…….

여기서 나가야 했다. 세일럼을 구해야 했다.

침대에서 뛰쳐나오다가 시폰 드레스 자락에 발이 걸려 넘어질 뻔했다. 아침에 세일럼을 위해 차려입었던 드레스. 세일럼을 위해서라면 뭐든 할 것이다. 세일럼에게 다시 달려갈 것이다. 다른 건 어떻게 되든 상관없었다.

"데브, 그만둬!" 램지가 데번 뒤를 쫓았다.

데번은 문을 비틀어 열고 복도로 달려 나가다가 깜짝 놀란 삼촌들과 맞닥뜨렸다. 여덟 살짜리 아이와도 부딪칠 뻔했다. 페어드리가 놓고 간 어린 아들. 윈터필드 저택에서 4년을 살고 왔더니 아이의 이름이 기억나지 않았다. 데번은 분노에 휩싸여 그 아이를 지나쳤다.

바닥에서 천장까지 이어진 서가들이 불쑥 모습을 드러냈다. 먼지를 뒤집어쓴 수호자들. 책들은 입안 가득 들어찬 이빨처럼 빛났다. 데번은 본관 계단을 통해 아래층으로 내려가는 대신 2층 응접실을 가로지르며 닥치는 대로 테이블과 의자를 쓰러뜨려 자신을 쫓기 힘들게 만들었다. 멀지 않은 거리에서 뒤를 쫓던 램지가 무언가에 걸려 넘어지면서 욕설을 내뱉었다. 험한 말을 쓴다고 **그를** 나무랄 사람은 아무도 없었다.

뒤쪽 계단을 내려가면 또 다른 복도가 이어졌다. 그 길로 가면 램지를 떼놓기 더 쉬울 듯했다. 그런데 이 집은 언제부터 이렇게 비좁고 꼬불꼬불한 미로가 된 걸까? 어쩌다 이런 무시무시하고 음울한 곳이 된 거지?

"그만 좀 해, 씨발." 앞쪽 복도로 뛰쳐나온 데번을 끝내 따라잡은 램지가 드레스 소맷자락을 붙잡았다. "너 뭐 하는 거야?"

"윈터필드로 돌아가려고!" 데번이 램지의 손아귀에서 소맷자락을 홱 빼내고 뒤돌아섰다가 에이크 삼촌과 정면으로 맞닥뜨렸다. 데번이 집을 가로지르며 우회하는 동안 삼촌은 다른 계단으로 내려와 그 앞에 선 것이었다.

데번이 두 남자 사이에 끼어 뒷걸음질을 쳤다. "비켜!" 데번은 가족들이 어둠 속에서 하나둘 모여드는 모습을 보고 놀랐다. 그들은 조심하는 눈치였고 어딘가 슬퍼 보였다. 고모 중 한 명이 침통하게 고개를 저었다.

에이크 삼촌이 손을 들었다. "공주야……."

데번이 침을 탁 뱉자 그가 움찔했다. "나는 당신의 공주가 아니야. 공주니 뭐니 다 개소리잖아. 당신이 읽으라는 동화책들도 다 개소리고. 날 어린애 취급하지 말고 **내 이름**을 말해!"

"데번." 에이크 삼촌이 경고 조로 말했다. 예의 그 말대답하지 말란 식의 어조였는데 데번은 이제 그런 것 따위에 위축되지 않았다. 두려운 것은 오직 딸을 잃는 것뿐이었다.

"빌어먹을 이 저택. 난 이 거지 같은 집도 싫고, 저 책들도 싫고, 당신이 시킨 결혼도 싫어. 난 그냥 당신네……."

"데번……."

"엿 같은 괴물들과 함께 여기 갇힌 것뿐이야."

에이크 삼촌이 평소의 구부정한 자세를 펴고 몸을 꼿꼿이 세웠다. "이 녀석이……."

데번이 협탁에서 화병을 낚아채 에이크의 머리를 향해 던졌다. 놀란 에이크가 옆으로 피하다가 램지 쪽으로 넘어졌고, 램지는 무게를 이기지 못하고 비틀거리며 뒤로 물러섰다. 그들 뒤로 날아간 도자기 화병이 벽에 부딪쳐 산산조각 났다.

데번은 두 남자 옆을 빙 돌아 현관으로 달려갔다. 그리고 집 밖으로 나가 진입로를 가로질렀다. 남쪽으로 향했다. 숲을 향해, 세일럼이 기다리고 있는 버밍엄을 향해. 뒤에서 고함과 비명이 울려퍼졌다. 데번은 달렸다.

게임이 불리하게 돌아갈 땐
진정하고 속임수를 쓰십시오.

**조지 맥도널드 프레이저,
『플래시먼의 한 수』**

11

램지의 한 수

헌재

램지는 어찌할 바를 모르고 그 자리에 얼어붙은 일랜드를 바라봤다. "용을 데리고 여기서 나가. 너희 둘 다!" 램지가 벌떡 일어났다.

데번의 '친구'가 남기고 간 시체들 덕분에 기차역 한복판은 잉크에 흠뻑 젖은 종이 나부랭이들의 소용돌이에 휩싸였다. 행인들이 비명을 질러댔고 곧 보안 팀(또는 경찰, 또는 둘 다)이 들이닥칠 터였다.

"잠깐만!" 일랜드가 당황한 목소리로 외쳤다. "킹시의 명령은 어떡하고……."

"지금 망할 킹시가 문제야? 인간들에게 체포되기 전에 어서 여기서 나가라고!" 램지는 어깨 너머로 그렇게 외치고는 빠르게 사라지는 동생을 뒤쫓아 전속력으로 달리기 시작했다. "연락할 테니 기다려!"

모든 상황이 너무나 데번다웠다. 어렸을 때도 데번은 저 앞에 뭐가 기다리고 있을지 전혀 생각하지 않고 숲속으로, 계곡으로 돌진하곤 했다. 절벽을 오르고 건물 외벽을 탔다. 발밑에서 나뭇가지가 부러지진 않을지, (타고 오르라고 있는 게 아닌데도) 홈통과 파이프가 체중을 견딜 수 있을지, 이런 짓을 벌이는 게 과연 좋은 생각인지 먼저 생각하는 법이 없었다. 생각이란 걸 하지 않았다.

그리고 그런 데번을 뒤쫓고 곤경에 처했을 때 구하는 일은 늘 램지의 몫이었다. 물론 데번은 동의하지 않을 것이다. 다 본인이 선택해서 한 일 아니냐며 자신의 이기심을 포장하려 들 것이다. "그럼 그냥 집에 있든지"라면서. 한 번도 그를 억지로 끌어들인 적이 없다고 목소리를 높일 것이다. "그러게 누가 따라오래, 이 바보야?" 하지만 데번이 그렇게 생각하는 건 책임감과 통찰력이 없기 때문이었다.

램지에게는 책임감과 통찰력이 있었다. 여자를 구하는 것은 남자 몫이었고, 가문의 남자들은 그 의무를 회피하지 않았다. 데번을 뒤쫓는 것이 램지의 의무였다. 단지 그렇게 빨리 달리지 않기만을 바랄 뿐이었다.

데번을 쫓아 달리는 동안 상점들, 얼굴들, 페인트가 벗겨진 벽들이 쏜살같이 스쳐 지나갔다. 램지는 무질서와 엉성함에 이를 갈며 모든 것을 헤쳐 나갔다.

솔직히 말하면 **전부** 데번 탓이라고 할 수는 없었다. 가장 큰 책임은 자신의 사령관인 킹시에게 있었다. 만약 이 작전을 자신이 지휘했더라면 부하들에게 거리를 두고 목표물을 따라가라고 했을 것이다. 무작정 다가가기보다는 왜 레이븐스카 형제와 이동하는지, 어디로 가는지 알아내야 했다.

하지만 킹시는 직접 부하들을 통솔하지 않았고 '레이븐스카 형제를 발견하면 붙잡아 오라'는 것 말고는 구체적인 지시도 전혀 주지 않았다. 사실 그 유일한 지시마저도 명백히 어리석은 조치였다. 레이븐스카 형제 중에서도 뭔가를 제대로 아는 자는 킬록이 유일했는데, 괜히 쓸모도 없는 형제를 잡으면 오히려 놈을 놀라게 할 위험이 있었다.

이미 엎질러진 물이었다. 고참 기사들은 킹시의 어정쩡한 명령을 따르는 데 급급해 생각 없이 행동에 나섰다가 총에 맞고 말았다. 이제 사냥감은 겁을 집어먹었고, 인간들이 그들의 존재를 알아차렸으며, 도처에 재난과 혼란이 널려 있었다. 사건 이후 킬록이 종적을 감추지나 않으면 다행이었다.

저 앞에서 데번이 일행 둘을 데리고 그 기다란 몸을 던지다시피 하며 10시 15분 기차에 올라타는 모습이 언뜻 보였다. 객차 출입문이 닫히는 모습을 보고 램지는 발을 더 힘차게 구르며 속도를 냈다. 가속도가 붙기 시작했다. 여기서 몸을 날려 기차에 올라타기란 불가능에 가까워 보였다. 하지만 다른 방법이 없었다. 램지는 근육이 찢어질 정도로 힘차게 몸을 날렸다. 4, 5미터에 달하는 거리였는데, 결과는 **성공**이었다.

그는 출입문에 달린 외부 난간을 양손으로 꽉 붙잡고 착지했다. 두 발은 디딜 곳을 찾아 허우적댔고 온몸에서 땀이 줄줄 흘렀다.

에든버러행 10시 15분 기차는 뉴캐슬 역을 떠나 노섬벌랜드 겨울밤의 깊은 어둠을 향해, 날고 기는 기사라도 결코 따라잡지 못할 속도로 달리기 시작했다. 이터들이 아무리 빠르다 한들 그 정도로 빠르진 않았다.

램지는 벌떡이는 심장이 진정될 때까지 몇 초간 호흡을 가다듬은 뒤, 두 발로 단단히 바닥을 딛고 서서 출입문 손잡이를 비틀어 열었다. 그리고 열린 틈 사이로 몸을 욱여넣다시피 휘청휘청 안으로 들어갔다. 숨이 가빠왔지만 이 난장판에서 그래도 하나는 건졌다는 생각에 안도감이 들었다.

열차 마지막 칸은 승객용이 아니었다. 기계며 사물함, 고장 난 간식 카트 등이 보관된 직원 전용 구역이었다. 홀로 그곳을 지키고 있던 중년의 검표원이 놀라 하얗게 질린 얼굴로 벌떡 일어났다. 램지는 그렇게 안절부절못하는 인간들을 보면 늘 닭과 비슷하다고 생각했다.

검표원이 허둥대며 말했다. "승객은 여기 들어오면 안……."

램지가 그의 관자놀이를 세게 가격했다. 검표원이 바닥에 쓰러졌다.

"사적인 감정은 없네, 친구." 의식을 잃고 쓰러진 인간 위로 몸을 구부려 새로운 신분을 얻어냈다.

기사여, 가라. 램지는 검표원의 옷을 입기 위해 뱀이 허물을 벗듯 껍데기를 훌훌 벗어 던졌다. 단추가 복잡하게 많이 달린 검정색 제복 재킷. 램지에게 잘 맞지는 않았다. 그는 옷의 주인보다 체격이 컸으며 군살은 적었다. 등 쪽이 너무 꽉 조이고 어깨가 짓눌리듯 꼭 끼었다. 사소한 문제일 뿐이었다. 개의치 않고 계속 옷을 갈아입었다. 그러는 동안 셔츠 아래에 숨겨놓은 송신기의 딱딱한 모서리가 자꾸 갈비뼈를 찔렀다. 데브에 대항할 비밀 무기. 그는 애정 어린 손길로 송신기를 쓰다듬었다.

그다음은 헌팅캡이었다. 이마 위로 눌러 쓰자 어딘가 달라 보였다. 마음에 들었다. 얼굴도 적당히 드러나는 게 무해한 인간처럼 보였다. 검표원의 바지와 구두는 건드리지 않았다. 자신의 검은색 바지와 가죽 구두로 충분했다.

마지막으로 검표기를 어깨에 둘러멨다. 육중한 금속의 무게감이 기분 좋게 느껴졌다. 영화 속 남자 주인공처럼 총을 잡은 시늉을 할 수도 있을 것 같았다. 아까 그 레이븐스카 년처럼.

빨간색 목도리가 못에 걸려 있었다. 램지는 목도리를 가져다가 자신의 목에 칭칭 감았다. 목도리에 입이 가려지니 얼굴이 더 다부져 보였다. 이 정도면 헤스터가 자신을 다시 보더라도 알아보지 못할 듯했다.

변장을 마친 램지는 의식을 잃은 채 반쯤 헐벗은 검표원을 번쩍 들어 올려 반쯤 열린 출입문 사이로 던져버렸다.

선로에 떨어진 말랑한 몸은 대굴대굴 굴러, 멀어져가는 선로와 함께 이내 시야에서 사라졌다. 목숨을 건질 수도 있고 그러지 못할 수도 있었다. 어찌 되든 중요하지 않았다. **중요한 건** 저 남자가 곤란한 타이밍에 의식을 회복해 문제를 일으킬 가능성을 사전에 방지했다는 것이었다.

램지는 다리 안쪽에 찬 비상용 사냥칼을 확인하고 그것을 재킷 주머니 안으로 (물론 칼집에 넣은 채) 옮겼다. 이제 데번을 찾을 시간이었다.

다음 객차에 들어가기 전, 연결 통로 입구에 잠시 멈춰 섰다. 먼저 귀를 기울이고 그다음에 안을 들여다봤다. 말소리가 거의 들리지 않았고 사냥감도 보이지 않았다. 몇몇 승객이 그에게 표를 보여주거나 새로 사겠다고 하자 램지는 기계가 고장 났다고 둘러대 그들을 돌려보냈다.

다음 객차와 그다음 객차도 마찬가지였다. 무의미한 연휴가 시작되기 전에 서둘러 집에 가려는 지치고 땀에 전 인간들로 꽉 차 있었다. 동생 일행은 역시 보이지 않았다. 비좁은 공간을 가득 채운 수많은 인간 냄새에 코를 막을 목도리가 있어 다행이라고 생각했다. 적어도 그에게 표를 사려는 사람은 아무도 없었다.

동생을 찾아낸 건 기차에 탄 지 6분 만이었다. 연결 통로를 지나는데 여자답지 않은 데번의 낮은 목소리와 아이 웃음소리가 들려왔다. 램지는 정신을 바짝 차리고 4번 객차 출구에 멈춰 서서 느슨하게 닫힌 5번 객차의 문틈으로 들려오는 소리에 귀 기울였다.

"너무 안심하지 마. 아직 목적을 달성한 게 아니니까." 북쪽 억양으로 들리는 경쾌한 목소리였다. 램지의 동료들을 눈 깜짝할 사이에 해치운 그 레이븐스카 여자가 틀림없었다. "총알을 좀 더 챙겨왔으면 좋았을 텐데. 만약을 대비해서."

램지가 흥미롭게 귀를 기울였다. 그는 늘 권총을 가지고 싶었고 재미 삼아 사격 연습을 한 적도 한두 번 있었다. 하지만 총을 소지하려면 거추장스러울 만큼 많은 서류를 준비해야 했다. 이터가 감당할 수 있는 수준이 아니었다.

"놀라울 정도로 총을 잘 쏘던데." 틀림없는 데번의 목소리였다. "불과 몇 초 만에 네 명을 깔끔하게 해치우다니. 그것도 다 움직이는 표적을. 총은 어디서 난 거야?"

들을 만큼 들었으니 신속히 행동에 나서야 했다. 램지는 한 손으로 송신기를 꺼내 들고 엄지를 버튼 위에 갖다 댔다. 모르는 사람 눈에는 워키토키처럼 보일 수도 있을 것 같았다. 다른 한 손으로는 검표기를 들었다. 손가락 위치를 다시 한번 확인한 뒤 그는 팔꿈치로 덧문을 열고 발을 질질 끌며 안으로 들어갔다.

램지의 세 사냥감은 모두 객차 사이의 연결 통로 바닥에 앉아 있었다. 그가 들어오자 그들은 일제히 고개를 들었다. 그는 헤스터를 즉시 알아봤다. 신상 파일이며 사진을 죽도록 들여다본 덕분이었다. 헤스터는 겉으로 보기에 딱히 뚜렷한 특징이 없었다. 얼굴이 아름답지도 몸이 흥미롭지도 않았다. 재활 중인 히피 같은 차림새였다. 헤스터가 얼마나 치명적인 명사수인지 직접 보지 않았더라면 대수롭지 않게 여기고 철저히 무시했을 터였다. 남자아이인 카이 역시 겉으로 보기엔 특별할 것 없었다. 작은 체구, 호리호리한 몸, 검은색 머리. 저 안에 깃든 진정한 괴물의 본성이 드러나는 외적인 단서는 하나도 없었다.

반면 데번은 오토바이를 모는 레즈비언 전사의 전형이었다. 큰 키에 긴 팔다리, 아무렇게나 짧게 자른 머리, 올 블랙 의상에 과하다 싶을 만큼 많이 걸친 가죽. 도시의 비행 청소년처럼 벽에 등을 기대고 앉아 있었다. 램지의 오래된 기억 속에 남아 있는 레이스 치마 차림의 땋은 머리 소녀와는 거리가 한참 멀었다.

램지가 걸어오는 것을 보고 놀란 데번의 얼굴이 창백해졌다. 이 정도로 가까운 사이에서 변장은 별 의미가 없었다. 데번이 시선을 낮춰 램지의 손에 단단히 쥐어진 송신기를 보더니 어금니를 꽉 깨물었다.

"안녕하십니까." 램지가 목도리에 얼굴을 반쯤 파묻은 채 말했다. 모자를 눈썹 아래까지 눌러 써서 다른 상황이라면 웃겨 보일 법한 모습이었다. "죄송합니다만 통로 바닥에 앉으시면 안 됩니다. 객차 안으로 들어가 주시겠습니까?"

"가서 자리 잡고 있어." 데번이 자리에서 일어나며 헤스터와 카이에게 말했다. "기차표 사서 바로 따라갈게. 우리 에든버러로 간다고 했던가?"

"어, 에든버러." 헤스터가 의미심장하게 한 템포 쉬었다가 대답했고, 램지는 헤스터가 긴장한 것을 느낄 수 있었다. 정보를 노출하고 싶지 않아서겠지, 램지는 추측했다. 하지만 헤스터는 이내 카이를 데리고 신속하게 자리를 떴다. 더 이상의 질문을 피하고 싶어서였을 것이다.

연결 통로의 문이 닫히자 램지가 침착하게 말했다. "이게 진짜 사냥이었으면 넌 여기서 끝났어. 10초 줄 테니까 아까 벌어진 대학살에 대해 설명해보시지."

"여긴 대체 어떻게……." 입을 떼던 데번은 이번만큼은 현명하게도 질문을 삼켰다. "공격은 그쪽이 먼저 했어. 거기서 내가 뭘 어째야 했을까? 총을 빼앗기라도 해? 내가 반역자인데 사실은 가문을 위해 일하고 있다, 이렇게 실토했어야 했나?" 데번은 죄지은 사

180

람처럼 뒤를 돌아봤다. 복수심에 울부짖는 레이븐스카 여자가 언제 들이닥칠지 모른다는 듯이.

"아니, 누가 그러래? 네가 뭘 하는지, 어디로 가는지, 누구랑 같이 있는지 정도만 미리 귀띔해줘도 좋았잖아." 동생 앞에서 자신의 상관을 탓할 생각은 없었다. "젠장, 너 때문에 지금 우리 팀 하나가 통째로 날아갔어. 뒤에 남은 두 명한테도 무슨 일이 생길지 모르지."

"아니 그러니까, 그 상황에서 내가 뭘 어떻게 해야 했냐니까?" 데번이 반격했다. 시선은 자꾸만 송신기로 향했다. "정 그러면 다음엔 우리 뒤를 쫓지 말든지! 어쨌든 난 저 여자가 총을 가지고 있을 줄은 꿈에도 몰랐어."

"자기가 누군지는 말하던?" 손바닥에 땀이 차서 미끈거렸지만 램지는 여전히 송신기를 꽉 쥔 채 데번과 2미터 정도의 거리를 유지했다. 데번이 아무 짓도 안 할 거라고 결코 확신할 수 없었다. "너한테 원하는 게 뭔지는 얘기했고?"

"당연하지." 데번은 짜증이 난 듯했다. "저 여자는 레이븐스카 일당이고 날 곧장 킬록에게 데려가기로 했어. 오빠가 원한 대로 말이야. 내가 카이까지 끌고 이 지옥 길에 오르게 한 게 다 이걸 노린 거였잖아?"

"그래, 그렇지." 램지가 검표기를 만지작거렸다. 이 말 안 듣는 기계. 한 손으로 검표기를 다루려니 영 뜻대로 되지 않았지만 그래도 감히 송신기에서 엄지를 뗄 수는 없었다. "그래서 어디로 가는 건데? 에든버러가 최종 목적지야? 합의 조건은 뭐지?"

"스코틀랜드 어딘가로 간다는 것 말고는 나도 몰라. 하지만 에든버러가 최종 목적지는 분명 아닐 거야. 거기서 다른 데로 가겠지." 데번이 팔짱을 끼었다. "그들이 리뎀션을 주겠다고 했어. 내가 그들 규칙을 따르며 그들과 함께 산다는 조건으로. 좀 복잡해."

"흥미롭군." 램지가 생각에 잠겼다. "어쨌든 그들의 요구 사항은 중요하지 않아. 어차피 넌 그들 옆에 오래 머무르거나 같이 살진 않을 테니까, 그렇지? 이 모든 건 우리가 킬록을 찾아내는 순간 끝나는 거야." 램지가 마침내 기계에서 표를 두 장 뽑아내 적정 거리를 두고 데번에게 내밀었다. "다음 역까지는 얼마나 걸리지? 대체 어디야?"

"18분 후면 버릭온트위드에 도착해." 데번이 그의 손에서 표를 낚아챘다. "인근 지역 기차 시간표 안 먹어두나 봐?"

"빈정대기는." 램지의 머릿속은 기차 시간표보다 더 중요한 정보로 채워져야 했다. 그런 자잘한 일은 **데번의** 몫이었다. "이렇게 하기로 하지. 접근만 가능하다면 나는 지금부터 5분 후에 비상 정차 줄을 당기고 조명 제어기를 찾아 불을 끌 거야. 그러면 넌 기사들이 기차에 탄 것 같으니 빨리 기차에서 내리는 게 좋을 것 같다고 헤스터를 설득해."

"우리더러 기차를 포기하라고?" 데번이 못 믿겠다는 듯이 말했다. "그러면 **오빠는** 뭘 할 건데?"

"그거야 네 거짓말을 진실로 만들어야지. 내가 칼을 휘둘러 공포 분위기를 조성하면 아무것도 모르는 승객들이 비명을 질러댈 테고, 그러면 당연히 기사들이 쫓아오고 있다는 네 이야기를 믿을 수밖에 없게 될 거야."

"세상에, 램지! 대체 인간을 몇 명이나 죽일 생각이야?"

"아무도 안 죽여, 이 멍청아. 그냥 슬쩍 겁만 줄 거야. 그냥 비명을 지르며 객차 사이를 뛰어다니게." 빌어먹을 닭처럼, 그는 생각했다. 자신은 여우 역할을 맡는 것이다.

"하지만 왜? 이 모든 연극이 왜 필요한 건데?" 데번이 비난조로 물었다.

"판을 깨는 것 자체에 의미가 있지." 그가 상냥하게 답했다. "지금 내 말을 믿기 어려울지도 모르겠지만……."

"어, 어려워, 젠장."

"어쨌든 난 너의 성공을 바라는 입장이야. 지금 당장은. 그러니 그 레이븐스카 여자의 계획을 방해하고 그가 허둥대게 만들어. 그들의 비밀 장소에 가되 레이븐스카 방식이 아닌 우리 방식으로 가야 해. 한마디로, 살아남아서 영리하게 대처하라는 말이야, 데번. 킬록이 자기 동생을 보낸 건 그만큼 그 여자가 유능하다는 뜻이야. 훈련받은 남자 넷을 눈 깜짝할 사이에 해치운 년이라고. 절대 그 여자에게 밀리면 안 돼."

데번은 웃음을 꾹 참고 이렇게 말해 램지를 놀라게 했다. "좋아, 그럼 이왕 이렇게 된 거 좀 더 그럴듯한 상황을 만들어보지 그래. 기사 한두 명을 보내 우릴 찾게 하는 거야. 우리가 상대해야 하는 적의 실체를 분명히 보여달라고."

램지가 다시 고개를 끄덕였다. "괜찮은 생각이네. 네 휴대폰을 추적해서 기사를 한 명 보내도록 하지. 내가 제때 보낼 수만 있다면 말이야. 차로 추격전 벌이는 걸 보여줘도 좋겠군." 램지가 혀로 자신의 치아를 핥았다. "하지만 이번에 보내는 기사는 죽이지 말아줘. 시체 치우는 건 지긋지긋하니까. 기사가 무한 공급되는 소모품도 아니고." 요즘엔 오히려 그 반대에 가까웠다.

"그건 장담할 수 없겠는데……."

"그냥 최대한 애쓰기라도 해." 램지가 어렸을 때처럼 손가락을 튕겨 데번의 이마를 쳤다. 데번은 눈살을 찌푸렸다. "리뎀션만 챙겨서 그들이랑 내빼겠다는 말도 안 되는 생각 따윈 꿈도 꾸지 말고. 도망가봤자 내 손바닥 안이니까, 영원히. 그걸 명심해."

데번은 주먹을 불끈 쥔 채 아무 말도 하지 않았다.

"가." 램지가 송신기를 흔들며 말했다. "내 마음이 바뀌어서 네 아들을 순식간에 날려버리기 전에." 그가 담보로 잡은 단 하나. 저 버튼 하나로 카이의 삶을 끝장낼 수 있었다. "이게 나한테만 있는 게 아니란 걸 기억해."

"당연히 기억하지. 그리고 이미 가는 중이었거든." 데번이 그에게서 몸을 돌려 헤스터와 카이가 있는 객차로 돌아가기 시작했다. 기차표를 움켜쥔 두 손을 가슴에 모은 채.

"제대로 해." 램지가 등에 대고 외쳤다. "네 손에 많은 게 걸려 있다고!"

데번은 뒤돌아보지 않았지만, 램지는 데번의 어깨가 움찔하는 것을 보고 만족했다. 데번의 뒷모습을 지켜보던 램지는 칼을 꺼내 들었다. 자신이 지나온 객차를 주시하며 그곳의 냄새를 떠올렸다. 폐소공포증을 유발하는 좁은 공간 안에서 인간들이 비명을 지르면서 날뛰는 아수라장을 그려보았다.

시작해볼까. 램지는 마음을 다잡고 칼자루를 꽉 쥐었다.

도움을 줄 수 있는 모든 이들에게서 점점 더 멀리
달아난 것은 실로 어리석은 짓이었다. 고블린에게
잡아먹히기 딱 좋은 곳에 제 발로 찾아온 꼴이었다.
하지만 공포란 원래 두려워하는 대상과
늘 한편이지 않았던가.

**조지 맥도널드,
『공주와 고블린』**

12

공주와 고블린

8년 전

추격은 즉시 시작되지 않았다. 데번은 30여 분간 뒤엉킨 나무들 사이로 무작정 달아났다. 아무 소리도 들려오지 않자 자신감이 차올랐지만 어딘지 불안한 마음도 들었다. 머지않아 숲속에서 넘어지고 구르며 상처투성이가 되었고 완전히 길을 잃었다. 그래도 돌아갈 일은 없었다. 데번은 눈으로 뒤덮인 나무들을 헤치고 퇴비가 뿌려진 반쯤 얼어붙은 땅을 가로질러 앞으로 나아가다가 높은 철조망에 가로막혔다. 페어웨더 영지의 경계선이었다. 그 너머는 데번에게 미지의 땅이었다.

돌아갈 수 없다. 데번은 철조망에 달려들었다. 손과 발이 어딜 잡고 어딜 디뎌야 할지 척척 찾아냈다. 그렇게 철조망을 올라 반대편으로 넘어갔다. 요란하게 몸을 구르며 착지해 버밍엄 방향으로 보이는 쪽으로 발걸음을 옮겼다. 버밍엄은 여기서 차로 불과 두어

187

시간 거리의, 도로로 둘러싸인 대도시였다. 윈터필드 저택을 찾는 일은 식은 죽 먹기일 것이다.

데번의 가문은 데번의 편이 아니었다. 깨달음은 타종의 순간처럼 그를 강타했다. 폐가 타들어가고 덤불이 발밑에서 으스러지고 상록수와 신선한 눈 내음이 코안을 가득 메우는 동안에도 데번은 충격에서 헤어나지 못했다. 가문은 혈육이었고, 그가 사랑하는 이들이자 그를 사랑하는 이들이었으며, 세상 전부였다. 하지만 이제 그들은 원수였다.

생각해보면 그들은 원래부터 그런 존재였다. 어릴 때 사랑을 아무리 듬뿍 받았다 한들 데번의 몸은 여전히 그들의 것, 팔아야 할 상품에 불과했다. 도축용으로 길러진 돼지나 닭처럼 데번은 그저 주인에게 애정을 갖게 된 것이다. 그들도 데번을 아꼈지만, 그렇다고 해서 팔려가는 걸 막지는 못했다. 가축 농장주는 그저 베이컨을 씹으며 흡족해했다. 애정은 잔인함을 더 서글프게 만들 뿐이었다.

저 멀리 뒤쪽에서 부드럽고 높은 휘파람 소리가 울렸다. 추격이 시작되었다. 온몸에 소름이 쫙 끼쳤다. 더 맹렬히 뛰기 시작했다. 세일럼이 태어나고 나서는 뛰어다닐 일이 별로 없었지만 절박함이 그에게 힘을 실어주었다. 인간들이 사는 곳, 기사들이 쉽게 접근하지 못할 곳에 도달할 수만 있다면 이 상황을 모면할 수 있을지도 모른다.

하지만 용을 뒤에 태운 기사들의 오토바이가 줄줄이 출격한 상황에서 홀로 확 트인 황무지를 가로질러 달리는 것은 두려웠다. 적어도 여기서는 숲속 깊이 숨어들어 자신의 흔적과 소음을 숨기고 잠시나마 그들을 따돌릴 수라도 있었다.

인간들이 사는 마을에 조금만 더 가까웠으면 탈출에 성공했을지도 모른다. 하지만 현실은 달랐다. 저택에서 나온 지 두 시간도 채 안 돼 반경 50미터 거리에서 기사들에게 완전히 포위당하고 말았다. 그중에는 램지도 있었다. 얼굴은 안 보여도 목소리가 들렸다. 데번은 그의 목소리를 너무 잘 알았다.

검은 옷에 헬멧을 착용한 이들이 빠른 걸음으로 살금살금 달려왔다. 달아나는 데번의 뇌리를 번뜩 스치고 지나간 것은, 루턴이 세상에 갓 태어난 세일럼을 굽어보며 '아이 혀. 확인한 사람 있어?' 하고 묻는 모습이었다.

용은 데번의 세계에서 주변을 맴도는 목소리 없는 유령이었다. 용에 대해 아는 것이라곤, 책니 대신 긴 빨대 혀가 발달한 광적인 존재라는 것, 책 대신 영혼을 탐하는 좀비 같은 존재라는 것, 리뎀션을 복용해도 갈망을 온전히 제어할 수 없기 때문에 옥스퍼드 근처 어딘가에 기사단이 운영하는 시설에 산다는 것 정도였다. 또한 기사들은 용을 '가문의 문제 해결사'로 이용한다는 것도 예전에 한 삼촌에게 들어서 알고 있었다.

데번은 이제 가문의 문젯거리가 된 모양이었다. 선을 넘으면 눈 하나 깜짝 않고 폭력적이고도 치명적인 방법으로 자신을 해치울 것 같았다. 소울이터인 용에게 붙잡히면 용은 모기처럼 그 흉측한 혀를 꺼내 징그러운 스킨십이라도 하듯 귀에 꽂고 데번의 삶, 기억, 정신을 1분도 채 안 돼 모조리 빨아들일 것이다.

램지가 라틴어로 뭐라고 외쳤다. 높은 휘파람 소리가 다시 들려왔다. 순간 데번은 한 번도 경험해보지 못한 공포로 온몸에 힘이 빠져나가는 걸 느꼈다. 맹목적인 공포에 사로잡혀 이리저리 비틀대며 걸었다. 숨이 차서 비명도 나오지 않았다.

"거기! 멈춰!" 가장 가까이 다가온 용이 확성기 같은 목소리로 외쳤다. 헬멧도 쓰지 않은 채였다. 햇빛을 보지 못해 비정상적으로 창백한 얼굴 아래로 검은 핏줄이 흘렀다. 더는 목소리 없는 자, 얼굴 없는 자, 영혼 없는 자가 아니었다.

공포는 데번의 발에 불을 붙였다. 데번은 멈추지 않고 전속력으로 달렸다. 마른 개울을 넘어 무너져 내리는 둑 위로 올라갔다. 그러나 낮게 매달린 나뭇가지 아래 몸을 숨겼다가 악몽 같은 상황에 빠지고 말았다. 앞쪽에서 다가온 다른 용이 데번을 향해 몸을 던진 것이다.

둘은 바닥에 쓰러져 몸싸움을 벌였다. 용은 데번보다 키도 몸집도 더 컸다. 짙은 눈이 튀어나올 듯 커지고 동공은 바늘구멍만 해진 그가 데번을 붙잡으려 애쓰는 동안 벌어진 입술 사이로 침이 흘러나왔다. 저 안에 긴 혀가 숨겨져 있다.

데번은 혐오감에 휩싸여 머리로 그를 세게 들이받았다. 용은 코에서 피를 내뿜으며 상처 입은 늑대처럼 울부짖었다. 그를 옆으로 밀치고 몸을 굴려 겨우 일어났지만, 곧이어 두 명의 용이 더 달려들었다.

3대 1, 수적으로 불리한 상황에 놓인 와중에도 데번은 연신 주먹을 날리고 발차기를 해댔다. 자신이 이렇게 격렬하게 싸울 수 있다는 것에 놀라면서도 힘이 솟았다. 어렸을 때 오빠들과 싸운 적은 있었지만 그건 이미 오래전 이야기였고, 이후로 이렇게까지 싸운 적은 단 한 번도 없었다. 두려움이 녹아내리며 팔다리가 자유로워졌다. 반사 신경도 한층 예민해졌다.

이걸로는 충분하지 않았다. 데번은 누군가의 정강이를 걷어차면서 다른 누군가의 머리카락을 한 움큼 쥐어뜯고 있었는데, 눈을 떠 보니 어떻게 된 일인지 자신이 바닥에 나동그라져 있었다. 한 남자가 무릎으로 상체를 누른 채 두 손으로 목을 감싸고 있었고, 다른 한 남자는 다리를 붙잡고 있었으며, 또 다른 남자는 손목을 꽉 누르고 있었다.

기사들이 나무 사이로 나오는 모습은 보지 못했다. 나무 사이로 모습을 드러내는 이들이나 램지가 용들에게 '로쿰 테넨템!'이라고 외치는 소리도 듣지 못했다.

그때 커다란 고무줄이 탁, 하고 끊어지는 듯한 소리가 나더니 가슴에 따끔한 통증이 느껴졌다. 몸 위로 번개가 내리꽂히는 것 같았다. 근육 사이로 통증이 퍼져 나갔다. 산성의 실이 살갗을 휘감는 느낌이었다.

인생에서 가장 길게 느껴진 5초가 흐른 뒤에야 테이저건 공격은 끝났다. 혀를 깨무는 바람에 입가는 피투성이였다. 팔다리를 꼼짝할 수 없었고 머릿속이 멍했다. 누군가가 날카로운 휘파람 소리를 내자 용들이 숨을 헐떡거리며 마지못해 물러났다.

"미안해, 데브." 램지가 가까이 다가와 데번을 굽어보며 말했다. 테이저건을 겨누고 있었다. "하지만 넌 학습이 필요해. 그리고 이게 네가 얻어야 할 교훈이야. 네가 도망치면 우리는 언제나 널 잡는다는 것. **내가** 늘 널 잡을 거라는 것."

데번은 복잡한 감정에 휩싸여 그를 올려다봤다. 얼른 일어나서 도망가야 했지만 무기력이 뼈를 짓눌렀고 몸은 뇌리에 새겨진 고통을 떠올리며 움츠러들었다. 테이저건에 맞으면 원래 이렇게 아픈 건가? 아니면 이터라서 유달리 아픈 걸까?

"옛날에는 이런 여자들을 다루는 방법이 있었지." 녹색 눈의 기사가 데번의 시야에 등장하며 말했다. "발목에 위치 추적기를 단다거나 뭐 그런. 네 여동생에게도 그런 게 필요한 거 아니야?"

"아니. 얘 다시는 안 그럴 거야." 램지가 발로 데번을 톡톡 건드렸다. "그렇지, 데브?"

데번은 대답하려고 했지만 말이 나오지 않았다. 침을 뱉으려고도 했지만 그것도 뜻대로 되지 않았다. 숨쉬기조차 어려웠다. 기사들이 나무 사이사이에서 나와 고요하고 서늘하게 데번을 에워쌌다. 아니, 그들이 고요한 것이 아니었다. 데번은 청력과 시력을 잃어가고 있었다. 정신이 혼미해지면서 주변은 곧 캄캄해졌다.

—— · ——

다음 날 아침 잠에서 깼을 때 데번은 성치 않은 몸으로 침대에 누워 있었다. 누군가 데번의 우스꽝스러운 파티 드레스를 마침내 벗기고 고모의 단정한 잠옷으로 갈아입혀주었다. 거추장스러운 레이스 장식이 목 언저리를 간지럽혔다.

마음 한구석에는 벌떡 일어나 다시 탈출을 시도하고 싶은, 또 한번 언덕을 넘어 달아나고 싶은 욕망이 있었다. 하지만 몸이 움직이기를 거부했다. 아무것도 먹지 않은 채 너무 많이 달려 기력이 쇠한 상태였다. 두려움과 트라우마로 쇠약해지기도 했다. 용은 무시무시한 존재였다.

몇 시간 후 에이크가 책 몇 권을 접시에 담아 데번을 보러 왔을 때도 데번은 수치스러움에 여전히 꼼짝도 하지 않고 누워 있었다.

"어제 윈터필드에서 돌아와 아무것도 먹지 못했다고 들었다. 그래도 뭘 좀 먹어야 하지 않겠니?" 이제 데번을 적어도 공주라고 부르지는 않았다. 데번도 다시는 그를 삼촌이라고 부르지 않을 생각이었다.

몸을 웅크린 채 누워 음식을 마다하고 앞만 바라봤다. 그가 건네는 건 그 무엇도 먹을 생각이 없었다.

에이크가 손대지 않은 접시를 내려놓았다. "널 그런 식으로 잡아온 건 미안하게 됐구나. 하지만 네가 그렇게 나오는 이상 우리에게도 달리 방법이 없었다."

진정성이라고는 느껴지지 않는 사과였다. "이제 어떻게 할 건가요? 제 발목에 위치 추적기라도 달 건가요? 야생동물처럼 절 추적하기라도 하게요?"

에이크가 눈을 깜빡였다. "위치 추적기라니⋯⋯. 오, 세상에, 이제는 아무도 그런 걸 쓰지 않는단다. 기사들이나 그런 야만적인 관행에 의지했지. 넌 여전히 이 집의 딸이고⋯⋯."

"당신 딸이겠지. 빌어먹을, 왜 **당신** 딸이라고 말을 못 해?"

"⋯⋯ 앞으로도 우린 널 그렇게 대우할 거다." 에이크는 결코 그 말을 하지 않을 것이다. 그저 입술을 꼭 다물고 눈썹을 치켜세워 바라보기만 할 뿐. 데번이 절대 무너뜨릴 수 없는 거대한 요새.

"개자식." 데번이 혼잣말을 하듯 중얼거렸다.

"너 자신의 행동을 돌아보고 네 앞에 놓인 상황을 고려하기 바란다." 에이크가 소름 끼치게 부드러운 목소리로 말했다. "한 번 더 결혼해 아이를 한 명 더 낳아야 하잖니."

"다신 하고 싶지 않아요." 또다시 결혼해야 한다는 생각만으로 분노가 치솟았다. 한때는 그저 신나고 짜릿하기만 했는데.

"데번." 에이크가 짜증 섞인 얼굴로 손깍지를 꼈다. "네겐 선택권이 없어. 우리 모두 마찬가지지. 우리 종족이 살아남으려면 모두가 각자의 역할을 충실히 수행해야 한다. 이터들 중 가임 여성이 얼마나 드문지는 알고 있니? 지나친 근친혼을 방지하면서 여섯 가문에 골고루 혜택이 돌아가게끔 결혼을 조정하는 것이 얼마나 힘든 일인지는 알아?"

데번의 가슴에서 불꽃이 튀었다. "당신이야 그렇게 쉽게 말하겠지! 어차피 당신 몸도 아니고 당신 아이를 뺏기는 것도 아니니까!"

"너도 내 입장이었다면 똑같이 했을 거다." 그의 주장이 어찌나 오만한 자기 확신으로 가득 차 있던지 데번은 그만 할 말을 잃었다. "위로가 될지는 모르겠지만 앞으로 영원히 이러진 않을 거다. 시험관 아기 시술을 시작하게 되면 결혼을 주선하고 강제하는 데 더 이상 기사가 필요하지 않게 되겠지. 네 딸을 포함한 다음 세대의 여자아이들은 지금보다는 수월한 삶을 살게 될 거야."

데번이 받아칠 말을 준비하기도 전에 누군가 방문을 두드렸다.

에이크가 앉은 자리에서 몸을 틀었다. "아, 그렇지. 네 딸 이야기가 나왔으니 말인데, 내가 손님을 한 명 불렀다."

데번이 미처 똑바로 앉기도 전에, 잘 다려진 정장 차림을 한 루턴이 점잔을 빼며 방 안으로 걸어 들어왔다.

"당신!" 데번은 들끓는 감정을 억누르고 침착한 표정을 유지하려고 애썼다. 딸을 돌려달라고 요구할까, 편지라도 할 수 있게 해달라고 빌까, 아니면 저 인간 목을 찢어발겨버릴까 좀처럼 갈피를 잡지 못했다. 우물쭈물하는 사이 가슴속에 쌓여 있던 말들이 제멋대로 뒤엉켰다.

"난 이만 나가보겠네." 에이크가 고개를 까딱 숙이고는 방을 나섰다.

루턴은 마치 처음 보는 얼굴을 기억에 담으려는 듯 데번을 매우 주의 깊게 바라봤다. "날 증오하겠지?"

할 말을 잃게 만드는 질문이었다. 대답도 아까워 질문을 아예 무시했다.

"세일럼 일은 미안하게 됐어." 부동산 문제 따위를 논하는 투로 루턴이 말했다. 하긴 인간 세상에서 그는 부동산 감정사였다. "위로가 될지는 모르겠지만 첫 아이가 가장 힘들다더군. 어쨌든 내가 듣기로는 그래. 다음엔 좀 더 쉬워질 거야."

"쉬워지길 바라지 않아. 난 내 딸을 키우고 싶어!" 다들 어찌나 사과하기를 좋아하는지. 데번은 씁쓸한 기분에 사로잡혔다. 오늘만 벌써 세 번째 듣는 사과였고, 지금도 계속되고 있었다. 그렇다고 가증스러운 행동을 안 할 것도 아니면서.

"당신이 뭘 원하는지는 잘 알아." 루턴이 주머니 깊숙한 곳에서 묵직한 황동 펜던트를 꺼내 내밀었다. "당신을 위해 가져왔어. 원하면 가져가고 아니면 말아."

펜던트가 빛을 받으며 빙빙 돌았다. 겉면에 돋을새김 무늬가 새겨진 두꺼운 원반 모양이었다.

자존심과 호기심이 싸우다 호기심이 끝내 승리했다. 루턴에게서 펜던트를 낚아챘다. 손톱으로 버튼이 만져졌다. 사진을 넣을 수 있는 로켓 목걸이인가? 뚜껑을 열었다. 펜던트도 로켓도 아닌, 나침반이었다. 그것도 아주 아름다운 나침반. 바늘이 불안하게 흔들렸다. 뚜껑 안쪽에 누군가가 붙여놓은 세일럼의 사진이 보였다. 최근 사진 같았다. 세 번째 생일 두어 달 전쯤에 찍은 듯했다. 아이는 데번이 익히 잘 아는 정원에 앉아 귀엽게 웃고 있었다. 햇빛을 받아 작은 요정처럼 보였다.

"겉면에 새겨진 무늬는 윈터필드가의 문장紋章이야. 당신과 내가 성격 차이가 있긴 했어도 당신은 의무를 충실히 이행했고 우리 집안에 건강한 딸아이를 제공해주었어. 나도 그 아이를 무척 아끼게 됐지." 그가 목을 가다듬었다. "집에 돌아간 후로 힘들어한다고 들었어. 내가 그렇게 만든 부분도 어느 정도 있을 것 같아서, 추억이 될 만한 걸 주고 싶었어. 이게 도움이 되면 좋겠는데."

데번은 딸깍 소리를 내며 나침반을 닫아 손에 꽉 쥐었다. "내게서 아이를 데려가놓고 이딴 거 하나 던져주면서 나더러 고마워하라고? 꺼져. 당신 절대 용서 못 해."

루턴이 눈썹을 치켜세웠다. "그래? 원하지 않으면……."

"누가 원하지 않는다고 했어?" 데번은 나침반을 잠옷 셔츠 주머니 속에 보란 듯이 떨어뜨렸다. "언젠가 반드시 돌아가서 이 나침반은 당신 목에 걸어주고 내 딸과 함께 떠날 거야."

"그런 꿈같은 일은 결코 일어나지 않아." 확신에 찬 그의 어조가 뼛속 깊이 파고들었다. "실제로 일어날 수 있는 일은 이런 거야. 세일럼에게 당신 이야기를 해서 당신을 기억할 수 있게 해주는 거."

"그게 무슨……."

"세일럼에게 당신 이야기를 해주겠다고." 그는 재차 말했다. "아이가 지금 당신을 몹시 보고 싶어 하니까 당신 사진도 보여줄 거고. 세일럼에게 이렇게 말할 생각이야. 엄마가 널 진정으로 사랑한다면 언젠가 반드시 널 보러 돌아올 거라고. 아마 열 번째 생일쯤. 그때쯤이면 당신도 다음 결혼이 끝난 후겠지." 그리고 손가락을 까딱였다. "처신 똑바로 하고 해야 할 일을 해, 데번. 그럼 세일럼과 만날 수 있게 해줄 테니까. 하지만 두 번째 결혼을 못 하겠다고 고집을 부리고 문제를 일으키면, 세일럼에게 엄마가 널 사랑하지 않고 보고 싶어 하지도 않는다고 말하는 수밖에 없어."

"거짓말!" 절망적인 공포가 데번을 사로잡으며 직전의 분노와 용기를 잠식했다. "저번처럼 또 거짓말하는 거잖아!"

"멋대로 생각해. 난 당신에게 호의를 베풀려고 왔지, 피해망상에 사로잡혀 쏟아내는 비난이나 들어주러 온 건 아니니까." 루턴이 자리에서 일어나 방을 나섰다.

데번은 그의 등 뒤에 대고 악을 쓰며 욕을 퍼부었다. 그런 자신이 얼마나 야만적으로 보일지 알면서도 참을 수가 없었다.

아무도 데번을 신경 쓰지 않았다. 방 밖에서 누군가 빗장을 질러 문을 잠갔다. 문 앞에서 보초를 서던 이들이 자리를 맞바꾸며 속삭이는 소리도 들려왔다. 모든 것이 잠기고 폐쇄되었다. 데번의 비참한 탈출 시도는 막을 내렸다. 질질 끄는 긴 싸움도, 최후의 저항도 없었다. 추격 끝에 포대에 담겨 집으로 다시 끌려왔을 뿐.

데번은 나락으로 떨어진 공주가 되어가고 있었다. 고블린에게 잡혀 탑에 갇힌 공주 신세였다.

수치심이 혈관을 타고 흘렀고 슬픔이 용의 주먹처럼 데번을 내려쳤다. 자기 말을 들어줄 이가 있을 거라 생각하다니 얼마나 어리석었던가. 가부장이 아무렇게나 지어낸 거짓말을 곧이곧대로 믿어버리다니 얼마나 순진했던가. 루턴에게 한 협박은 아무런 의미 없는 빈말에 불과했다. 그것을 실행에 옮길 힘이 남아 있지 않았다.

데번은 바보 같대. 데번은 멍청하대. 데번은 속아 넘어갔대.

데번의 인생을 하나로 이어준 바늘땀들이 폭삭 무너져 내리고 있었다. 가문은 건재했고 굳건했으며 노련했다. 데번은 그들 앞에 아무것도 아니었다. 그들이 엄선한 책만 머리에 가득 차 있을 뿐 실용적인 지식이 전무했다.

둔한 깨달음이, 옥죄는 덩굴처럼 데번을 에워싸며 자라났다. 유일한 탈출구는 말을 잘 듣는 방법뿐이었다. 가문에 반기를 들 때마다 다른 누군가가 그 대가를 치렀다. 규칙을 따른다고 데번이 이길 순 없을 테지만, 적어도 덜 비참하게 질 수는 있었다.

수동적으로 굴자, 착하게 행동하자, 두 번째 아기를 낳고 주어지는 자유라도 얻자. 세일럼을 보러 가는 것은 허용되지 않을지 몰라도 결혼을 마치고 의무를 다한 후에는 지금보다는 많은 자유가 주어질 것이다.

이 말은 그러니까, 올해는 세일럼을 보지 못한다는 뜻이었다. 그리고 내년, 내후년에도. 끔찍했다. 견딜 수 없을 만큼.

하지만 대안은 더 끔찍했다. 호기롭게 행동에 나섰다가는 더 많은 제약이 따를 것이다. 루턴이 정말로 세일럼에게 엄마가 널 보고 싶어 하지 않는다고 할 수도 있다. 딸을 보고 싶은 생각이 조금이라도 있다면 고통과 비통, 조급함을 참아내야 했다.

데번은 바닥에 웅크려 나침반을 부여잡고 천천히 숨을 쉬었다.

하지만 소울이터들의 허기를 치료하는 것은
이 종을 괴롭히는 출산 문제를 해결하는 데는
아무런 도움을 주지 못했다. 북이터들은
이 문제를 늘 해오던 식으로 대응했다. 보이지 않는 곳에서
인간의 기술력이 발전하기를 장려한 다음 그것을 차용하고자 한 것이다.
그들은 시험관 시술의 기본을 오래전에 숙달했다.
'점심'으로 교재 몇 권만 해치우면 인간 의학쯤은 간단히
배울 수 있었다. 하지만 그 기술을 이용하는 데 가장 어려운
점은 '이터'들의 까다로운 생체 구조에 적합하도록
기술을 개조해 안전하게 실용화하는 것이었다.
이터들이 자유롭게 아이를 가질 수 있게 된 세상은
어떤 세상일까? 미래에 던지는 끔찍한 질문이 아닐 수 없다.

아마린디 파텔,
『종이와 살: 비밀의 역사』

13

늑대들과 함께

현재

"어서 나가!" 데번이 가장 가까운 기차 출입구로 헤스터와 카이를 떠밀며 외쳤다.

데번이 카이와 헤스터가 앉아 있는 자리로 돌아와 기차 안에서 기사들을 본 것 같다는 말을 전하기가 무섭게 기차는 서서히 멈췄고 동시에 조명도 꺼졌다. 곧이어 램지가 칼을 꺼내 승객들을 위협하며 다니기 시작했고, 승객들은 칠흑같이 어두워진 객차 사이를 무작정 내달리며 살려달라 외쳐댔다.

덕분에 데번은 기차에 기사들이 있는 게 틀림없어 더는 기차로 움직일 수 없겠다는 것을 별 어려움 없이 설득할 수 있었다.

그들은 쏟아져 나온 다른 승객들과 함께 서리 내린 노섬벌랜드의 텅 빈 들판 한가운데로 비틀대며 내려섰다. 뒤에서는 기차 안 인간들이 비명을 질러대고 있었고 위로는 악의를 품은 듯한 하늘이 펼쳐져 있었다. 달도 없이 흐려 으스스한 분위기가 감돌았다.

헤스터가 발을 헛디뎌 데번의 어깨에 부딪쳤다. 그들은 서로를 단단히 붙든 채 반쯤 얼어붙은 높은 수풀 사이를 달려 사면초가에 몰린 10시 15분 기차에서 멀어졌다.

그렇게 200미터쯤 갔을 때 헤스터가 "잠깐만!" 외치더니 걸음을 뚝 멈췄다. "핸드백이 안 보여. 내가 메고 있어야 하는데!"

데번이 몸을 틀어 뒤돌아봤다. "핸드백이 그렇게 중요해?"

"그걸 지금 질문이라고 하는 거야?" 헤스터는 이미 눈을 가늘게 뜨고선 그들이 지나온 거친 들판을 돌아보고 있었다. 완만한 경사가 있는 지형이라 기차는 거의 보이지도 않았다. "내 지갑이랑 휴대폰, 총이 그 안에 들어 있다고. 가방만 해도 400파운드나 주고 산 건데. 그게 중요한 건 아니지만." 불만이 잔뜩 묻어나는 헤스터의 목소리로 보아 그것이 중요하다는 사실을 알 수 있었다. "제일 아까운 건 총이지. 가보였는데."

"돌아갈까?" 데번이 기차 쪽을 불안하게 바라보며 물었다. 그들이 돌아오는 걸 보면 램지는 길길이 날뛸 것이다.

"아니야, 그렇게까지 위험을 감수하고 싶진 않아." 헤스터가 잠시 주먹을 꽉 쥐었다가 풀었다. "안에 연필이랑 스케치북도 들어 있었는데."

"스케치북?" 데번은 당황했다. 북이터가 그림을 그리는 게 기술적으로 가능할지언정 실제로 들어본 적은 없었다. 그렇게 창의적인 종족도 아니었다. "**당신**이 그린 그림이야? 중요한 건가 봐."

헤스터가 자조하듯 헛웃음을 지었다. "아니, 그렇진 않아." 그리고 뛰느라 산발이 된 머리카락을 끌어올려 놀라울 정도로 깔끔하게 하나로 묶었다. "그냥 가자. 마음이 바뀌기 전에."

"그런데 우리 정확히 어디로 가는 거예요?" 카이가 물었다.

"여기서 가장 가까운 마을. 아마도 안윅일 것 같은데." 헤스터가 진흙으로 얼룩진 치마를 거머쥐며 말했다. "일단 마을에 도착해서 교통편을 구하고 얼른 스코틀랜드로 넘어가야지."

"카이 말은 우리의 최종 목적지가 어디냐는 것 같은데. 스코틀랜드 어디로 가는 거야?"

"그건 아직 알려줄 수 없어." 헤스터가 터벅터벅 걷기 시작했다.

데번은 카이와 눈빛을 교환했다. 카이가 어깨를 으쓱했다.

세 사람은 뿔뿔이 흩어진 채 따끔한 쐐기풀과 웃자란 잡초를 헤치며 걸었다. 축축한 흙과 뒤얽힌 잡초에서 뿜어져 나오는 사향 냄새가 데번의 코를 찔러 두 번이나 재채기를 했다. 춥고 습하기만 할 뿐 눈이 쌓여 있진 않았다.

500미터를 더 이동한 후에야 검은 리본처럼 휘어진 2차선 도로에 이르렀다. 데번은 여전히 아무것도 신지 않은 맨발을 매끄럽게 얼어붙은 도로에 대보며 양방향을 바라봤다. "사람도 없고 누가 쫓아오는 것 같지도 않아. 자동차나 집도 안 보이고."

헤스터가 눈을 가늘게 뜨고 도로 표지판을 바라봤다. "이 길이 A1086인가 보네. 아무래도 여길 벗어나 다음 마을이 나타날 때까지 걸어가는 게 좋겠어."

"다음 마을이요?" 카이는 전의를 상실한 듯했다. "하지만 전 지금 지쳤어요. 꼭 밤새 걸어야만 해요?"

"카이 말도 일리가 있어." 데번이 말했다. "우리 좀 자야 해. 지금 24시간 넘게 깨어 있고 이 먼 길을 걸으면서 제대로 먹지도 못하고 있다고."

기진맥진한 것도 물론 사실이었지만, 데번은 이 여자를 관찰할 시간을 버는 한편 레이븐스카의 은신처에 도착하면 무엇이 기다리고 있을지 좀 더 알아내고 싶기도 했다. 그들이 확실하게 보여준건 리뎀션 한 알 뿐, 나머지는 아무것도 알 수 없는 상황이었다. 램지는 무슨 일이 닥치든 상관없다는 식이겠지만, 그야 자기 목숨이 걸린 일이 아니니까 취할 수 있는 태도였다.

"밤새 걸을 필요까진 없을 거야." 헤스터가 소맷부리에서 느슨한 실을 뽑아내며 말했다.

"밤새 걸을 필요까진 없을 거라니, 그게 무슨 말이야? 얼마나 더 가야 하는 건데?"

"도착할 때까지는 행선지를 밝힐 순 없어." 확답을 피하는 태도 때문인지 헤스터가 한층 더 작아 보였다. "이건 보안문제야."

"하 진짜. 저기, 당신이 조심하는 건 이해해. 하지만 지금은 우리 모두가 힘을 합쳐야 할 때야. 얼마나 더 가야 하는데? 그 정돈 말해 줄 수 있지 않아? 목적지를 말하라는 것도 아니고 그냥 어느 정도 더 가야 하는지만 알려달라고."

"130킬로미터 정도." 헤스터가 조심스럽게 말했다.

데번이 마른세수를 했다. "지금 **130킬로미터**를 가야 하는데 밤새 걷지는 않아도 될 거라고 한 거야?"

"그야 물론 걸어서 가면 하루 종일도 걸리겠지. 하지만 차로는 금방이라고! 에든버러에 도착하면 누가 우릴 데리러 오기로 했단 말이야." 헤스터가 얼굴을 찡그렸다. "할 수만 있다면 전화라도 할 텐데, 내 휴대폰이 그 망할 핸드백 안에 있잖아."

"우린 지금 에든버러 근처에도 못 왔고, 에든버러는 더 이상 안전한 곳도 아닌 것 같아. 당장 차도 없는 상황이고. 이런데 130킬로미터를 걸어서 안 가면 어떻게 가겠어?"

"뭐 더 좋은 생각이라도 있어?" 헤스터가 분통을 터뜨렸다. "여기서 야영이라도 하자는 거야 뭐야?"

"잠은 안에서 자야죠." 카이가 매서운 겨울바람에 너덜너덜한 소매를 휘날리며 한 방향을 가리켰다. "저 길을 따라가면 비앤비가 하나 나오는데, 거길 가는 게 어때요? 그다음에 어떻게 이동할지는 내일 아침에 생각해요."

두 여자가 카이를 바라봤다.

데번이 물었다. "너 여기 와본 적 있어?"

"그런 셈이에요. 변호사가 황무지 하이킹을 하다가 거기서 한번 묵은 적 있거든요. 이 일대를 많이 돌아다녔어요."

헤스터가 눈썹을 치켜세웠다. "변호사?"

"괜찮은 생각인 것 같네." '변호사'를 비롯해 카이의 기억 속엔 다른 희생자들이 얼마간 살아 있었다. 데번은 이걸 설명할 기분이 아니었다. "가자. 얼른 쉬고 싶어."

헤스터가 두 손을 들었다. "나 돈이 없어. 지갑도 그 가방 안에……."

"나한테 돈이 좀 있어."

"좀? 얼마나 있는데?"

"숙박비 정돈 있어." 2만 파운드 정도면 웬만한 곳의 숙박비는 치르고도 남을 것이다.

"좋아! 내가 포기하지. 두 분이 그렇게 쉬고 싶어 하시니 쉬는 수밖에. 여기서 어디로 가면 돼?"

"제가 위치를 알아요." 카이가 말했다. "여기서 멀지 않아요. 금방 찾을 거예요."

그들은 다시 출발했다. 얼어붙은 수풀을 헤치며 이번엔 울타리를 따라 나아갔다. 데번은 헤스터와 나란히 걸었고, 카이가 앞장서서 자신의 머릿속 죽은 남자만이 기억하는 지형을 탐색했다. 훔친 기억이 아직 유효한지는 곧 판가름이 날 것이다.

"당신이 가문이 파놓은 함정이 아니라 다행이야." 그렇게 말하는 헤스터의 옆얼굴이 곱슬머리에 가려 잘 보이지 않았다. "그럴 수도 있을 거라고 생각했거든."

"밤이 아직 이른데." 데번이 움츠러드는 속마음을 숨기고 무심하게 받아쳤다.

헤스터는 웃지 않았다. "킬록은 당신과 카이 모두 미끼일지도 모른다고 생각했어. 카이가 사실은 당신 아이가 아닐 거라고……."

"카이는 내 아들이야."

"이 모든 게 리뎀션을 확보하려는 당신 가문의 계략일 거라고 말이야." 헤스터가 얼굴을 붉혔다. "이렇게 말하고 보니 좀 바보같이 들리긴 하네. 둘 사이가 얼마나 끈끈한지는 5분만 같이 있어봐도 알겠던걸. 게다가 아이가 당신을 아주 빼닮았어."

"인물이야 애가 나보다 낫지." 데번이 씁쓸하게 말했다. "뭐 좀 물어봐도 돼? 쿠데타가 일어난 건 그렇다 쳐. 가부장이 되고 싶어 하는 야심 찬 젊은 남자들이 많으니까. 근데 당신네 형제들이 광야로 **숨어서** 얻는 건 뭔데? 더 이상 리뎀션을 팔지도 않고 돈도 벌지 못해 나름 힘든 점이 있을 텐데. 내가 뭔가를 놓치고 있는 걸 수도 있지만, 킬록이…… 대체 왜 그 난리를 피웠는지, 또 형제들은 왜 그와 운명을 같이하기로 했는지 이해가 잘 안 가. 다른 가문들은 당신네 저택에서 누가 권력을 차지하는지 별 관심도 없었을 텐데 말이야."

"그 얘긴 킬록한테 직접 듣는 게 좋을 것 같아. 아주 복잡하고 민감한 문제라."

"그렇겠지." 데번은 좌절감을 느꼈다. 대화가 잘 진전된다 싶으면 꼭 이렇게 벽에 부딪쳤다.

"킬록한테 설명을 들으면 다 이해할 수 있게 될 거야. 약속해." 헤스터가 고르지 않은 땅을 주의 깊게 살피며 얼어붙은 진흙 위로 발을 내디뎠다. 그러고는 방금 생각났다는 듯이 이렇게 덧붙였다. "당신은 내가 생각했던 것과는 전혀 다른 것 같아."

"그래? 내가 어떨 거라고 생각했는데?"

"또 다른 나일 것 같았지."

데번이 그 수수께끼 같은 대답의 뜻을 미처 헤아리기도 전에 카이가 돌아서서 어깨 너머로 외쳤다. "발견한 것 같아요! 저기 저 집이에요."

그들은 일제히 멈춰 서서 카이가 가리킨 집을 유심히 살펴봤다. 도로 바로 옆에 위치한 안다이크 농장은 작은 집들이 옹기종기 모여 있는 곳에서 불과 몇백 미터 떨어져 있었다. 무거운 기와지붕을 이고 있는 석조 주택으로, 땅딸막한 회색 거북이를 떠올리게 하는 외관이었다. 그래도 관리는 꽤 잘 된 듯했다. 조용하고 깨끗했으며 영국 시골 특유의 예스러운 느낌이 묻어났다.

자정이 되어갈 무렵, 데번은 자박자박 소리를 내며 카이와 나란히 자갈길을 걸었다. 헤스터는 그들과 약간 거리를 두고 뒤따랐다. 출입문이 잠겨 있지 않았고 불도 켜져 있었지만 데스크에는 아무도 없었다. 밤이 늦었으니 놀랄 일은 아니었다.

나디아라는 이름의, 체구가 작은 비앤비 여자 주인은 잠이 깨서 기분이 좋지 않은 눈치였다. 형편없는 몰골을 한 사람들이 방까지 요구하자 기분이 더 상한 듯했다. 여자는 곁눈질로 데번의 맨발을 보고 충격에 빠졌다.

그렇다고 방을 안 줄 수도 없는 노릇이었다. 특히나 데번이 번거롭게 해 미안하다며 돈을 두 배로 내기까지 했으니 더욱 그랬다. 돈은 인간의 억울한 마음을 치유하는 효과가 있었다.

20분 후, 100파운드만큼 주머니가 가벼워진 그들은 지친 몸을 이끌고 안뜰 건너편의 숙소로 향했다. 더블베드가 두 개 놓인 방이었다. 침대는 잘 정돈되어 있었고 다양한 시골풍 장식이 짜깁기되어 있었다. 진짜 농장에 굳이 왜 저런 연출까지 하는 건지, 데번은 잘 이해가 가지 않았다.

"누가 어디서 잘래?" 데번의 질문을 뒤로하고 카이가 침대 한 곳에 몸을 내던졌다. "얘, 신발은 벗어야지!"

"잠깐만요." 카이가 신음하며 베개에 얼굴을 파묻었다.

"당신이 다른 침대에서 자지 그래. 내가 소파에서 잘게." 헤스터가 데번에게 제안했다. "당신 얼굴을 보니 푹 쉬어야 할 것 같아."

"무슨 소리야. 내가 카이랑 잘게. 자주 같이 자는데 뭐. 근데 먼저 샤워 좀 해야겠어." 데번이 욕실로 들어갔다.

"너무 오래 있진 말고!" 헤스터가 밖에서 외쳤다. "화장실이 하나밖에 없는 거 알지?"

데번이 눈을 한번 굴리고선 옷을 벗은 뒤 얼음처럼 차가운 물을 쏟아내는 샤워기 밑에 섰다. 머리와 몸에 묻은 오염물을 없애고 헹궜다. 발도 더러웠지만 문질러 닦을 것이 마땅하지 않았다. 바싹 마른 비누 한 개가 다녔는데 그것마저 집어들자 산산이 부서져버렸다. 데번은 수건으로 물기를 제거하고 더러운 옷을 다시 주워 입었다. 이보다 더 더러운 옷을 입어야 했던 적도 있었다.

아까보다는 그나마 깨끗해진 데번이 욕실에서 나오자 안절부절 못하던 헤스터가 드디어 살았다는 표정을 지으며 황급히 욕실로 달려가 문을 쾅 걸어 잠갔다.

카이는 신발을 신은 채 침대에 웅크려 깊이 잠들어 있었다. 데번은 아이의 신발을 벗겨주고 누더기가 된 옷 위로 이불을 덮어주었다. 아이에게서 땀과 흙내가 섞인 고약한 냄새가 났다. 녀석도 샤워를 해야 하는데. 아이는 발목이 접히는 부분과 팔꿈치 안쪽이 습진으로 엉망이 되어 있었다. 다시 리뎀션을 복용하면 증상이 나아지려나, 아니면 더 나빠지려나, 어쩐지 궁금했다. 어느 쪽이든 상관은 없었지만.

아이가 깨지 않게 극도로 조심하며 카이의 셔츠를 위로 올려 복부의 매끄러운 흉터를 확인했다. 3센티가 채 안 되는 그것은 피부에 새겨진 작은 은색 선처럼 보였다. 불빛이 번쩍인다거나 아이가 불편함을 호소한 적도 없었다. 수술로 배 속에 무언가를 삽입했다는 걸 보여주는 흔적은 전무했다.

아이에게 거짓말을 한 건 잘못이었지만, 많은 희생자의 죄를 마음속에 담고 사느라 안 그래도 어깨가 무거운 다섯 살짜리 아이에게 이 진실은 너무 가혹하고 기괴한 것이었다. 카이에겐 걱정할 것이 이미 너무 많았다.

때로는 장치가 정말 그 안에 들어 있는 게 맞는지, 여차여차해서 작동하지 않는 건 아닌지 의구심이 들기도 했다. 전혀 있을 법한 이야기처럼 느껴지지 않았기 때문이다. 하지만 현실을 부정할 수는 없었다. 데번은 수술 과정을 보았고 장치 삽입 후 상처를 꿰매는 것도 보았다. 아들은 항상 죽음을 짊어지고 다녔고 그 사실을 알지 못했다.

마음이 흔들리면 데번은 램지를 떠올렸다. '가, 내 마음이 바뀌어서 네 아들을 순식간에 날려버리기 전에.' 그가 카이의 목숨을 위협할 때마다 (오늘 밤처럼 앞으로도 그럴 테지만) 데번은 끓어 넘치는 분노를 삼키고 얌전히 굴려고 애썼다. 램지는 버튼을 한 번 누르는 것만으로 아들을 끝장낼 수 있었다.

욕실에서 발을 끄는 소리가 들려왔다. 데번은 얼른 카이의 셔츠를 내리고 의심을 사지 않도록 고쳐 앉았다. 헤스터는 고작 10분여 만에 머리를 차분하게 매만지고 구겨진 옷을 반듯하게 펴놓았다. 꽤나 인상적인 능력이었다.

"세면대에 이거 놓고 갔더라." 헤스터가 나침반을 내밀었다.

"아!" 데번은 부리나케 그것을 낚아챘다. 이렇게 부주의할 수가. 정말이지 너무 피곤한가 보다. "고마워." 데번이 어색하게 덧붙였다.

"별말씀을." 헤스터는 반대편 침대에 앉아 데번과 무릎을 거의 맞댄 채 손가락으로 젖은 곱슬머리를 빗기 시작했다. "멋지다. 가보인 모양이네?"

"내 딸을 기억하기 위한 물건이야."

헤스터가 머리를 빗다 멈칫했다. "아, 미안해. 그런 줄 알았으면 손 안 대는 건데……."

"괜찮아." 데번은 나침반을 열어 내부를 보여주었다. "원한다면 봐도 좋아." 모두가 그의 딸을 봐야 했다.

"정말 귀엽다." 헤스터가 가라앉은 목소리로 말했다.

"당연하지. 어린애들은 다 아름다워." 데번은 탁 소리를 내며 나침반을 닫고 손바닥에 줄을 감았다. "어른들은 그렇지 않지만. 우린 너무 많은 짓을 해서 아름다울 수가 없지."

잠시 불편한 침묵이 흐른 뒤 헤스터가 미니 냉장고를 가리켰다. "한잔할래?" 헤스터가 불안하게 웃었다. "저 안에 와인도 있을 것 같은데."

"그래, 그거 좋겠다."

헤스터가 일어나 미니 냉장고를 뒤져 싸구려 화이트와인 한 병을 꺼냈다. "뭐 좀 물어봐도 돼? 당신은 어렸을 때 행복했어? 당신

211

가족들과 살면서 말이야."

"응." 생각할 필요도 없는 질문이었다. "난 정말 행복했어. 그땐 자유가 있었지. 아니, 자유가 있었다고 생각했지. 나에게 허락된 많은 걸 진심으로 즐겼던 것 같아. 모든 게 결국엔 뒤틀리고 잘못되었다는 걸 이제는 알지만, 그래도 카이에게 그런 즐거움을 조금이라도 줄 수 있었더라면 좋았을 텐데, 하는 생각은 들어."

황무지, 헤더, 여우, 수달, 햇빛과 눈, 맨발로 맞는 폭풍우. 이 모든 것이 데번에게 경험으로 남았지만, 자신의 아들에게는 고통의 유산밖에 물려주지 못했다.

"그럴 수 있겠다." 유리잔을 찾지 못한 헤스터가 머그잔 두 개에 와인을 따랐다. "나도 행복한 데번을 만나보고 싶네."

"당신 인생도 그리 솜사탕 같진 않았을 것 같은데."

"내가 내 이야기를 너무 안 했나." 헤스터가 병을 내려놓고 머그잔을 들었다.

"무얼 말하지 않느냐가 중요한 법이지."

"당신이 너무 기민한 건 아니고?" 헤스터가 양손에 머그잔을 하나씩 들고 데번 옆으로 자리를 옮겼다. 둘의 어깨가 맞닿을 듯했다. 헤스터가 가까이 다가오자 데번은 기분이 한결 좋아지는 것 같았다. "자, 하나는 당신 거야."

"고마워." 머그잔 손잡이에 작은 물방울이 맺혔다. "음, 아이는 있어?"

"아니, 아이는 낳은 적 없어."

"뭐? 정말?" 데번이 눈썹을 치켜세웠다. 상대가 또래 이터였으니 놀랄 수밖에. "어떻게 그걸 피해 간 거지?"

"우연이지." 헤스터가 와인을 길게 한 모금 마셔 단숨에 머그잔을 비웠다. "가문의 건강한 여성은 모두 조기 난소 부전을 겪지. 내 경우엔 그게 20대 후반이 아니라 어릴 때 온 거고."

데번은 그 말에 섣불리 대꾸할 수 없었다. 입을 열었다가 '정말 운이 좋았네' 같은 말이 튀어나올까 봐 두려웠다. 불임이 행운인지 아닌지 판단할 만큼 헤스터의 삶을 충분히 알지 못했다. 다른 누군가에게 그런 식의 가정을 멋대로 투영할 권리는 없었다.

"어쨌든, 좀 바보가 된 기분이네. 당신한테 아이가 하나 더 있다는 것도 모르고 있었다니. 딸은 어디에 있어?"

"버밍엄에. 못 본 지 7년 됐어."

"어떡해. 많이 힘들겠다." 헤스터가 나지막하게 말하며 남은 와인을 마저 마셨다. "이렇게 말해도 될지 모르겠는데 당신이 딸을 그리워하는 걸 보니 묘하게 위로가 돼. 난 엄마가 기억이 잘 안 나지만 우리 엄마도 어디선가 나를 그리워하고 있을 거라고 생각하니 마음이 좀 따뜻해진달까."

"나도 그래." 데번도 동의했다. 하지만 이런 말로는 부족했다. 수천 권의 책을 먹었음에도 엄마에 대해 말할 수 있는 언어가 하나도 없는 것 같았다. 결핍은 어떤 모습일까? 빛을 빨아들이는 블랙홀 같은 걸까?

어렸을 때 데번은 엄마를 만나면 어떨까 상상하곤 했다. 젊은 신부가 되어 아이를 가지면서 그런 가상의 시나리오는 완벽한 환상이 되었다. 엄마와 재회해 공통의 경험을 나누며 결속을 다지는 환상.

이제는 그런 생각을 전혀 하고 싶지 않았다. 데번은 엄마를 만날 준비가 되어 있지 않았다. 아마 평생 못 할 것이다. 어차피 일어날 가능성도 없는 일이고.

침묵이 길어지자 데번이 다시 말문을 열었다. "킬록이랑 가까운 편이야? 오빠를 잘 알아?"

"그런 편이지." 헤스터가 손으로 입을 가리고 하품을 했다. "누구 못지않게 잘 안다고 할 수 있을 것 같은데. 어렸을 땐 정말 착하고 좋은 오빠였어."

"지금은 아니야?" 데번이 조심스럽게 의중을 파악하려 애쓰며 물었다.

"어, 사실은 좀 그래. 킬록이 다른 이들 말에 더 귀를 기울이면 좋겠어." 헤스터는 지쳐 보였다. 와인 때문이려나. 어느 쪽이든 눈이 스르르 감기고 있었다. "어쩔 땐 오빠가 좀 무섭기도 해."

"무슨 뜻이야?" 대답이 없었다.

데번이 아래를 내려다봤다. 헤스터는 데번의 어깨에 머리를 기댄 채 기절한 듯 잠들어 있었다.

"아니야, 신경 쓰지 마." 데번은 이상한 보호 본능에 휩싸여 헤스터를 옆 침대에 눕히고 축 늘어진 손에서 와인으로 얼룩진 컵을 빼내 협탁 위로 치웠다.

"아무래도 난 당신 오빠가 별로 마음에 안 들 것 같아."

헤스터는 깊은숨을 내쉬며 잠에 빠져들 뿐이었다.

세일럼을 위해 기도할 시간이었다. 데번은 창가에 서서 머리를 창틀에 기댄 채 나침반 뚜껑을 열었다. 세 살배기 여자아이의 빛바랜 사진이 보였다.

기도는 늘 고통스러웠지만 올해는 특히 더 괴로웠다. 몇 시간 후면 남쪽 어딘가에서 딸이 일어나 열 번째 생일을 맞이할 것이다.

열 살. 아이를 만나러 와도 좋다고 루턴이 약속했던 열 번째 생일. 데번은 그 파티에 참석하지 못할 것이다. 한 아이를 구하기 위해서는 다른 아이를 포기해야 했다.

세일럼의 아빠는 지금 이 순간을 즐기고 있겠지, 씁쓸하게 생각했다. 하지만 데번이 내려야 했던 선택 중에 애초에 이상적인 해결책은 포함되어 있지 않았다. 그 약속을 지킨다는 것은 카이를 포기해야 함을 뜻했다.

이것이 최선이었다. 세일럼은 좀 더 기다려야 하리라.

"미안해. 결국 널 못 보러 가네." 데번이 어둠 속에서 속삭였다. 입김이 닿아 창유리에 김이 서렸다. "나중에 널 데리러 갈게." 데번은 손가락에 빨간 자국이 날 때까지 나침반을 꽉 쥐었다. "생일 축하해, 세일럼."

고요함과 고단함이 얽혀 몇 년 치 피로가 쌓인 듯 몸이 노곤했다. 카이를 방해하고 싶지도 헤스터의 공간을 침범하고 싶지도 않아, 데번은 둘을 각자 침대에 내버려두고 무늬만 시골풍인 소파에 긴 몸을 욱여넣고 잠이 들었다.

공주는 다시 혼자가 되었다. 설상가상으로
아버지는 공주를 괴물과 결혼시키기로 약속했다.
그 대가로 괴물에게 마차 50대 상당의 은을 받기로 했다.
아버지가 무슨 짓을 했는지 알게 된 공주는 충격을 받고
아버지에게 생각을 바꿔달라고 간청했다.
하지만 아버지는 거래를 기어코 성사시킬 생각이었다.

샬럿 헉,
『털 뭉치 공주 Princess Furball』

14

공주와 괴물

6년 전

항복에는 일종의 평화가 따랐다. 데번은 수치심을 느끼면서도 포기에서 오는 평정을 일부 받아들였다. 딸에게 돌아가려면 가급적 저항하지 말아야 했다. 그래서 탈출이 실패로 끝나고 7개월이 흐른 뒤 페어웨더 고모들이 데번의 두 번째 결혼 준비를 돕기 위해 왔을 때도 데번은 저항하지 않았다.

"숨을 들이마셔볼까, 얘야." 뷸라 고모가 데번의 갈비뼈에 손가락을 대며 말했다. "결혼이 평생 가진 않아. 힘을 내렴. 당당해야 해."

데번은 숨을 들이마시고 몸을 똑바로 폈다. 입고 있는 옷은 4년도 더 전에 처음 선물로 받았던 바로 그 루마니아 자수 드레스였다. 이제는 가슴과 엉덩이가 너무 꽉 끼어서 옷과 약간의 씨름을 해야 했다. 그때보다 나이도 먹고 아이도 낳았으니 그럴 만도 했다. 딸, 아니, 세일럼 생각은 하지 말자.

힘센 손이 끈을 팽팽하게 잡아당겼다. 데번은 심장을 몸에 단단히 쥔다고 상상했다. 침착하자. 또 한 번의 결혼, 또 한 번의 출산. 그러고 나면 아이를 볼 수도 있다.

머릿속으로는 벌써 무슨 말을 할지 궁리하고 있었다. 페어드리를 다시 만난다면 그에게 조언을 구할 수도 있을 것이다. 페어드리는 자식을 보고 싶어 할까? 자기와 상관없는 일이라 생각하진 않을까? 돌이켜 생각하면 페어드리는 데번의 결혼식 날 어딘가 쓸쓸해 보였다.

그들은 일종의 공주였고, 이것이 공주가 사는 방식이었다. 그들을 차지하려고 경쟁하는 남자들과 결혼해 탑에 갇혀 안전하게 사는 삶. 행복한 동화 속에서조차 공주에게는 선택의 여지가 별로 없었다. 공주의 삶은 누군가에게 주어질 트로피로서만 존재했다.

7월의 어느 무더운 오후, 데번은 두 번째로 본가를 떠났다. 이번엔 아무도 그를 배웅하지 않았다. 고모들은 자기 방에서 나오지 않았고 삼촌들은 변함없이 그를 무시했다. 인사치레는 더 이상 할 필요가 없어졌기 때문이리라. 아니면 진심으로 창피한 것일 수도. 어느 쪽이든 데번으로서는 감사한 일이었다. 원치도 않는 결혼을 두 번씩이나 하러 가는데 배웅까지 해주었더라면 그게 더 잔인하게 느껴졌을 것이다.

이번에 타고 갈 리무진은 저번보다 훨씬 작았다. 한 쌍의 기사가 데번을 수행했는데, 그중 한 명이 램지였다. 마지막으로 그를 본 건 겨울 숲에서 데번의 머리에 무기를 겨누며 굽어보던 모습이었다.

"먼저 타." 입가에 미소 아닌 미소를 지으며 램지가 말했다.

데번이 몸서리를 치며 차에 올라탔다. 데번은 램지와 폴턴이라는 이름의 다른 기사 사이에 끼어 앉았고, 에이크가 그들 맞은편에 앉았다. 커다란 무릎 사이에 부드러운 손을 쑤셔 넣은 채 옆 좌석에 앉아 있는 용의 모습이 어렴풋하게 보였다. 얼굴은 헬멧에 가려 보이지 않았다.

"내가 네 두 번째 결혼식엔 꼭 가겠다고 했지?" 램지가 유쾌한 농담이라도 던지듯 소리 내 웃었다. "어떻게 지냈어?"

데번은 입을 꾹 다물고 바닥을 응시했다. 화기애애하게 잡담이나 나눌 기분이 아니었다.

요크셔에서 노픽 해안까지 차로 이동하는 데는 버밍엄을 갈 때보다 제법 많은 시간이 걸렸다. 흔들리는 차에 몸을 맡긴 채 차창 밖 풍경을 무심히 흘려보내다 보니 어느덧 졸음이 밀려왔다. 그렇게 잠깐이 지난 것 같았는데, 램지가 그를 흔들어 깨웠다. "거의 다 왔어."

데번은 고개를 끄덕이다 자신이 램지를 증오한다는 사실이 떠올라 시선을 피해 창밖을 내다봤다. 램지는 하품을 참았다.

이스터브룩 저택은 그동안 가본 그 어떤 집과도 달랐다. 리무진이 영지 내 포장된 길을 달리는 동안 데번은 가라앉은 침묵 속에 앉아 정원이며 과수원, 작은 유기농 농장, 램지가 풍차라고 알려준, 움직이는 기묘한 구조물을 놀란 눈으로 바라봤다.

"풍차라고?" 호기심이 순간적으로 증오를 압도했다. "전기를 생산하는 거야?"

"그래, 전기도 상품이거든. 이스터브룩 가문은 자기네 땅 일부를 인간들에게 임대했지."

계절 과일을 수확하는 인부들이 밭을 돌아다니며 부지런히 일하는 중이었다. 트랙터 몇 대가 부르릉거리며 질서 정연하게 밭을 갈았다. 인부들은 행색이 초라했고 지쳐 보였다.

"우리는 인간들이랑 교류하면 안 되는 줄 알았는데." 데번이 말했다. "그리고 왜 대다수가 여자지? 여자들은 저런 일을 원하지 않는 거 아니었어?"

"밭일이 사창가보다는 나으니까." 폴턴이 말했다. 그의 뺨에서 근육이 툭 불거져 나왔다.

"사창가?" 데번의 뱃속에서 불안감이 꿈틀거렸다. 책을 통해 사창가가 뭔지는 알고 있었지만 그 말이 왜 여기서 나오는지는 도통 이해할 수 없었다.

"재수가 없으면 그렇게 되는 거지 뭐." 폴턴이 말했다. "운이 좋으면 밭일을 하고, 운이 나쁘면 사창가로 가는 거야. 나이가 너무 많아서 둘 다 못 하면 팔려가는 거고. 암울하지."

"교류까지는 괜찮아. 인간들과 섞이는 건 안 되지만." 램지가 동료의 말을 끊었다. "이스터브룩가는 인간들과 섞이지 않아. 실제로 집 안에서 일하는 인간은 하나도 없는걸. 사실 엄밀히 말하면 저 사람들은 정식으로 고용된 것도 아니야. 이 나라에 불법으로 체류하고 있는 사람들이고, 돈 몇 푼 받으면 그걸로 감지덕지하거든." 램지가 창문을 내리고 차창에 팔꿈치를 걸쳤다. "쏠쏠한 불법 돈벌이인 셈이지. 기술 관련 일을 하는 몇몇을 제외하곤 이스터브룩가 남자들은 대부분 토지 관리인이나 지주로 일하고……."

폴턴이 코웃음을 쳤다. "좋게 말하면 그렇지."

"농장과 발전소에서 얻은 수익으로 생계를 꾸려나가지." 램지가 폴턴을 매섭게 쏘아보고는 말을 이었다. "그 말은 곧 그들이 다른 가문 남자들보다는 인간들과 시간을 더 적게 보낸다는 뜻이기도 해. 네 전남편 같은 경우엔 밖에서 인간들과 보내는 시간이 그보다 많아서 매우 조심했어야 했지."

"남을 착취해서 얻은 더러운 돈이잖아. 솔직히 가부장들이 이런일을 허용한다는 게 믿기지가 않아." 폴턴은 분개한 얼굴이었다. "우리 글래드스톤 가문은 그런 일은 일절 하지 않는다고." 리무진안의 공기가 후끈 달아올랐다.

"그렇게까지 말할 거 있나. 그래봤자 인간들인데." 램지는 짜증이 난 눈치였다. "이터들을 인신매매하는 것도 아니잖아."

인신매매. 매매, 물건을 사고파는 일. 이 단어를 사람한테도 쓸수 있다고?

"그렇게 냉정하게 굴지 마. 물론 그들은 인간일 뿐이지만, 너 여자들이 지내는 그 시궁창 같은 곳을 본 적은 있어? 난 용한테도 그런 곳에 있으라고는 못 하겠더라."

램지가 웃기 시작했다. "너 씨발 언제부터 그렇게 물렁해졌냐?"

"그만해, 폴턴." 에이크가 말했다. "그리고 램지, 네 나이와 신분에 걸맞게 행동해야지."

"나더러 나잇값이나 하라고?" 램지가 가소롭다는 듯이 말했다. "당신은 당신 일이나 신경 쓰고 입 닥치는 게 어때, 이 늙어빠진 노친네야. 기사는 당신 따위한테 명령을 받지 않으니까." 램지의 입에서 튀어나온 거친 말에 데번은 깜짝 놀랐다. 에이크도 놀랐는지 손을 부들부들 떨며 부엉이처럼 눈을 끔뻑거렸다. "나랑 폴은 그냥 농담 따먹기나 하는 거야. 그치, 폴?" 램지가 폴의 어깨를 거칠게 떠밀었다.

폴턴은 얼굴을 찌푸리며 알아들을 수 없는 말을 뭐라고 중얼댔다. 놀랍게도 에이크도 더 이상 아무 말 하지 않았다.

리무진이 자갈을 밟으며 멈춰 섰다. 에이크는 입을 다문 채 차문을 열고 우아하게 내렸다.

데번도 차에서 나와 꼿꼿하게 섰다. 공주는 늘 예의 바르게 행동해야 했고, 그것이 주어진 역할이었다. 램지처럼 삼촌이자 아버지인 존재에게 무례하게 행동할 자유는 없었다.

이스터브룩 저택은 기존의 튜더 양식이 보존된 구식 저택이었지만 실내는 놀라울 정도로 현대적이고 밝았다. 불빛이 현관 홀을 가득 채웠고, 문부터 샹들리에까지 모든 것이 유리로 되어 있는 듯했다. 붉은 대리석 바닥에서 석영 조각이 빛을 받아 반짝거렸다.

흰 서가들이 벽감을 다소곳이 채우고 있었다. 색깔과 크기별로 배치된 책등이 무지갯빛으로 일렁였다. 갓 인쇄된 종이의 파삭한 냄새가 희미한 석유 냄새와 함께 풍겨왔다. 데번은 콧잔등을 찡그렸다. 요즘 책들이 재밌을지는 몰라도 광택지의 기름진 맛은 질색이었다.

축하 파티가 이미 한창이었다. 몇 안 되는 하객이 빛을 굴절시키는 샴페인 잔을 손에 든 채 웃으며 지나갔다. 모두 점잖은 드레스를 입고 보석을 착용했다. 사방에서 빛이 나고 반짝거렸다. 빛에 압도된 데번은 머리에 손을 얹었다.

"여기 있었군, 에이크." 매틀리 이스터브룩이 두 남자를 이끌고 자신만만하고 느긋하게 중앙 계단을 내려왔다. 세 남자 모두 옅은 색 정장 차림이었다.

매틀리는 루턴보다는 젊었지만 데번보다 나이가 많았다. 키도 루턴보다는 컸지만 데번보다 작았다. 암갈색 피부와 곱슬곱슬한 머리칼이 지중해 혈통임을 드러내 보였다.

이터들의 종은 다양하고도 복잡했다. 오래전 다른 대륙에 살던 여러 가문들의 피가 섞이면서 서로의 혈통을 강화해준 셈이었다.

그래봤자 불가피한 결말을 미루는 것일 뿐이지, 데번은 생각했다. 핏줄을 나눌 수 있는 가문이 점차 줄어드는 중이었고, 다른 나라에 사는 이터들에게 접근하는 것도 갈수록 어려워지고 있었다. 여권, 출입국 관리, 각종 서류, 비자 등 절차가 복잡하고 까다로워지면서 대륙 간 결혼을 주선하는 것은 거의 불가능한 일이 되었다.

"반갑네." 이미 평정을 회복한 에이크가 이를 드러내며 함박웃음을 지었다. 다른 가문의 남자들과 있을 때만 나오는, 데번에게는 절대 보여주지 않는 미소였다. "자네에게 데번을 소개하게 되어 영광이야."

쏟아지는 시선에 데번은 몸이 굳었다.

"안녕, 꼬마." 매틀리를 마주 보기란 쉽지 않았다. 그의 진주색 정장은 지나치게 환한 이 집에서도 등댓불처럼 빛났다. "세상에, 키가 크기도 하지." 그는 데번의 어깨를 지나치게 세게 잡으며 끌어안았다.

데번은 움찔거리지 않으려고 마음을 다잡았다. 이 남자에게 약한 모습을 보이면 왠지 조롱을 당할 것 같았다. 루턴이 차갑고 무관심했다면, 매틀리는 좀 더 적극적으로 불쾌감을 줄 것 같은 남자로 느껴졌다. 양심의 가책 따위 없이 인간을 사고팔 수 있는 그런 남자.

반응이 없자 매틀리가 돌아서서 말했다. "이쪽은 내 형제들, 와이트와 재로우야."

"결혼 축하해요." 와이트가 손거스러미를 뜯으며 말했다. 그는 연회장 파티에만 관심이 쏠린 듯했다.

"축하해요." 재로우가 어색하게 같은 말을 되풀이했다. 그는 이제 겨우 스물셋인 데번보다도 더 어려 보였다. "행복하길 바라요."

"고마워요." 진부한 인사치레가 데번의 신경을 긁었다. "무척 친절하시네요."

매틀리가 팔을 한쪽으로 내저었다. "와이트, 기사들이 용을 두고 올 수 있게 막사로 안내하지. 재로우, 넌 신부를 연회장으로 데려가줄래?" 그가 에이크에게 뒤틀린 미소를 지어 보였다. "그리고 사촌은 나와 함께 사무실로 가서 사업 이야기를 마저 합시다."

램지와 폴턴은 용을 데리고 와이트와 함께 떠났고, 에이크와 매틀리는 데번 쪽으로 눈길 한번 주지 않고 사라졌다.

데번은 멍하니 서 있었다. 지금 이 모든 일이 실제로 일어나고 있는 게 맞는지 실감이 나지 않았다. 일단 결혼식을 끝내자, 데번은 마음속으로 되뇌었다. 그냥 하루하루 살아가자. 결혼식, 결혼,

아이, 그러다 보면 언젠가는 세일럼을 만날 수 있을 것이다. 달리 할 수 있는 일은 없었다.

"절 따라오시겠어요, 데번 페어웨더 씨." 재로우의 강한 노력 억양이 데번의 귓가를 때렸다. "당신을 위한 파티가 한창이에요."

"기대되네요." 진심이긴 했다. 파티에 술은 많을 테니 적어도 기분 전환은 할 수 있을 것이다. 데번은 요즘 들어 페어드리가 더욱 이해됐다. 당시에는 마냥 유쾌하게만 보였던 그 웃음이 지금 생각해보면 불안하고 부자연스럽게 느껴졌다.

연회장에 거의 다 왔을 때 젊은 남자 한 쌍이 얼룩진 유리잔을 든 채 종종걸음으로 지나갔다. 연회장 문이 활짝 열렸다가 닫히는 찰나, 농담을 하며 웃고 있는 루턴의 모습이 순간적으로 데번의 시야에 잡혔다.

데번은 그 자리에 얼어붙었다. 배 속에서 차가운 신물이 돌더니 목구멍까지 차올랐다. '저 남자가 감히 어떻게 여기에, 어떻게 여기까지 와서 이렇게 날 또 괴롭힐 수 있지. 자기에겐 내 딸, 아름다운 세일럼도 있으면서 어떻게……'

"안 되겠어요." 데번은 그 자리에서 꼼짝도 할 수 없었다. 세일럼의 아빠, 세일럼의 **납치범**을 도저히 대면할 수 없었다.

재로우가 멈칫했다. "무슨 문제 있어요?"

"마음이 바뀌었어요. 축하 같은 거 안 할래요. 여기 있고 싶지 않아요." 대기실에 울려 퍼진 데번의 목소리가 빌어먹을 유리들과 눈부신 불빛에 튕겨 나갔다.

재로우가 자신의 귓불을 잡아당겼다. "결혼 축하연에 가고 싶지 않다고요? 신부들은 파티를 좋아하는 줄 알았는데."

무슨 말이든 해야 했다. 체면을 차리고 모든 것이 다 괜찮은 양 굴어야 했다. 굴복하자. 수동적으로 굴자. 몸을 사리고 납작 엎드리자. 그러면 다시 세일럼을 볼 수 있을 것이다.

데번은 더듬거리며 겨우 이런 말을 뱉어냈다. "너무 시끄러워서요. 사람도 너무 많고요." 한심하기는. 번개에 겁먹은 어린아이라도 된 기분이었다. 그러나 아무리 대상이 인간이라고 할지라도 목숨을 사고판다는 그런 잔인하고 오만한 남자와 결혼해야 한다는 사실이 공포로 다가왔다. 괜히 재로우의 기분을 상하게 했다가 곤경에 처할지도 모를 일이었다.

하지만 데번이 숨을 깊이 들이마시고 "아니에요, 됐어요. 이제 들어가요."라고 말하려던 찰나, 반쯤 몸을 돌려 누군가에게 말을 거는 루턴의 모습이 다시금 눈에 들어왔고 데번의 결심은 또다시 무너졌다. 데번은 그의 눈에 띄지 않게 벽에 바짝 붙었다. 문이 다시 천천히 닫히며 시야를 차단했다.

재로우가 말했다. "첫 번째 남편이 저 안에 있었나요?"

허를 찔린 데번은 자기도 모르게 고개를 끄덕이다가 뒤늦게 고개를 저었다. 방이 빙글빙글 돌았고 불빛이 머릿속에서 활활 타올랐다. 왜 모든 것이 이리도 지독하게 밝은 걸까?

"미안해요. 조금만 있다가 들어갈게요." 거짓말, 거짓말, 거짓말. 용기가 1초 단위로 쪼그라들고 있었다.

재로우는 뜻밖의 질문으로 데번을 놀라게 했다. "비디오 게임 좋아해요?"

너무 뜬금없어서 데번은 머릿속에 뒤엉킨 온갖 상념도 잠시 잊었다.

"**비디오 게임.** 명사." 데번은 영문도 모른 채 머릿속 사전을 샅샅이 뒤지며 평정을 유지하려 애썼다. "플레이어가 비디오 화면으로 이미지를 제어하는 전자 게임." 데번이 얼굴을 찡그렸다. "이게 대체 무슨 뜻이죠?"

재로우의 얼굴에서 미소가 피어났다. "당신도 벌로 사전을 먹었나 봐요? 말 안 듣는 아이가 나 말고 또 있었다니 반갑네요! 당신한테는 무슨 사전을 줬나요?"

"어, 웹스터 사전이요." 몇 번째 개정판인지도 말할까 하다가 뭐가 중요한가 싶어 그만두었다. 심장 박동이 느려졌고 가슴 속 열기가 조금씩 가시고 있었다.

"아, 이 집에서는 옥스퍼드 사전을 먹었어요. 질문을 너무 많이 하는 아이들만 그런 벌을 받았죠." 그가 조금 전 내려온 층계를 가리켰다. "가요. 제가 집 구경도 시켜주고 게임도 몇 가지 알려줄게요. 당신 취향에는 안 맞을 수도 있지만 괴로워하며 앉아 있는 것보단 낫잖아요, 안 그래요?"

"……네, 그야 그렇죠." 이 비참한 결혼식에서 잠시나마 벗어날 수 있다면 뭐든 환영이었다. 세일럼과 얼마나 멀리 떨어져 있는지, 딸을 못 본 지 얼마나 오래되었는지 떠올리지 않을 수만 있다면 뭐든 상관없었다.

재로우가 데번을 이끌고 두 층을 올라가 포스트모던 예술 작품이 줄지어 늘어져 있고 1.5미터 간격으로 샹들리에가 달린 통로를 따라갔다. 데번의 플랫슈즈 밑에서 카펫이 뿌리 덮개처럼 밟혔고 공기 중에는 가짜 꽃향기가 맴돌았다. 통로 몇 개를 더 가로지르고 나서야 그들은 게임 룸에 도착했다.

데번은 마치 평행 우주에 발을 디딘 기분이었다. 놀라서 말문이 막힌 채 한쪽 벽을 가득 채운 커다란 디지털 장비를 바라봤다. 대형 텔레비전이 작은 회색 상자와 연결되어 있었고, 회색 상자에서 나온 전선 중 하나가 플라스틱 버튼으로 뒤덮인 이상한 곡선형 장치와 이어져 있었다. 이런 건 한 번도 본 적이 없었다. 본가에서는 에이크가 '무의미한 현대 문물'이라 부르는 것들을 멀리했기 때문이다.

"이게 내 플레이스테이션이에요." 재로우는 대단한 정보라도 되는 양 말하며 울퉁불퉁한 장치를 데번에게 건넸다. "자, 여기 컨트롤러 받으시고 자리에 앉으세요."

데번은 그것을 손바닥에 올려놓고 커다란 빨간 소파에 앉았다. "이걸로 뭘 컨트롤하는데요?" 이 방은 화면에서 쏟아져 나오는 빛 말고는 어떤 빛도 없었다. 어두워서 너무나 다행이었다.

"뭐긴 뭐겠어요, 게임이죠. 그걸 이렇게 쥐어보세요." 재로우가 데번의 굳은 손가락을 좀처럼 납득이 안 되는 위치에 두었다.

데번은 손바닥으로 컨트롤러를 어색하게 감싸고 손가락을 이상한 각도로 구부렸다. "아무래도 그냥 당신이 가져가는 게 좋겠어요." 데번이 물건을 그에게 돌려주며 말했다. "나한텐 안 맞는 것 같아요."

"연습이 필요한 것뿐이에요." 재로우는 데번에게서 컨트롤러를 받아들고 플레이스테이션 화면에 대고 버튼을 눌렀다. 화면이 바뀌었다. "시작하기 전에 맥주 한잔할래요? 비어 말이에요." 그는 'beer'를 'bear'처럼 발음했다.

"어." 데번은 맥주를 마셔본 적이 없었고 그것을 '비어'로든 '베어'로든 발음해본 적도 없었다. "그거 좋겠네요. 고마워요."

"좋아요." 그가 뒤쪽 창고로 사라졌다.

'툼 레이더'라는 단어가 오프닝 화면에 나타났다. 파란색 상의를 입은 검은 머리 여자가 또렷한 영국 발음으로 한 미국 남자에게 말하기 시작했다. 여자는 일종의 스파이인 듯했다.

비디오 게임은 물론 영화, 만화, 텔레비전도 본 적이 없는 데번은 놀라서 입을 떡 벌리고 화면을 바라봤다. 이거야말로 진짜 마법이 아닐까 싶었다.

재로우가 돌아와 맥주 두 캔을 내려놓고 소파 옆자리에 앉았다. "준비됐어요?" 말쑥한 재킷을 벗자 한결 친근하고 편안해 보였다.

"어떻게 이 집에만 이런 게 있을 수 있죠?" 데번이 맥주 캔을 기울였다. 와인보다는 훨씬 약했고 롬퍼드 삼촌의 군대 소설처럼 시큼한 이스트 맛이 났지만 술술 넘어갔다. "아직 시작도 안 했는데 벌써 게임이란 게 마음에 드는걸요!"

재로우가 웃었다. "내가 하는 걸 잘 봐요. 어떻게 하면 되는지 보여줄게요. 컨트롤러는 한 번에 한 명만 사용할 수 있어서 번갈아가며 플레이해야 해요."

데번은 맥주를 홀짝이며 그가 하는 것을 지켜보고 그의 설명에 귀를 기울였다. 세세한 것에 주의를 기울였고 기술에 매혹되었다.

오늘 하루가 이렇게 흘러갈 줄은 꿈에도 생각하지 못했다. 불만은 없었다.

첫 번째 판이 끝난 뒤 데번이 말했다. "나 한번 해봐도 돼요?" 재로우가 못내 아쉬워하면서도 정중히 컨트롤러를 넘겨주었다. 거의 시작과 동시에 '죽음'을 맞은 데번은 깔깔대며 다시 한번 도전에 나섰다.

게임은 책과 마찬가지로 이야기를 전달하는 매체에 불과했다. 종이가 아니라 디지털이라는 점이 다를 뿐. 데번은 결혼식과, 갈비뼈를 옥죄는 옛날식 드레스를 잊었다. 달리고 점프하고 총을 쏘고 퀴즈를 푸는 라라 크로프트의 도전이 곧 데번의 도전이 되었다. 그편이 더 좋았다. 라라의 문제는 자신의 문제보다 훨씬 재미있었으니까.

순간 새로운 깨달음이 데번을 강타했고, 충격에 휩싸인 데번은 일시 정지 버튼을 눌렀다.

"무슨 문제 있어요?" 재로우가 물었다.

"저 여자, 공주네요."

재로우가 한쪽 눈썹을 치켜올리며 의아하다는 표정을 지었다. "어…… 그런 셈이죠? 아주 넓게 본다면요. 라라는 **귀족이니까** 공주랑 비슷한 면이 있죠."

그의 말은 듣는 둥 마는 둥 했다. 시선은 화면에 보이는 파란색 셔츠의 여자에게만 고정되어 있었다. 성을 떠나 진흙투성이 부츠 차림으로 모험에 나선 공주. 허벅지에 총을 차고 악당들과 싸우며 보물을 찾는 여자.

"이해가 안 가요. 나는 왜 라라 크로프트 같은 공주가 될 수 없나요? 난 왜…… 이 꼴인 거죠?" 컨트롤러가 돌처럼 묵직하게 느껴졌다. 술기운에 더해, 머릿속 사전의 힘을 빌려도 쉽사리 정리되지 않는 복잡한 감정에 젖어 눈가가 뜨거워졌다.

재로우가 자신의 곱슬머리를 잡아당겼다. "그건……."

그때 쾅, 소리가 나며 문이 열렸다. 두 사람은 소스라치게 놀랐다. 매틀리가 방 안에 들어온 것이다. 술에 취한 데번이 놀란 얼굴로 소파에 앉아 있었고, 그 옆에 재로우는 재킷도 걸치지 않은 채 죄지은 사람처럼 앉아 있었다.

"온 집안을 뒤지고 다녔는데!" 매틀리가 손가락질을 했다. "둘 다 내내 여기 있었던 거야?"

"내 잘못이야." 재로우가 재빨리 말했다. "내가 게임 할 생각 없냐고 먼저 물었어."

"두 시간이나? 네가 맡은 일은 딱 하나, 신부를 연회장에 데리고 가는 것뿐이었어."

"제 잘못이에요." 데번이 끼어들었다. "페어웨더 저택에는 게임기가 없거든요. 우리 가문이 기술 방면에서는 좀 구식이라서요. 그래서 호기심이 생겼어요."

매틀리가 데번에게로 시선을 돌렸다. "당신 삼촌이 아주 노발대발하고 있어. 당신이 또 도망쳤다고 생각한 거지. 이미 그런 전력이 있잖아. 그런데 내 동생이랑 여기 숨어 있었다니." 그가 킬킬대며 웃었다. 다 큰 남자에게 어울리지 않는 아이 같은 웃음이었다. "상대가 다른 남자였다면 충분히 의심을 살 만한 상황이었는데 말

231

이지."

데번이 혼란스러워하며 눈을 깜박였다. 재로우의 얼굴이 홍당무처럼 빨개졌다. 무슨 의미로 하는 말인지는 몰라도 매틀리는 데번이나 재로우, 혹은 두 사람 모두를 조롱하고 있었다.

"어쨌든 어디 안 가고 여기 있었으니 됐어." 매틀리가 데번을 강아지 취급하며 손가락을 까딱거렸다. "이만 일어나지. 밤이 깊어지고 있다고."

귀에서 윙윙대는 소리가 들려오고 시야가 아득히 멀어지는 듯했다. 오직 매틀리만 보였다. 너무 많은 빛에 둘러싸인 길고 선명한 실루엣. 매틀리와의 첫날밤을 희석해줄 술이나 약물 따위는 없을 것이다. 루턴이 부주의하게 제공한 작은 친절 같은 것. 데번의 새 남편은 겪어내기보다는 견뎌내야 할 사람 같았다.

돌연 욕지기를 느끼며 몸을 일으킨 데번은 어깨 너머로 "나중에 봐요"라고 말하고는 몸을 꼿꼿이 세운 채 매틀리와 나란히 게임룸을 나섰다. 재로우는 소파에 그대로 앉아 조용히 고개를 끄덕이며 무릎 위에 놓인 컨트롤러를 응시했다.

제 **3** 막

마녀의 시간

부끄러움을 모르는 철저한 배신은
정치적 수완이 되기도 하지.

**조지 맥도널드 프레이저,
『플래시먼과 빛의 산』**

15

램지와 빛의 산!

현재

램지는 비교적 수월하게 비상 정차 줄을 찾아내 줄을 당기고 조명 제어기의 전선을 잘랐다. 불이 거의 다 나가고, 꺼지지 못한 불빛이 간간이 깜박였다. 에든버러행 10시 15분 기차는 어둠 속에 잠긴 채 서서히 멈춰 섰다.

램지는 칼을 들고 통로를 질주했다. 인간의 시야를 가리는 어둠 속에서 그는 더없는 편안함을 느꼈다. 슬쩍 베고 찌르는 것만으로 비명이 터져 나왔다. 스무 명 남짓한 인간들이 소량의 피를 흘리며 극심한 공포에 사로잡혔다. 그들이 우르르 도망가는 꼴은 정말이지 볼만했다.

램지는 인간들이(웬만한 이터들도 그렇고) 아는 대로만 생각한다는 사실을 일찌감치 알아차렸다. 그들은 사건이나 경험이 자기가 아는 대로, 예측 가능한 상태로 이어질 거라고 믿었다. 램지는 그

237

러한 특성을 이용하는 법을 익혔다. 그들의 기대를 보기 좋게 깨부수면 손쉽게 주도권을 장악할 수 있었다.

오늘 밤만 해도 그랬다. 이성적으로 생각하는 사람이라면 남자한 명이 칼을 휘두른들 기차 전체는 물론 객차 한 칸의 승객들도 모두 제압할 수 없다는 점을 파고들 것이다. 승객들이 힘을 합쳐그를 상대하면 아무리 힘이 세다고 해도 그가 질 수밖에 없는 싸움이니까. 하지만 램지는 예상 밖의 행동으로, 상황이 논리적으로 흘러갈 거라는 그들의 신념을 무너뜨렸다. 이성은 늘 그 단계에서 연기처럼 사라졌다.

램지가 창밖을 슬쩍 내다봤다. 헤스터와 카이를 양옆에 끼고 들판을 뛰어가는 데번의 모습이 보였다. 목적을 달성했으니 이제 과도한 폭력은 필요하지 않았다. 이 닭들이 용기를 얻기 전 이쯤에서물러나는 게 좋을 듯했다. 인간들이 당장은 잊고 있지만 그들이 수적으로 훨씬 우세한 것은 엄연한 사실이었다.

램지는 데번이 택했을 법한 경로를 따라 가장 가까운 출입구로되돌아갔다. 비명을 지르고 울부짖는 인간들을 밀치며 앞으로 나아갔다. 역겨운 겁쟁이들.

마침내 밖으로 나왔다. 밖에도 인간들이 있었지만 기차 안만큼붐비지는 않았다. 공기가 상쾌하고 서늘했다. 인간들이 뿜어내는고기 냄새에서 해방된 그는 공기를 가득 들이마셨다. 다리에 찬 권총집에 칼을 다시 집어넣자 마음이 편안해졌다. 단검은 신사의 무기였다.

문득 짓밟힌 땅 위에 뭔가가 떨어져 있는 게 보였다. 램지는 그쪽으로 걸어가 발로 슬쩍 건드려보았다. 가방이었다. 헤스터가 메고 있던 것과 비슷해 보이는데, 어쩌면 헤스터 것인지도 모른다.

가방을 집어 들자 매끈하고 부드러운, 값비싼 가죽의 촉감이 느껴졌다. 램지는 그 안에 조심스럽게 손을 넣었다. 차가운 금속이 만져졌다. 그것을 꺼내 바라봤다. 5연발 권총. 탄알이 재장전되어 있었다. 권총을 가방 안에 넣고 다니는 자는 어떤 자일까? 이런 걸 몸보다는 다른 데 숨기고 싶어 하는 자. 그렇다면 권총을 흘리고 다니는 자는 어떤 자이지? 서두르는 자. 틀림없이 헤스터의 것이다. 이제는 확신할 수 있었다.

램지는 권총을 뒤집어서 살펴봤다. 비싸고 오래된 것처럼 보였다. 특별 제작한 건가? 그런 것 같기는 했지만 구조는 일반적인 리볼버와 크게 다르지 않았다. 손잡이에 새겨진 문장이 눈에 익었다. 사자 한 마리, 그리고 그 위를 장식한 붉은 별 세 개와 굵직한 붉은 선. '저항하라'라는 구호. 램지가 싱긋 웃었다. 레이븐스카의 문장이었다.

램지는 권총을 다시 뒤집었다. 개머리에 WR이라는 이니셜이 희미하게 새겨져 있었다. 이렇게 흥미로울 수가. 한때는 웨스턴 레이븐스카가 쓰던 총이었을 거라고 그는 추측했다(추측 정도가 아니다. 사실이라는 데 거금을 걸 수도 있었다). 자기 자식들에게 난폭하게 제거되기 전까지는 말이다.

램지는 다른 누군가에게 묻기라도 하듯 큰 소리로 자문했다. "가부장이 이걸 헤스터에게 준 걸까, 아니면 헤스터가 죽은 가부장에게서 빼앗았을까? 왜 킬록이 아닌 헤스터가 이걸 가지고 있는 거지?"그러고는 누가 대답할지도 모른다는 듯 귀를 기울였다.

물론 대답하는 이는 아무도 없었다. 기차에 탄 인간들은 여전히 소란을 피우느라 바빴다. 괴한이 더 이상 보이지 않자 약간 차분해지기는 했지만. 누군가가 조명 제어기를 찾아 불을 켠 덕분에 그들의 두려움은 한결 누그러졌다.

"재밌군. 하지만 지금은 이런 질문이나 하고 있을 때가 아니야." 총에 대고 그렇게 말하고선 헤스터의 가방을 한쪽 어깨에 걸쳤다. 달리 휴대할 방법이 없었고 장전된 무기를 허리춤에 찔러 넣고 다닐 만큼 어리석지도 않았다.

기찻길이 아득히 멀리 뻗어 있었다. 빨리 나서지 않으면 밤새 여기서 꼼짝 못 할 수도 있었다. 할 일이 많았다. 데번이나 레이븐 스카 쪽에 무슨 일이 더 생기기 전에 먼저 기사들과 해결해야 할 문제도 있었다. 총을 보니 불현듯 어떤 생각이 뇌리를 스쳤다. 데번이 향한 서쪽이 아닌, 남서쪽으로 램지는 출발했다.

문득 허기가 졌다. 밤이 길어지고 있었다. 송신기와 함께 복대에 넣어둔 비상용 책을 꺼냈다. 그가 좋아하는 플래시먼 소설이었다. 책 모서리를 깨물자 크림 같은 종이의 식감이 느껴졌다. 총격전과 섹스 이야기가 혀에 지글거리며 스몄다.

이터 가문은 피부색이 다르다는 이유로 차별하지 않았고, 그건 램지도 마찬가지였다. 종을 지킬 수 있을지가 문제인 마당에 그럴 겨를이 없었다. 하지만 이 소설에 깔린 인종차별 의식과 음란함은 늘 매혹적이고 입맛이 당겼다.

인간은 기본적으로 자기 자신을 혐오했다. 다양한 부류의 인간을 상대해본 후 램지가 내린 결론이었다. 스스로를 혐오하는 것으로 성에 안 차면 눈에 불을 켜고 다른 이들의 결함을 찾는 존재들이었다. 참으로 흥미로운 성향이었다.

엉덩이에서 진동이 느껴졌다. 아래를 내려다봤다. 주머니에서 휴대폰이 방울뱀처럼 쉭쉭대고 있었다. 그는 먹던 책의 마지막 한 입을 꿀꺽 삼키고 휴대폰을 꺼냈다. 초록색 '응답' 버튼을 눌렀다.

"램즈?" 일랜드의 목소리는 평소처럼 스트레스에 찌들어 있었다. "대체 어디에 있었던 거야? 너 지금 뉴스 탔어!"

"**우리가** 뉴스를 탄 거지. 킹시 덕분에." 램지의 목소리에서 신랄함이 묻어났다. "난 뉴캐슬과 버릭 사이 어딘가에 있어. 사령관은 어디에 있지?"

"아직 뉴캐슬에. 지금 사령관 심기가 아주 좋지 않아." 일랜드가 속삭이듯 목소리를 낮췄다. "네 스파이가 우릴 배신했다고 펄펄 뛰고 있어. 오늘 밤 참사를 **네** 탓으로 몰고 갈 작정인 것 같아."

"그렇단 말이지." 화내지 말자, 침착하자, 대화의 주도권을 넘겨주지 말자. "그거 재밌네. 그가 말하는 '내 스파이'는 그런 일을 전혀 하지 않았는데 말이야. 데번과 헤스터는 레이븐스카 일당의 은신처로 이동하고 있어. 우리에게 이보다 더 유리한 상황은 없을 것 같은데."

일랜드가 숨을 골랐다. "확실한 거야?"

"너도 거기서 헤스터를 봤잖아. 그리고 나는 기차에서 데번이랑 대화도 했어. 그들은 버릭에 도착하기 전에 내렸고 곧 다시 나한테 연락할 거야. 우리더러 자기 휴대폰을 추적해서 자기들 '뒤를 밟을' 기사를 한 명 보내달라고 했어."

"그러면 상황이 완전 달라지지! 내가 킹시에게 이야기해서……."

"아니. 킹시에게는 아무 말도 하지 마."

혼란스러운 침묵.

"하지만……."

램지가 어조를 바꿔 상냥하게 말을 이었다. "일랜드, 넌 내게 좋은 친구야. 네가 날 믿든 안 믿든 네 판단을 존중해. 그런데 지금은 설명할 시간이 없어. 그저 이 소식만큼은 내가 직접 전하는 게 좋을 것 같아."

"그럼 사령관한테는 뭐라고 말해야 하나?"

"내가 그와 나머지 기사들을 기다리고 있겠다고 전해. 안윅 근교 세인트 마이클 교회에서." 램지가 손목시계를 확인하고 하늘을 살폈다. "도착 예정 시간은 앞으로 세 시간 뒤."

"제장, 램즈. 네가 기다리겠다고 하면……." 일랜드는 알아들을 수 없는 말을 중얼거리더니 이어서 말했다. "아이씨, 모르겠다. 알겠어. 그렇게 전할게. 킹시가 어떻게 반응할지는 모르겠지만."

"힘내, 친구." 램지는 전화를 끊고 휴대폰을 넣으며 사령관의 얼굴을 떠올렸다. 주름이 깊이 팬 시무룩한 얼굴.

기사로서의 삶은 어린 램지에게 충격 그 자체였다. 훈련은 가혹했고, 어린 기사들 사이에 물리적 충돌이나 다툼이 생겨도 나이 든 기사들은 알아서 해결하도록 내버려두었다. 가장 큰 고통을 받는 건 결국 제일 어리고 약한 아이들이었다. 자존심이 강했던 어린 램지는 엄청난 고통을 겪을 수밖에 없었다.

옥스퍼드에서의 첫날 밤, 사령관 킹시는 두려움과 힘의 비밀을 알려준답시고 몹시 굶주린 용이 있는 방으로 램지를 밀어 넣고는 문을 잠갔다. 그는 램지가 죽임을 당하기 직전까지 기다렸다가 마지막 순간에야 용을 제어하는 명령을 내렸다.

램지가 방바닥에 웅크린 채 아기처럼 울어대자 킹시는 그를 굽어보며 이렇게 말했다. "네가 정복한 것은 더 이상 두려움의 대상이 될 수 없다." 그땐 아무 의미 없는 말에 불과했다. 램지는 당시에 그 말을 이해하지 못했으니까. 그래도 똑똑히 기억해두고는 있었다.

수련과 구타, 고된 훈련이 계속되는 중에도 킹시는 용과 한 방에 가두는 그 훈련을 램지에게 한 달에 한 번꼴로 반복했다. '두려움을 다루는 법을 배워라.' 어린 기사들 모두가 거친 과정이었다. 램지는 지금도 그 시절의 꿈을 꿨다.

하지만 시간이 지나며, 싸우는 법과 명령어를 터득한 그는 머지않아 그런 상황에 처해도 전혀 두렵지 않은 지경에 이르렀고 스물네 살이 되었을 때는 지루한 나머지 그 지랄 맞은 용을 죽이기까지 했다. 놈을 벽에 패대기쳐 머리통을 깨뜨렸고 피를 흘리며 죽어가는 용을 보며 괴성을 질러댔다. 그렇게 할 수 있었으니까.

이후 지독한 고요함이 찾아왔다. 소름 끼치는 침묵. 킹시가 들어와 램지의 어깨에 무거운 손을 얹고 그 가래 끓는 목소리로 말했다. "네가 정복한 것은 더 이상 두려움의 대상이 될 수 없다." 램지는 그제야 그 말을 이해했다.

두려움의 대상을 지배함으로써 두려움을 떨쳐내라. 지극히 단순한 논리였다. 이 자명한 진리를 스스로 깨우치지 못했다는 것이 놀라웠다. 하지만 경험을 통해서만 이해되는 것도 있는 법이다.

어릴 때는 자신을 페어웨더가에서 끌고 나와 삶을 송두리째 뒤집어놓은 킹시를 저주했다. 성인이 되고 나서는 그에게 감사했다. 무자비한 훈련은 척추를 강화했고 민첩함을 더했으며 무딘 감각을 날카롭게 가다듬어주었다. 자신이 해코지를 당했던 건 해코지를 당할 만한 존재였기 때문이라는 것을 깨닫게 되었다.

램지는 지금 예전과는 완전히 다른 존재가 되어 있었다. 폭력을 당하기보다는 폭력을 행사하는 존재. 남에게 해를 끼쳐도 더는 죄책감을 느끼지 않는 존재였다. 해코지를 당하고 싶지 않으면 애초에 그렇게 나약해서는 안 되었다.

킹시가 그렇게 가르쳤다. 하지만 킹시는 램지에게 가르쳐준 모든 것을 잊었다. 그리고 이제 킹시가 그런 존재가 되었다. 나약하고 실수나 저지르는 존재. 해코지를 당해 마땅한 존재. 그리고 램지는 이 문제에 새로운 **생각**을 품게 되었다.

---·---

두어 시간 걸은 끝에 램지는 마침내 어느 교외에 이르렀다. 안윅은 아니었다. 손목시계를 확인하고 주변을 살폈다. 크리스마스 새벽 2시였다. 버스도, 택시도 보이지 않았다. 오토바이는 뉴캐슬에 두고 온 터였다. 램지는 계속 걷다가 약속에 늦느니 그냥 자동차를 훔치기로 했다.

가장 가까운 집 차고에 자동차가 한 대 주차되어 있었다. 새 차에 가까운 빨간색 토요타 프리우스. 이 정도면 나쁘지 않았다. 열쇠를 찾으러 집 안에 들어가야 한다는 문제만 빼면.

현관문은 쇠꼬챙이로 열면 될 것 같았다. 램지에게 그 정도는 식은 죽 먹기였다. 손잡이를 잡고 짤깍 소리가 날 때까지 비틀었다. 장난감이며 크리스마스이브 파티의 잔해가 널브러진 가정집 안으로 발을 내디뎠다. 차게 식은 거위 요리 냄새에 코를 쿵쿵거렸고 지난밤에 먹고 남은(이제는 김이 다 빠진) 샴페인이 든 잔을 보고 입을 비죽거렸다.

이터 가문 중에도 어떤 가문은 크리스마스를 기념했고, 어떤 가문은 기념하지 않았다. 페어웨더가는 루마니아 전통에 따라 크리스마스를 챙기는 쪽이었다. 기사는 예외였다. 그래서 램지는 흥겨운 축제 분위기를 즐겼던 어린 시절 이후로는 자신의 가문에 대해 그 어떤 것도 기분 좋게 떠올릴 수 없게 되었다.

램지는 집중하라고 스스로를 다그치며 주방을 샅샅이 뒤지기 시작했다. 그러다 마침내 고리에 걸린 자동차 열쇠를 찾아냈다. '찾았다.' 밖으로 나가려고 돌아서는데, 유니콘 잠옷을 입은 조그만 여자아이가 모퉁이에서 그를 엿보고 있었다.

"안녕, 꼬마." 저 아이를 놀라게 하거나 위협할 필요는 없을 듯했다. 아이가 비명을 지르면 그때 다시 생각해도 늦지 않을 것이다. "안 자고 뭐 하니?"

"누가 들어오는 소리가 나서요." 아이가 새침한 말투로 이런 의문을 던져 그를 감탄케 했다. "아저씨는 **전혀** 산타클로스처럼 보이지 않는데요."

"난 그분의 요정 중 하나란다." 램지가 기지를 발휘했다. "내가 갈 때까지 조용히 해줄 수 있겠니?"

아이는 조용히 있어주었다. 램지가 현관 밖으로 걸어 나가 차 문을 열 때 살짝 키득거릴 뿐이었다. 좆같은 크리스마스 축하한다. 그는 아이에게 환한 미소를 지으며 손을 흔들어주었다. 그러고서 기어를 5단에 넣고 무심한 얼굴로 얼어붙은 도로를 질주했다.

도로 이정표가 그의 목적지가 있는 방향을 가리켰다. 램지는 그걸 따라갔다. 약속 시간까지 45분도 채 남지 않았다. 시간은 충분했다. 이제 킹시와의 사사로운 일을 청산할 때였다.

끝이 다가오는 것을 느낄 수 있었다. 기사단의 흥망이 결정되는 순간. 바뀔 것인가, 해체될 것인가. 가능성은 반반이었다. 어느 쪽이든 흥미로웠다. 램지는 자신이 중요한 역할을 한다는 사실에 만족했다.

기사가 없었으면 여섯 가문은 소멸했을 것이다. 그들은 너무 이기적이고 편협해서 공정한 결혼을 주선하지도, 혈통이 끊기는 사태를 방지하지도 못했을 것이다. 그러니 자신들을 위해 지배하고 보호하고 봉사해준 기사들 앞에 무릎을 꿇고 감사를 드려야 마땅했다. 그런데도 가부장들은 기사단을 해체해야 한다는 둥 조직이 방만하다는 둥의 말을 스스럼없이 입에 올렸다.

가문은 기사 따위 상관하지 않았다. 불임 치료가 가능해지면 기사는 필요 없어질 거라고 여겼다. 당사자들이 원치 않는 중매결혼이 사라진다는 것은 금전적 합의를 강제하고 억지로 가문의 대를 이어야 할 필요가 없어짐을 의미했다. 가부장이 아니고서야 결코 휘두를 수 없는 엄청난 권력과 영향력이 기사 사령관에게 주어질 일도 없다는 것을 의미했다. 가부장들 사이에서도 오랫동안 논쟁의 대상이었던 용들도 이참에 완전히 제거될 수도 있었다.

받아들일 수 없는 일이었다. 램지에게는. 기사단의 존속은 그에게 지극히 중요한 문제였다. 기사단이 해체될지도 모른다고 생각하면 눈앞이 깜깜했다. 그건 램지 자신의 붕괴를 예고하는 것이나 마찬가지였다. **기사**는 그를 정의하는 모든 것이었다. 기사라는 정체성이나 목적의식이 없다면 그는 허공 속으로 사라질 것이다. 적어도 스스로는 그렇게 느꼈다. 엄밀히 말하자면 그는 해체를 두려워하기보다는(그는 더 이상 두려울 게 없었다) 해체를 용납할 수 없는 입장이었다.

머지않아 불임 치료가 가능해질 거라는 전망은 아무 의미가 없었다. 결혼은 앞으로도 중매를 통해 힘들게 치러질 것이고 용은 다방면으로 유용하게 쓰일 텐데, 왜 이런 것들이 바뀌어야 하는지 램지는 납득이 되지 않았다.

하지만 리뎀션이 없으면 지금의 권력마저도 유지할 수 없다. 리뎀션을 찾는 일은 그래서 중요했다. 그에게 기사단이 그만큼 중요하기 때문에. 정말이지 흥망이 걸린 순간이었다.

게다가 킹시 문제도 있었다. 멘토이자 사령관이자 아버지 같은 존재이면서도 끔찍한 개자식인 킹시. 거기까진 뭐 상관없었다. 문제는 이제 그가 무능한 노인네가 되어버렸다는 것이었다. 수년간 너무 많은 책을 먹어 뇌가 수렁에 빠진 탓에 결정을 내리는 데도 상당한 시간이 걸렸다. 그는 두려움에 사로잡힌 노인이 되어버렸다. 걱정을 짓누르지 못하고 걱정에 짓눌리는 노인. 가부장들은 그를 앞지르기 시작했다.

램지는 오늘 있었던 유혈 사태에 대해 생각했다. 이 모든 일은 킹시가 두려움에 휩싸여 상황을 통제하려다가 일어났다. 그러나 취지가 무색하게 그는 통제권을 되려 **상실**하고 말았다. 자신이 계속 개입하거나 주도적으로 상황을 끌고 나가지 않고 아랫사람에게 통제권을 쥐버린 것이다. 그것이 결정적이면서도 미묘한 차이를 만들어냈다. 두려움의 대상을 지배하라. 옳은 말이었다. 하지만 정작 킹시는 두려움에 **맹목적 공격**과 **단호한 판단** 사이에서 길을 잃었다.

램지는 그런 실수를 하지 않을 것이다. 그런 실수를 한 킹시 또한 용서하지 않을 것이다.

———— · ————

수면 부족과 아드레날린 과잉으로 들뜬 그는 마침내 안윅의 시장 마을에 도착했다. 가진 것이라고는 약간의 현금, 장거리 폭탄 송신기, 뜻밖의 총이 든 핸드백이 다였다. 핸드백 안쪽 주머니에서 총알이 짤랑거렸다.

기사 한 분대와 묵직한 트렁크, 가장 총애하는 용 한 명을 데리고 뉴캐슬에 도착한 며칠 전과는 완전히 딴판이었다. 한편으로는 기사단을 위기에서 구하고 자신의 위치를 확보하는 데 한발 더 나아간 셈이었다. 램지는 더없이 적절한 거래라고 생각했다. 이것을 가능하게 해준 데번을 향해 마음속으로 경의를 표했다.

북부의 수많은 도시처럼 안위도 역사는 깊지만 미래가 없는 곳이었다. 관광객들을 위한 정원과 성은 있지만 현지인들을 위한 번화가는 점점 줄어드는 중이었고, 실업률이 증가하고 있었다. 램지는 시내 중심가를 돌아 한적한 도로에 차를 세우고 가죽 핸드백을 챙겨 차에서 내렸다. 열쇠를 그대로 꽂은 채 차 문을 열어두었다. 누군가 차를 훔쳐 램지의 지문을 덮어주면 그로서도 이득이었다. 세인트 마이클 교회까지 남은 거리는 걸어서 이동했다.

오토바이 일곱 대가 교회 주변에 주차되어 있었다. 기사들이 안에서 기다리고 있을 것이다. 시계가 새벽 3시를 가리켰다. 한밤중, 마녀의 시간. 기묘하게도 적당한 타이밍이었다. 램지는 미소를 띤 채 허물어져가는 묘비 사이를 가로질렀다. 인간들이 다 자러 꺼져준 덕분에 차분하고 조용해진 세상을 즐겼다.

교회 문 앞에 선 그는 걸음을 멈추고 생각에 잠겼다. 마음 한구석에는 여전히 킹시에 대한 두려움, 그를 제압하지 못할 수도 있다는 걱정이 조금은 있었다. 잠시나마 그걸 수긍했다. 두려움이란 좀처럼 박멸되지 않는 끈질긴 녀석이니까. 끝내 정복할 마지막 순간까지 싸워야 할 대상이니까. 두려운 건 정상이었다. 램지는 심호흡을 하고 교회 안으로 들어갔다.

일곱 명의 기사가 어둠 속에서 예배당 앞쪽에 모여 있었다. 그중 한 명은 절친 일랜드였다. 나머지도 익숙한 얼굴들이었다. 랜포, 프레스콧, 애시비, 윅, 스탤럼. 하지만 그들은 신경 쓰지 않았다. 걸리적거리는 연단은 바닥에 엎어놓았다. 영화처럼 드라마틱하게 달빛이 비췄다. 플래시먼이라면 이 모든 걸 쌍수를 들고 환영했을 것이다.

"모두 메리 크리스마스." 램지는 몸에 잘 안 맞는 타이트한 검표원 재킷과 모자 차림 그대로 버림받은 신랑처럼 통로를 걸어갔다. 한쪽 어깨에는 여성용 가죽 핸드백이 걸쳐져 있었다. 램지는 그 어떤 때보다 자신만만했고, 불안했다.

"인사말은 생략하지." 킹시가 다리를 저는 척 지팡이를 바닥에 질질 끌며 앞으로 나왔다. "오늘 일은 대재앙이었어."

램지는 사령관이 검은색이 아닌 다른 색 옷을 입는 걸 본 적이 없었다. 이제 다른 옷차림을 한 모습은 상상조차 되지 않았다. 바싹 깎은 머리에 단정한 모자, 검은 장갑. 나이가 드니 여기에 검은 지팡이가 더해졌다. 어린 램지에게 지독히 위협적으로 보였던 딱 벌어진 어깨는 세월이 흐르면서 굽고 쪼그라들었다. 근육이 빠지면서 앙상한 뼈마디도 두드러졌다.

램지가 거수경례하고 말했다. "그게 말입니다. 올해도 사령관님 덕분에 대재앙을 겪지 않았습니까?"

불편한 침묵. 일랜드는 안색이 창백해졌고, 다른 기사들은 그의 돌발 행동에 그저 놀란 듯 보였다.

"네가 심어놓은 스파이가 레이븐스카 여자와 함께 사라졌어. 우리가 둘 다 잡아들일 수 있었는데 말이지." 킹시는 몹시 분노하면서도 조심스러워하는 눈치였다. "그러고도 내 탓을 하겠다?"

"레이븐스카 가부장들은 철저한 비밀 엄수로 악명이 높았죠."

램지가 침착하게 말을 이었다. "저들이 약에 대한 정보를 여자와 공유했을 거라고 보기는 어렵습니다. 킬록이 여전히 살아 있고 다른 형제들도 많이 있었으니까 말이죠. 헤스터를 잡으려다 레이븐스카 형제들을 영원히 놓치는 수도 있다 이 말입니다."

킹시는 균형을 잃고 머뭇거렸다. 램지는 그 모습에 화가 났다. 젊은 시절의 킹시라면 절대 저런 약한 모습 따위는 보이지 않았을 것이다. 저 노인은 무너져 내리고 있었다.

다른 기사들도 그 모습을 보고 불안한 눈빛을 주고받았다. 램지는 그들이 판세를 지켜보며 이리저리 재고 있다는 것을 알아차렸다. 그들은 램지의 파렴치함을 은근히 높이 사고 있는 듯했다.

"다른 레이븐스카 형제들의 상황에 대해서는 아는 바가 없잖아." 킹시가 기어이 말했다. "그중 생존자가 있는지도 장담할 수 없는 상황이야! 그들을 놓치면, 네 **여동생**이 향하는 곳이 어딘지 추적하지 못하면, 우리는 끝장이라고. 킬록은 이미 죽었을 수도 있어. 어쩌면 헤스터가 다른 이들과 떨어져 살고 있을지도……."

"이거 보이십니까?" 램지가 권총을 빼 들고 달빛 아래 레이븐스카의 문장이 보이게 높이 치켜들었다. "이 총은 웨스턴 레이븐스카의 물건이었습니다. 헤스터가 이걸 기차역에서 사용하더군요. 몇 시간 전 데번이 저에게 준 겁니다." 그는 거짓말을 약간 보태 사건을 단순화했다. "레이븐스카 형제들, 특히 킬록은 여전히 잘 살고 있습니다. 침착하게 그들 뒤를 쫓기만 하면 우리는 원하던 걸 얻게 될 겁니다."

킹시가 얼굴을 찌푸리며 한 손을 내밀었다. "내가 좀 봐야겠군."

"그러시던지요." 램지는 총을 겨누더니 그대로 발포했다.

탄환이 킹시의 머리를 날렸다. 쏟아져나온 검은 피가 연단을 뒤덮었고 램지는 한 걸음 뒤로 물러나 리볼버를 겨눈 채 좌중을 훑었다. 총은 기대만큼 짜릿했다.

"맙소사……."

"이런 미친!"

"램지, 이게 무슨 짓거리야!"

모두 소리를 지르고 웅성대며 칼이 숨겨진 허리춤으로 손을 가져갔다. 일랜드만 빼고. 그는 놀라기는 해도 체념한 듯 침착한 얼굴이었다. 충직한 것.

램지가 총을 겨눈 채 말했다. "이 작전은 처음부터 끝까지 엉망진창이었다. 킹시가 비이성적인 공포에 사로잡히는 바람에 오늘밤 우리 중 네 명이 죽었어. 더 이상의 피해는 없어야 한다. 이 개자식은 땅에 묻고 이제부터는 나를 따르라. **이틀** 후 우리는 다시 리뎀션을 확보하게 될 것이고, 잘하면 우리가 직접 리뎀션을 생산할 수도 있다." 램지는 기사들에게 생각을 정리할 시간을 주기 위해 잠시 말을 멈췄다. "제군들, 우리는 우리의 임무를 성공적으로 수행했다. 2년간의 노력 끝에 체제 회복을 눈앞에 두고 있어. 이제 남은 건 데번의 위치를 추적하는 것뿐이다."

일곱 명의 기사는 램지의 권력 찬탈을 받아들일지 말지 고민하며 자기들끼리 정신없이 손짓, 시선, 속삭임을 주고받았다. 램지는 기다렸다. 그들은 램지를 죽이거나 따를 것이다.

킹시가 바닥에 널브러져 있었다. 살덩어리와 구겨진 옷. 그들의 눈앞에서 정맥은 먼지로, 피부는 양피지로 변하고 있었다. 지난 수년간 얄팍한 종이 더미에 지나지 않던 그가 마침내 자기다운 형태로 돌아갔다. '정복한 것은 더 이상 두려움의 대상이 될 수 없다.'

"내가 널 따를 거란 건 잘 알 거야." 일랜드가 가장 먼저 입을 뗐다. 그의 부츠는 말라붙은 사령관의 잉크 피로 여전히 얼룩져 있었다. "그런데 그를 꼭 죽여야만 했어?"

"킹시의 어리석음 때문에 우리 기사단이 죽어나가고 있었어." 램지의 시선이 부지불식간에 정장에 덮인 종이 더미로 향했다. "기사들이 기사단을 다 떠나고 있다고. 지금 옥스퍼드에 남아 있는 기사가 있기는 한가?"

여기저기서 발 끄는 소리가 나는가 싶더니 랜포가 조심스럽게 대답했다. "어제 기사 여섯이 자기 가문으로 돌아갔어. 기사단이 해체될 거라고 생각하고 떠난 거지."

어제 여섯 명, 오늘 네 명. 주말 동안 기사 열 명이 사라졌다. 램지가 얼굴을 찌푸리며 물었다. "남아 있는 기사는 총 몇 명이지?"

이번에는 애시비가 대답했다. "우릴 포함해 스무 명도 채 안돼." 그는 부스러진 시신 쪽을 보지 않으려고 필사적이었다. "용은 여덟 명쯤? 킹시가 리뎀션을 아끼려고 계속 안락사를 시켰잖……습니까."

뒤늦게 예를 갖추다니. 어쨌든 그들의 사령관이 조금 전에 죽었다는 걸 생각하면 조짐이 좋았다. 그렇다, 그는 방금 단독으로 쿠데타를 일으켰다. 하지만 그건 목적과 근거와 계획을 가지고 효율적으로 처리한 일이었다. 램지는 자신이 만들어낸 권력 공백 속으로 발을 내딛으며 자신감을 보였고, 기사들은 그런 램지에게 붙었다. 모든 것이 순조로웠다.

"힘들긴 하겠지만 그 정도만 있어도 우린 할 수 있어." 램지는 킹시의 종이 시신 위에 발을 올려 가슴을 짓밟고 한때 고동쳤던 심장을 가루로 만들었다. 그리고 고개를 들고 미소를 지었다. "이만 철수하지, 제군들. 우리에겐 세워야 할 기습 계획이 있고 잡아야 할 방탕한 까마귀raven들이 있으니까."

어둠이나 별, 달에 대해서는 아무것도 알지 못하는
낮 소년은 사냥을 하며 낮 시간을 보냈다.
그는 백마를 타고 초원을 달리며 햇빛을 즐기고
바람과 싸우고 물소를 죽였다.

조지 맥도널드,
『낮 소년과 밤 소녀의 역사』

16

〈툼 레이더〉 게임을 하는
백마 탄 왕자님

6년 전

기억은 닻이다. 닻은 폭풍우가 칠 때 우리를 잡아주고 떠내려가지 않게 하지만 우리를 짓누르고 자유로운 항해를 방해하기도 한다. 세일럼에 대한 데번의 기억은 둘 다였다. 그 기억 덕분에 제정신을 유지할 수 있었지만 그래서 마음이 더 무겁게 가라앉기도 했다.

데번은 매일 아침 홀로 잠에서 깨 몇 분간 가만히 숨을 쉬며 침대에 누워 있곤 했다. 그저 딸에 대한 생각뿐이었다. 어떤 날은 숨쉬는 것 말고는 할 수 있는 게 아무것도 없었다.

매틀리는 아침까지 데번의 방에 머무르는 법이 없었고, 데번은 그 점을 감사히 여겼다. 그 남자와 한방을 쓰면 도저히 쉴 수 없었기 때문이다. 포식자가 도사리는 곳에서 먹잇감은 결코 긴장을 풀수 없었다.

이스터브룩 저택은 크고 호화롭고 세련되었으며, 수많은 방과

최신 시설까지 갖추었다. 정원과 밭, 경작된 숲이 있었고 마구간에는 말이 여섯 마리나 있었으며, 까다로운 심사를 거쳐 고용된 인간들이 그들을 보살펴주었다. 영지 어딘가에는 실내 수영장과 체육관도 있다고 했다.

데번은 그 어떤 것에도 흥미가 없었다. 2주 전에 올린 결혼식 이후로 한 번도 방 밖으로 나온 적이 없었다. 오늘도 다르지 않을 것이다. 나가야 할 이유가 없었다. 매틀리, 임신, 출산, 그리고 두 번째 아이와의 이별을 견뎌내기 위해 여기 온 것뿐이었으니까.

오늘은 이렇다 할 이유 없이 유난히 더 무기력하고 무의미하게 느껴지는 날이었다. 잠시 후 겨우 침대에서 나온 데번은 샤워를 오래 하며 매틀리가 남긴 악취를 씻어냈다. 두툼한 타월을 두른 채 욕실에서 나오자 직원이 놓고 간 아침상이 보였다.

이번에도 역시 동화책 더미가 테이블 위에 놓여 있었다. 데번이 싫어하는 번들번들한 종이로 만들어진 요즘 책. 타월을 두른 그대로 그쪽으로 걸어가 심드렁하게 아무 페이지나 펼쳤다.

옛날 옛적에 머리카락이 순금색인 아름답고 젊은 공주가 살았어요. 공주는 종종 외롭고 불행했어요. 어릴 때 어머니를 여의고 아버지의 관심을 거의 받지 못하며 자랐기 때문이었지요.

데번은 그림책을 힘껏 내던졌다. 책은 날아가지 못하고 퍼덕거리며 발치에 떨어졌다. 데번은 그것을 주워 페이지를 한 장씩 찢어발겼다. 종잇조각들이 어지럽게 흩날렸다.

세일럼, 그 아이를 다시 만날 일만 생각하자. 이 결혼에 대해서 는 신경 쓰지 말자. 생각하지 말자. 페어드리처럼 되자. 생각을 끄고 앞으로 올 더 좋은 날을 위해 살자. **아이의 열 살 생일을 위해 살자.** 데번은 다짐이 자신을 둘러싼 소음처럼 들릴 때까지 중얼중얼 주문을 되뇌었다. 하지만 아무리 그래도 방 안에 꼼짝없이 갇혀 계속 이러고만 있자니 죽을 맛이었다.

그때 문 두드리는 소리가 났다. 데번은 깜짝 놀라 반사적으로 타월을 움켜쥐었다. "누구세요?"

"재로우예요." 어딘지 익숙한 목소리가 나직하게 들려왔다. "기억할지 모르겠지만 여기 온 첫날 뵀잖아요. 잠깐 시간 있으세요?"

"전……." 이 저택에 사는 이와 괜히 척질 필요는 없다. 잠시 정신을 차리고 예의 바르게 행동하면 될 뿐. "잠깐만요."

데번은 수수한 리넨 드레스를 꿰입고 타월로 머리카락의 물기를 닦은 뒤 그를 맞으러 갔다. "무슨 일 있나요?"

"그런 셈이죠?" 그는 경주견처럼 초조해하며 한쪽 다리에 얼마 나가지 않는 체중을 실었다. "혹시 〈툼 레이더〉 게임 할 생각 있는지 물어보려고 왔어요. 첫날 했던 그 게임이요."

데번은 그의 말을 이해하지 못했다. "네?"

"당신을 불편하게 할 생각은 없어요." 그가 자신의 후드 끈을 잡아당겼다. "그저 당신이 비디오 게임을 좋아하는 것 같았고, 페어 웨더 저택에는 게임기가 없다고 했던 게 생각나서요. 같이 게임하면 재밌지 않을까요? 다시 해볼 생각이 있으면 그때 제안을 또 드리고 싶은데요."

어떤 공주는 제 발로 탑을 탈출하고, 어떤 공주는 칼과 밧줄을 들고 나타난 왕자에 의해 구출된다. 비디오 게임이 데번을 더 나은 삶으로 이끌어줄 밧줄이라고는 보기는 어려웠지만, 〈툼 레이더〉는 나름의 탈출구를 제공했다. 데번 혼자서만 그렇게 생각하는 것인지도 모르겠지만.

"좋아요. 저녁때까지만 돌아오면 돼요." 공주는 언제나 어두워지기 전에 파티에서 돌아와야 한다. 어릴 때는 그게 마법처럼 보였는데 어른이 되자 불길한 전조처럼 느껴졌다.

재로우의 얼굴이 환해졌다. "현재를 즐겨야죠, 그쵸?"

데번은 그를 따라 한 층 아래로 내려가 수많은 방이 이어진 드넓은 저택을 이리저리 가로질렀다. 너무 오랫동안 방 안에서만 지냈던 터라 밖으로 나온 것만으로 노출된 기분이 들었다. 마치 벌거벗은 채 복도를 걷는 느낌이었다. 복도에서 마주친 이스터브룩 형제들과 직원들의 힐끔거리는 시선과 수군대는 목소리는 데번의 마음을 더욱 불편하게 했다. 재로우는 그런 반응에 무관심하거나 이골이 난 듯했다.

게임 룸에 도착하자 마음이 한결 편안해졌다. 소파는 이루 말할 수 없이 편안했고, 재로우는 맥주와 간식으로 먹을 그래픽 노블을 무한정 제공했으며, 〈툼 레이더〉는 뒤틀린 이 상황에서 멀찌감치 떨어진 곳으로 데번을 데려다주었다. 세일럼과 헤어진 후 처음으로 살짝 기운이 나는 것 같았다.

"두 명이 같이 할 수 있는 게임도 있어요." 데번이 어려운 레벨에서 라라를 플레이하다 또 죽자 재로우가 말했다. "〈크래시 밴디

쿳〉이라는 게임 해봤어요? 얼마 전에 나온 최신 게임인데.”

데번은 고개를 저었다. 그런 걸 물어본 그에게 약간 짜증이 났다. 크래시인지 뭔지 하는 게임을 해봤을 리가 있나. 평생 동화책 감옥에 갇혀 살며 아무것도 해본 게 없는데. “이 게임부터 먼저 끝내면 안 될까요? 좀 어려워도 괜찮아요.”

“얼마든지요.” 재로우가 맥주를 한 캔 더 권했지만 데번은 정중히 거절했다. 술에 취해 나타나면 매틀리가 벌컥 화를 낼 것이다. 재로우는 초반의 어색함은 털어내고 한결 편해진 모습이었다.

“내가 여기 있어도 정말 괜찮은 거예요? 당신 게임 룸을 이렇게 막 사용해도 돼요?”

“사실 여긴 내 방이 아니에요.” 그는 『왓치맨』이라는 제목의 그래픽 노블을 먹고 있었다. 그래픽 노블은 잉크 맛이 세고 풍미가 강렬했다. “콘솔이며 게임이며 다…… 빅 거예요.”

“빅이 누군데요?”

재로우는 책을 한 입 더 베어 물었다. “빅토리아 이스터브룩. 내 누나예요.” 그가 천천히 책을 씹으며 머뭇거렸다. “당신이 쓰고 있는 그 침실도 원래는 누나 방이었죠.”

데번의 목덜미에서 털이 곤두섰다. “원래는?”

“이제 누나는 여기 살지 않거든요.” 그는 어깨 근육을 실룩이더니 뒤늦게 생각났다는 듯이 덧붙였다. “빅은 게임을 정말 좋아했어요. 우린 같이 게임을 하곤 했죠.”

그가 내뱉은 말의 잔잔한 표면 아래엔 강물이 흐르고 있었다. 데번은 그 강물에 빠져 죽을 수도 있다는 것을 알아채고 아무 말도 하지 않았다. 데번도 헤쳐나가야 하는 자신의 강물로 머릿속이 꽉 차 그의 것을 외면하며 미안함조차 느끼지 않았다.

"아무튼." 재로우가 책을 먹어 치운 뒤 컨트롤러를 들고 소맷자락으로 닦았다. "원하면 언제든 여기 놀러 와도 돼요. 이 공간은 나랑 누나 말고는 잘 사용하지 않았거든요."

그의 말을 듣자 방이 조금 다르게 보였다. 가령 잠자리가 그려진 우아한 패턴의 벽지는 분명 빅이 골랐을 것이다. 재로우가 이런 벽지를 고르는 모습은 상상할 수 없었다. 게임 자체도 새삼 눈에 띄었다. 〈툼 레이더〉는 선택권만 있었다면 데번도 골랐을 법한 게임이었다. 모험심 많은 공주에게 끌리지 않을 여성 이터가 있을까. 빅토리아는 사라졌지만 이 방에는 아직도 그 여자의 목소리가 담겨 있었다.

오프닝 음악이 흘러나오자 데번은 현실 세계를 벗어나 가상 세계 속으로 다시 빠져들었다. 그렇게 시간 가는 줄도 모르고 남은 오후를 게임 룸에서 보냈다. 무언의 약속이라도 한 것처럼 둘 다 가문이나 매틀리에 대해서는 일절 언급하지 않았다.

7시 15분 전 재로우가 일시 정지 버튼을 누르고 "시간이 너무 늦었어요. 이제 가보셔야 할 것 같은데요"라고 말했을 때 데번은 그야말로 깜짝 놀랐다.

"알아요." 자리에서 급히 일어나다가 커피 테이블에 부딪혔다. 빈 맥주캔이 달그락거렸다. "초대해줘서 고마워요."

"별말씀을요." 그가 따뜻한 목소리로 말했다. "원한다면 내일 또 오세요."

"내가 불쌍해서 초대하는 거라면 그러지 않아도 돼요." 데번이 돌연 방어적인 태도를 취했다. "난 신부고 복 받은 사람이에요. 지금의 삶이 어렸을 때 꿈꾼 삶은 아닐지 몰라도 다른 이들에 비하면 잘 살고 있는 편이라고요."

"누가 누굴 불쌍히 여긴다고 그래요." 데번은 그의 표정을 읽을 수 없었다. "그냥 나 혼자 게임하기 심심해서 그래요. 그러니 언제든 와서 나 심심하지 않게 해줘요."

"심심하다고요?" 데번은 어안이 벙벙해 화난 것도 잊었다. "게임을 하는데도 심심해요?"

"가진 게 그것밖에 없으면 뭐든 다 지루하게 느껴져요." 그가 팔을 휘두르며 만화책, 비디오 게임, 전선으로 연결된 온갖 기기들이 있는 작은 방을 가리켰지만, 데번은 그가 더 많은 걸 말하고 있다는 걸 알아차렸다. 재로우의 가족, 데번의 가족, 모든 이터 가문, 이터들의 삶. "난 웬만한 인간이 평생 읽는 것보다 많은 소설을 매년 먹어 치우고, 그래요, 지독하게 지루해요."

"세상에는 지루함보다 더 나쁜 게 많아요." 데번이 말했다.

재로우가 절망한 표정을 지었다. "알아요. 나도 알아요. 누나가 그랬는데……." 그가 한숨을 푹 내쉬더니 말을 이었다. "아니에요, 신경 쓰지 말아요. 나도 내가 무슨 말을 하는지 모르겠네요. 원한다면 내일 또 와요." 그가 살포시 손을 흔들었다. "단, 마음이 내킬 때만 와야 해요."

데번은 주먹을 쥐었다 폈다 했다. "왜 나한테 잘해줘요?"

"잘해주다니요." 그가 거북해하며 말했다. "당신은 손님이고 나는 주인이잖아요. 그리고 나한텐 게임기가 있고요. 이건 그냥 기본 예절일 뿐이에요."

기본예절. 어쩌다 보니 데번은 이조차 누릴 자격이 없는 존재가 되어 있었다. 데번에게 굳이 기본예절을 지킬 생각을 하지 않게 된 것일 수도.

"생각해볼게요." 데번은 혼란과 피로를 느끼며 서둘러 게임 룸을 나섰다.

멍하니 복도를 지나쳤다. 머릿속에 생각이 가득해 정신이 완전히 나가 있었다. 방금 재로우와 나눈 대화가 이해되지 않았다. 그가 자신에게 뭘 원하는지 모르겠고 자신이 그에게 뭘 원하는지도 알 수 없었다. 가족만이 중요한 세상에서 우정이라는 개념은 데번을 당황하게 만들었다.

재로우라는 존재 자체도 곤혹스럽긴 마찬가지였다. 그가 불만을 내비쳤지만 무엇 때문인지 이해할 수 없었다. 개방적이고 원만한 성격이었지만 속을 알 수 없었고 묘하게 경직되어 있는 남자였다. 그것이 데번에게는 너무 버거웠고 불필요한 스트레스를 초래했다.

그럼에도 그날 저녁 데번은 아까 한 비디오 게임을 머릿속으로 리플레이하는 자신을 발견했다. 매틀리가 '야간 의무'(그는 아기를 갖기 위해 벌이는 일을 이렇게 불렀다)를 다하기 위해 방에 왔을 때도 데번은 퍼즐과 공략에 대해 생각했고, 마지못해 옷을 벗고 침대로 올라가 매틀리의 어깨 너머로 천장을 응시할 때도 머릿속은 〈툼 레이더〉 퍼즐에 대한 생각으로 가득했다.

그가 떠날 즈음 시도해볼 만한 해결책이 몇 가지 떠올랐다. 게임 룸에 돌아가야겠다는 생각이 들었고 결심은 이내 확고해졌다. 그러고 나자 금세 잠이 쏟아졌다.

아침이 되자 아침 식사로 더 많은 동화책이 도착했다. 데번은 거들떠보지도 않았다. 대신 샤워를 하고 천천히 옷을 갈아입은 뒤 게임 룸으로 향했다.

재로우는 데번이 다시 온 것에 대해 아무 말도 하지 않았다. 올 거라고 예상한 모양이었다. 맥주와 책, 컨트롤러가 준비되어 있었다. 전날 밤부터 여기서 꿈쩍도 하지 않은 건지 아니면 어제 옷을 그대로 입고 온 건지도 몰라도 이미 후드 티 차림이었다.

데번은 자리에 앉으며 컨트롤러를 무릎 위에 조심스럽게 올려놓았다. "어제 못 깬 레벨에 대해 계속 생각했어요. 아무래도 우리의 접근법이 잘못됐던 것 같아요."

"좋아요, 그럼 다시 해보죠." 재로우가 다시 소파에 몸을 던졌다.

이어지는 3주는 불쾌한 신체 접촉으로 오염된 밤과, 게임으로 점철된 낮이 기묘하게 분리된 나날의 연속이었다. 둘 중 누구도 매틀리나 결혼, 빅에 대해 이야기하지 않았다. 그들은 철저히 오락과 현실 도피에 치중한 동맹 관계를 맺었다.

그 공간에서 데번은 라라 크로프트의 세계에 파묻힌 채 안전하고 행복할 수 있었다. 〈툼 레이더〉를 끝낸 후에는 〈파이널 판타지〉로 넘어갔다. 그들은 또 다른 방대한 디지털 세계 속에서 길을 잃었다.

결혼하고 두 달이 흐르자 생리가 멈췄다. 데번은 생리가 멈춘 것에 안도해야 할지 다음에 올 것(임신의 고통은 물론 그에 수반되는 온갖 현실적인 문제들)을 두려워해야 할지 갈피를 잡을 수 없었다.

뭐가 됐든 빨리 해치우기로 결심했다. 데번의 마음은 세일럼에게 향해 있고, 다른 어떤 아이도 그 자리를 대체할 수는 없었다. 아무것도 느끼지 않고 무엇에도 마음을 주지 않으면 뭔가를 잃을 수도 뺏길 수도 없을 것이다.

이스터브룩 저택을 찾은 의사는 인간 남자였다. 데번은 그의 생김새나 걸음걸이, 행동거지가 아닌 그가 글을 쓰는 모습에서 그 사실을 알아챘다. 의사는 데번의 눈앞에서 각종 서식이 담긴 클립보드를 꺼내 문서를 작성하기 시작했다. 데번은 그가 휘갈겨 쓴 글자를 보기 위해 목을 길게 뺐다.

'데번 페어웨더. 여성. 23세.' 데번이 쳐다보는 동안에도 남자의 펜은 종이를 가로지르며 움직였다. 여느 이터처럼 데번도 어렸을 때 글자를 써보려 한 적이 있다. 하지만 역시나 데번의 글자는 도저히 알아볼 수 없는 낙서로 끝났다. 글을 너무 오래 쓰면 손목에서부터 팔뚝까지 경련이 일어나고 시야에 검은 반점이 나타났다.

의사는 자신이 기적을 행하고 있다는 사실을 아는지 모르는지 태연한 얼굴이었다. 작성이 끝나자 의사는 데번에게 가까이 오라고 한 뒤 기본적인 신체검사를 했다. 혈압을 측정하고 키와 몸무게를 재고 청진기로 심장 소리를 들었다.

데번은 내키지 않았지만 순순히 의사 지시에 따랐다. 시선은 자꾸만 의사의 무릎에 놓인 클립보드로 향했다. 무심히 휘갈긴 글자들로. 이터 서식지에 인간을 데려오는 건 너무 위험한 짓 같았다. 특히 의사는 데번이 인간이 아니라는 사실을 알아챌 가능성이 누구보다도 높았다.

의사가 움직이라는 뜻으로 데번의 어깨를 톡톡 두드렸다. 데번은 인간의 촉감이 이터와 전혀 차이가 없다는 데 놀랐다. 피부며 살이며 털이며 주름살이며 거의 같은 종이라고 봐도 무방할 정도였다. 오래전 페어웨더 저택에 불쑥 찾아왔던 저널리스트 마니를 데번이 만져본 적이 있었던가? 너무 오래전 일이라 가물가물하지만 만져본 적은 확실히 없었던 것 같았다.

"사모님은 대단히 건강하십니다." 의사가 주변을 서성이는 매틀리에게 말했다. "당신들 종 특성을 감안해도 유달리 건강한 편이에요. 운동을 조금만 더 하면 더 좋아질 겁니다."

'당신들 종 특성.' 그는 데번의 정체를 안다. 데번은 긴장했다.

"놀랄 거 없어." 데번의 표정을 본 매틀리가 나른한 미소를 지었다. "존은 우리가 고용한 이민자들과 함께 일하고 있어. 신뢰할 수 있는 신중한 사람이지." 그는 화장대 의자에 앉아 투박한 검은색 휴대폰을 만지작거리고 있었다.

"규칙은 어떡하고요?" 인간과 친분을 쌓지도, 함께 일하지도 말 것. 데번은 일찌감치 모든 규칙을 흡수했다.

"규칙이 뭐? 위험을 감수하지 않고는 돈을 벌 수 없어. 당신네 가문이 빚에 허덕이며 망해가는 동안에도 우리 가문이 이렇게 잘

나가는 데는 다 이유가 있다고. 게다가 당신 오빠들도 어차피 일을 하잖아? 이것도 비슷한 거야. 우리가 정체를 숨기고 인간들 틈에 섞여 일을 하든가, 그런 걱정 할 필요 없이 신뢰할 수 있는 소수의 인간을 고용하든가 하는 거지."

"그렇군요." 싸워봐야 소용없다. 어차피 사업도 영지도 데번의 것이 아니었다. "물론 당신 말이 맞겠지요."

의사가 바늘로 팔을 찔러 채혈을 시작했다. 뒤쪽 전기 벽난로에서 불꽃이 어른거렸다. 나무 타는 냄새는 나지 않았다.

데번은 숨을 참지 않으려고 애썼다. "결과는 언제 나와요?" 윈터필드에서는 이런 식으로 임신 검사를 하지 않았었다. 게일리의 말을 빌리자면 그저 '자연의 섭리에 맡길' 뿐이었다.

"몇 시간이면 됩니다. 결과가 나오는 대로 바로 알려드리죠. 그런데 사실 혈액 검사는 형식상의 절차일 뿐입니다. 식서종 여성은……."

"식, 무슨 여성이요?" 데번은 처음 듣는 용어였다.

"'식서종'은 북이터를 지칭하기 위해 제가 개인적으로 사용하는 의학용어입니다." 존이 바늘을 빼내고 검은 잉크 피로 가득 찬 작은 유리병을 손에 쥐었다.

"아." 지극히 인간다운 행동이었다. 인간은 모든 것에 이름을 붙이고 기능 외의 다른 많은 것까지 설명하려고 하지. '이터'라는 명칭이 지나치게 기능적이고 상상력이 부족하다 한들 이터들은 다른 이름을 만들어낼 생각 같은 건 전혀 하지 않았을 것이다.

"식서종 여성들은 생물학적으로 매우 규칙적입니다." 존이 말했다. "임신이 틀림없어요. 언제 임신했는지가 문제일 뿐이죠."

임신. 데번은 오전 내내 이 말을 들을 준비를 했다. 이스터브룩 저택으로 옮겨 온 후부터 줄곧 예상했던 일이기도 했다. 하지만 막상 육성으로 그 말을 듣자 호흡이 가빠졌다. 주문, 주문을 기억해야 한다. 데번은 자신을 다독였다. 신경 쓰지 말자. 생각하지 말자. 모든 걸 차단하자. 오직 세일럼만 생각하자.

"이게 제 마지막 임신일까요?" 이터 여자들 일부는 아이를 셋까지 낳을 수도 있다는 얘기를 들은 적 있었다. 그거야말로 데번에게는 지옥이었다. "저는 이제 아이를 못 낳는 거죠?"

"다시 말씀드리지만 그럴 가능성이 매우 높습니다." 존이 여전히 뭔가를 휘갈기며 대답했다. "출산 이후에 확인해봐야겠지만 가임기가 거의 끝나가고 있어요."

"성별을 알려줄 수는 없습니까? 인간들에겐 그걸 알아낼 수 있는 기술이 있다던데." 매틀리가 다리를 꼬았다 풀었다 했다. "아내가 전에 딸을 낳았는데, 이번에도 같은 결과가 나오기를 바라고 있습니다만."

"음." 존이 손으로 코를 문지르다 피부에 잉크 자국을 남겼다. "가능은 한데 좀 어려울 겁니다. 초음파 기계와 전문 인력이 필요하거든요. 제가 검사를 받을 수 있게 도와드릴 수는 있습니다만, 비용이 꽤 들 겁니다. 결과가 확실한 것도 아니고요. 판독을 잘못할 수도 있거든요."

"인간들로 득실거리는 병원을 가라고요? 아니요, 그렇게까지 위험을 감수할 필요는 없을 것 같군요. 그냥 깜짝 선물로 남겨두죠. 어차피 그게 전통이기도 하고요."

"이 말씀은 드려야 할 것 같군요. 사모님이 이미 딸을 한 번 낳은 적 있다면……."

"네, 네, 저도 압니다. 이번에도 딸을 낳을 가능성은 굉장히 희박하다고요." 매틀리의 주머니에서 휴대폰이 울렸다. "죄송하지만 이 전화는 받아야 할 것 같군요."

그가 나지막한 목소리로 전화를 받으며 밖으로 나갔다.

"저도 이만 가보겠습니다." 존이 서류 가방을 집어 들며 데번에게 형식적인 묵례를 보냈다. "안녕히 계십시오, 부인. 앞으로 몇 달간 무슨 일이 생기면 제가 봐드리겠습니다."

"고마워요." 데번은 이미 딴생각에 빠져 있었다. 또 한 번의 임신, 분만, 그리고 출산에 대해 생각했다. 종이처럼 얇은 살, 냄새, 눈물이 어우러진 부드러운 살덩어리를 또다시 품에 안으면 어떤 기분이 들까? 식은땀이 났다. 세일럼의 얼굴 말고 다른 얼굴을 한 아기는 상상할 수 없었다.

주문을, 세일럼을, 이 모든 걸 참아야 할 이유를 기억하자.

루턴이 준 나침반을 꺼냈다. 손바닥에 닿는 차갑고 딱딱한 이 물건이 데번에게 해야 할 일을 일깨웠다. 데번은 창가에 앉아, 유리 안에 남아 시간 속에 정지된 딸의 얼굴을 손가락으로 더듬었다.

이제 여자는 생각이 많아졌다.
이 찬란한 빛을 간직해야 한다!
간수들이 여자를 어찌나 무지하게 만들었는지!
삶은 엄청난 축복인데, 그들이 여자의 삶을
뼈대만 남기고 갉아먹은 것이다!
여자가 알게 됐다는 걸 들키면 안 된다.

조지 맥도널드,
『낮 소년과 밤 소녀의 역사』

머리를 푼 공주

6년 전

두 번째 임신은 묘하게 평화로웠다. 어쩌면 데번이 모든 걸 내려놓았기 때문인지도 몰랐다. 더 나은 삶을 상상하는 것이 너무 지치고 힘들고 우울해 순전히 그 피로감 때문에 절망을 선택할 때 희망은 사라진다. 포기가 평화를 가져왔다.

윈터필드가에서 임신했을 때 데번은 정처 없이 영지를 돌아다니며 대부분의 시간을 보내곤 했다. 몸 상태로 인해 승마가 금지된 탓에 늘 걸어 다녔지만 그래도 즐거웠다. 그러나 이스터브룩가 영지는 광활한 농장이며 인간 일꾼들이 마음을 달래주기는커녕 더 힘들게 할 뿐이라서 데번은 결국 실내에만 머물렀다.

할 일도 없고 달리 갈 데도 없어서 임신이라는 걸 알고 처음 한 주간은 비참하게 방 안에 틀어박혀 있었다. 그 안에서 일꾼들과, 들판을 고르게 적시는 비구름 같은 것이나 지켜봤다. 그러다 데번은 끝내 참지 못하고 재로우를 보러 아래층으로 내려갔다.

노크도 하지 않고 게임 룸에 들어갔다. 재로우의 어리둥절한 표정을 보고도 데번은 "게임하러 왔어요"라고만 말할 뿐이었다.

"어, 잘 있었어요?" 재로우가 놀라서 일시 정지 버튼을 누르며 물었다. "물론 환영하지만, 시간이 좀 늦지 않았어요?"

"소식 들었는지 모르겠지만, 나 임신했어요. 이제 더 이상 밤에 매틀리를 만나지 않아도 돼요."

"축하……한다고 해야겠죠?" 침묵 끝에 입을 연 그가 머리를 긁적이며 말했다. "어, 그러면…… 맥주는 못 마시겠네요? 아기가 생겼으니까…… 그러면 차 마실래요? 〈파이널 판타지〉 이어서 플레이할까요?"

데번이 고개를 끄덕였다.

———•———

데번은 재로우의 게임 룸에서 밤새 게임하고 잉크티를 마시며 생애 최고로 행복한 6개월을 보냈다. 나머지 이스터브룩 가족들은 대체로 데번을 무시했다. 철저히 갇혀 지냈지만 그 어느 때보다 자유로웠다.

"참 이상해." 여느 때처럼 플레이스테이션과 닌텐도의 세계를 헤매던 어느 오후에 데번이 말했다. "어릴 때 난 내 미래가 지금 같을 거라고는 절대 상상하지 못했을 거야. 특히 이럴 거라고는." 데번이 게임 룸을 가리켰다. 사실 그건 게임기뿐만이 아니라 그들이

274

나누게 된 색다른 우정까지 가리킨 것이었다.

"우리 종족은 그 누구도 미래를 상상하지 않아." 재로우가 다리를 쭉 펴며 말했다. "계획하고 예측은 해도 실제로 경험해보지 않은 삶에 대해 생각하는 건 매우 어려워하지. 그게 바로 미래인데 말이야. 이미 경험한 것을 넘어서는 삶."

"맙소사, 재로우."

"왜?"

"그러니까……." 데번이 일시 정지 버튼을 눌렀다. "넌 내가 하는 말을 정말로 듣는구나. 뭐라고 대답할지 충분히 생각하고 의미 있는 말을 해주네. 그게…… 좀 이상하게 느껴져."

"맙소사, 데브."

"왜?"

"넌 그냥 우정에 대한 기대치가 너무 낮은데."

"내 기대치가 그렇게 낮은데 왜 다들 그 기대에 미치지 못하는 걸까?" 스스로 듣기에도 원망이 가득 담긴 목소리였다.

"다들 거지 같으니까. 최소한의 기본예절조차 못 지킬 정도로 거지 같으니까 나 같은 게으름뱅이가 도리어 괜찮아 보이는 거 아닐까?"

"그런가." 데번이 생각 없이 덧붙였다. "너였으면 좋았을 텐데. 내가 좋아하는 이가 남편이 됐다면 모든 걸 훨씬 수월하게 해낼 수 있었을 거야. 근데 결국 매틀리라니. 네 형을 욕하고 싶진 않지만."

매우 어색한 침묵이 흐르는가 싶더니 재로우가 억지웃음을 지었다. 관자놀이에 핏대가 드러났고 흐느끼는 듯 보이기도 했다.

"내가 뭐 잘못 말했어?"

"내가 네 남편이 될 일은 절대 없었을 거라서 그래. 미안."

"왜? 네가 좀 어리긴 하지만 나이 많은 형들만 결혼하는 건 아니잖아."

"그렇지. 그래도 내가 선택되는 일은 없었을 거야. 그 자리를 노리는 자들이 수두룩한 상황에서는 더더욱."

게임 배경 음악이 끝없이 반복되었다. 플레이 버튼을 누르라는 메시지가 화면에 연신 떴지만, 둘 다 그럴 생각이 없었다.

"무슨 말인지 모르겠어." 말은 그렇게 하면서도 잊고 있던 기억이 불현듯 떠올랐다. 이곳에 온 첫날 저녁 매틀리가 게임 룸 문가에 서서 음흉한 시선을 던지며 했던 말.

'상대가 다른 남자였다면 충분히 의심을 살 만한 상황이었는데 말이지.'

"아무도 얘기 안 해줬나 보구나. 다른 데서 듣기 전에 내가 먼저 말하는 게 낫겠다. 이 집안에서는 농담처럼 자주 그 이야길 하니까." 재로우가 컨트롤러를 내려놓고 텔레비전 리모컨을 들어 음소거 버튼을 눌렀다. "난 여자를 안 좋아해."

"그게 무슨 소리야?" 데번이 모욕감을 느끼며 물었다. "난 좋아하잖아, 아니야? 우린 꽤 잘 지내는 것 같은데."

그가 신음하며 자신의 곱슬머리를 쥐어뜯었다. "아니, 그 말이 아니야. 남자들이 흔히 좋아하는 방식으로 여자를 좋아하지 않는다는 뜻이야."

"아, 남자를 좋아하는구나? 그게 무슨 큰 문제라고. 기사나 형제들 중에도 꽤 많이⋯⋯."

"아니, 그것도 아니야." 그가 소파 팔걸이에서 보이지도 않는 먼지를 털어냈다. "난 무성애자인 것 같아."

"음." 소설에서도 접해보지 못한 단어였기 때문에 데번은 서둘러 머릿속 사전을 뒤졌다. "어떤 뜻?"

"어?" 이번엔 그가 혼란스러워할 차례였다.

"그 단어에는 네 가지 뜻이 있는데?"

재로우가 코웃음을 치며 다시 소파에 머리를 파묻었다. "계속해봐. 그 네 가지 뜻이 뭔데?"

"성별이 없거나 기능적 성기가 결여된 것." 데번의 얼굴이 살짝 붉어졌다.

"그건 확실히 아니야." 재로우는 당황하긴커녕 웃고 있었다.

"암수의 융합 없이 이루어지는 생식." 데번이 최대한 진중한 목소리로 말했다. "이것도 아닐 것 같은데? 네가 아메바나 버섯은 아니잖아."

재로우가 여전히 미소 띤 얼굴로 고개를 저었다.

"섹스와 무관하거나 섹슈얼리티가 결여된 것." 이번에는 재로우가 말이 없었다. 데번이 덧붙였다. "웹스터 사전에 따르면 '타인에게 성적인 감정을 품지 않는 것, 성적인 욕망이나 끌림을 경험하지 않는 것'도 해당된다고 하는데."

"그거야. 내가 바로 그래. 보통의 경우와는 다르게 생식이나 이성에 무관심하지." 그가 남은 맥주를 비우고 빈 캔을 두 손 사이에서 굴렸다. "있지, 난 누군가에게 **그런** 감정을 느껴본 적이 한 번도 없어. 인간 여자를 꼬셔보려고 한 적도 없고 결혼을 원한 적도 없지……. 매틀리는 내가 비정상이래. 형은 포르노를 수집하는 거 알아?" 재로우가 고개를 절레절레 저으며 말했다. "다른 형들도 거의 마찬가지야. 나만 예외지."

비정상. 명사. 정상에서 벗어난 사람 혹은 사물.

"나도 비정상이야. 이 말이 도움이 될지는 모르겠지만." 데번은 그 말을 하고 스스로도 놀랐다.

계속 맥주 캔을 굴리던 재로우가 고개를 들었다. "그게 무슨 뜻이야?"

"난 여자를 좋아해." 데번은 이런 말을 누구에게도, 심지어 자기 자신에게도 한 적이 없었다. "그러니까 내 생각에는 그래. 하지만 주변에 아무도 없는데 어떻게 그걸 확신하겠어? 그냥 책에서 본 바에 따르면 그렇다는 거지. 실생활에서 만난 몇몇을 통해 느낀 것도 있고."

재로우는 한동안 말이 없었다. "오, 젠장. 그러면 이런 결혼 생활이 더 힘들겠다."

"내가 뭐 이렇게 말고 다르게 살아봤어야지. 그냥 이게 내 삶인가 보다 해."

"이게 그냥 네 삶이라고?" 그가 빈 캔을 납작하게 구겼다. "싫지 않아? 결혼하고 아기를 낳는 이 모든 게?"

그의 질문은 데번을 불안하게 했다. 수년 전 첫 번째 결혼식 때 자신이 페어드리에게 했던 질문이 떠올랐다.

속눈썹이 길었던 페어드리. 데번의 허벅지에 손을 올려놓고 '사교용' 입맞춤을 위해 몸을 앞으로 내밀던, 예쁘고 영리하고 재치 있는 여자. 오랫동안 고통받은 여자. 지루하고 외로워 다른 이의 결혼식에서 와인을 그토록 많이 마시던 여자.

그때 페어드리가 했던 말이 지금 상황에 딱 맞는 말 같아 데번은 그 말을 그대로 전했다. "글쎄, 달리 할 수 있는 일도 없잖아. 인간들이랑 살 수도 없고. 그러니 이 방법뿐인 거지 뭐."

"내가 물은 건 그게 아닌데." 그가 나지막이 말했다. "의무니 책임이니, 뭐가 더 좋은 선택이고 나쁜 선택이고 하는 건 다 잊어버려. 너 데번 페어웨더가 아이를 포기하는 신부가 되는 게 괜찮아?" 재로우가 데번의 배를 가리켰다. "지금 두 번째 임신이잖아. 그 아이를 포기해도 괜찮을 것 같냐고."

"그렇게 나쁘지만은 않아." 데번은 이런 질문을 하는 재로우가, 데번을 걱정하는 재로우가 싫었다. 하지만 이런 질문을 하지 않는, 데번을 걱정하지 않는 다른 모든 이들은 더 싫었다. "난 운이 좋은 거야. 특권을 누리며 살고 있잖아."

"뭐? **뭐라고?**" 재로우가 평소답지 않게 표정이 한껏 드러나는 얼굴로 데번을 돌아봤다. 눈이 왕방울만 해졌고 콧구멍이 벌렁거렸다. "데브, 너에겐 딸이 있어! 네 딸이 너처럼 결혼하면 좋을 것 같아? 십여 년이 흘러서 너와 똑같은 일을 겪게 된다면 어떤 기분일 것 같아? 그래도 그렇게 나쁘지만은 않다고, 넌 운이 좋은 거라고 딸에게 말해줄 거야?"

"난……." 데번은 세 살짜리 세일럼이 침대에서 깔깔대며 뒹굴고 있을 때 누군가 그 아이의 얼굴을 베개에 처박고 치마를 들추는 환영에 잠시 시달렸다.

바보 같기는. 결혼할 때면 세일럼도 더 이상 애가 아닐 텐데 뭐. 하지만 그 아이도 그런 결혼을 하고 그렇게 살 가능성은 여전히 다분했다. 왜 아니겠는가? 데번도 그랬는데. 데번은 그나마 어느 정도 결혼할 의향이라도 있었지만, 딸아이에겐 그럴 의향조차 없을 수 있다. 그러면 그땐 어떻게 될까? 결혼은 악몽이 될 것이다. 매틀리가 데번에게 악몽이 되었듯이. 설사 세일럼에게 결혼 생각이 있더라도, 결혼은 악몽이 될 수 있다.

"난 너처럼 선택할 수 있는 입장이 아니야." 데번의 말 사이로 분노가 흘러나왔다. "누구나 다 싫은 걸 싫다고 할 수 있는 건 아니라고. 내가 부담을 나눌 수 있는 언니나 여동생이 있는 것도 아니고. 넌 내게 발언권이 있는 것처럼 말하는데, 그건 너무 잔인해, 재로우. 정말 잔인하다고. 넌 그런 걸 선택할 수 있었겠지."

재로우가 움찔했다. "미안해. 내가 미처⋯⋯."

당연히 나도 싫어. 빌어먹을! 딸아이가 늘 보고 싶어. 그 아이에 대해 말할 수는 없어도 생각까지는 멈출 수가 없더라. 내게 선택지가 없다는 게 끔찍하고 이렇게 사는 것도 너무 싫어. 특권을 누리며 억압받는 삶, 낯설고 지루해. 그러니까 내 딸이 언젠가 결혼할 거라는 생각은 되도록 안 하려고 한다고." 데번이 재로우를 노려봤다. "이게 네 질문에 대한 답이 될까?"

재로우가 몸을 앞으로 내밀며 데번의 손을 잡았다. "네가 다른 선택을 할 수 있게 내가 돕는다면 어때?"

"다른 어떤 선택? 도망가는 건 이미 시도해봤어. 10킬로미터도 채 못 간 것 같지만."

"그때는 계획이나 어떤 수단이 없었잖아." 그가 받아쳤다. "나랑 뒷방에 가자. 보여주고 싶은 게 있어."

좋은 생각은 아니었지만, 데번은 어차피 시간이 남아돌았다.

"좋아." 배 속이 따끔거리는 걸 느끼며 그의 뒤를 따랐다.

게임 룸에는 작은 창고가 딸려 있었는데, 재로우는 그 공간을 간이 주방으로 꾸몄다. 찬장에는 잉크티 전용 주전자와 간식용 그래픽 노블이 잔뜩 들어 있었다.

그리고 지도도 보관되어 있었다. 재로우가 활짝 펼쳐놓은 지도는 테이블을 완전히 덮고도 바다가 있는 가장자리가 아래로 축 늘어졌다. 데번은 살면서 지도를 본 적이 한 번도 없었다. 그래서 자꾸만 시선이 그쪽으로 향했다. "이게 잉글랜드야? 우리는 어디쯤 있어?"

"이게 잉글랜드를 포함한 영국이고, 우리는 여기에 있어." 그가 어느 한 지점을 가리켰다. "노픽 해안."

데번이 그가 가리킨 곳에 손을 갖다 댔다. "우리 나라가 이렇게 큰지 몰랐어."

재로우가 웃음을 터뜨렸다.

"뭐가 그렇게 웃긴데?"

"그래, 그렇게 생각하는 게 네 잘못은 아니지. 잘 봐." 그가 찬장에서 또 다른 지도를 꺼내 아까 그 지도 위에 펼쳤다. "이건 세계 지도고 여기가 잉글랜드야, 데브."

무광의 푸른 해양에 떠 있는 초록빛 대륙들. 넓은 땅과 그보다 더 넓은 바다. 인간이 사는 거대한 땅덩어리가 사방에 펼쳐졌고 맨 위에 아주 작은 섬이 위치해 있었는데, 데번은 그것이 첫 번째 지도에서 본 것과 같은 모양이라는 걸 간신히 알아봤다. 작디작은 자신의 나라.

데번은 언젠가 판타지 소설을 먹은 적이 있었다. 머리를 어지럽게 만드는 단어들이 가득한 화려하고 낯선 책이었는데, 책 속에는 손으로 그린 가상 지도가 그려져 있었다. 당시에는 그 지도가 상당히 크고 세밀해 보였지만, 눈앞에 있는 실제 지도에 비하니 명함도 못 내밀 수준이었다.

"세상은 정말 넓구나." 데번이 어처구니없다는 듯 말했다. "난 왜 몰랐을까?"

"여자아이들에겐 중요한 걸 안 가르쳐주니까." 재로우가 테이블 너머로 지도를 밀었다. "먹어둬. 정보를 습득하는 가장 빠른 방법이잖아. 나한텐 같은 게 여러 장 있어." 그가 씩 웃었다.

"뭐?" 데번은 자신이 잘못 들었다고 생각했다. "지도를 먹는 건 별 효과가 없을 텐데?"

"늘 그런 건 아니야. 어쨌든 종이는 종이잖아. 난 이미 몇 장 먹었는데 제법 효과가 있는 것 같아. 지명이 머릿속에 많이 들어왔고 뭐가 어디에 있는지도 대략적으로 감을 잡을 수 있게 되었지." 그가 그래픽 노블을 가리키며 말했다. "이런 걸 먹는 거랑 비슷하달까? 어렸을 때 먹은 그림책도 그렇고. 기억나는 건 주로 단어들이지만 이미지들도 느낌은 어느 정도 남잖아."

유용하지만 감히 접근할 수 없는 영역까지 지식을 확장할 기회였다. 데번은 책니를 드러내 접힌 세계 지도를 베어 물었다. 에어컨을 가동한 공장 냄새와 미끈하면서도 씁쓸한 잉크 맛이 났다. 석유화학 코팅이 혀에 무겁게 내려앉으며 뺨 안쪽에 찐득하게 들러붙었다. 데번은 얼굴을 찡그렸다.

"여기 케첩 있어." 재로우가 선반에서 플라스틱 통을 꺼냈다. "인간이 먹는 시큼한 소스인데, 광택 코팅지랑 먹으면 꽤 괜찮아."

게임 룸에는 접시가 없었으므로 재로우는 지도 위에 케첩을 뿌려 토르티야 랩처럼 돌돌 말았다. 그렇게 완성된 지도 롤을 데번이 한입 베어 물었다.

데번의 머릿속에서 단어 리스트가 만들어졌다. 장소가 나열된 긴 리스트. 정신을 집중하면 그 장소들이 지도같이 펼쳐진 모습까지 떠올릴 수도 있을 것 같았다. 도시와 나라 이름은 그대로 둔 채 육지 그림만 지워 상대적인 위치를 대략 보여주는 것처럼.

문제는 지명이 너무 많다는 것이었다. 온갖 나라와 수도가 뒤엉켜 머릿속에 어지러이 쌓였고, 번들거리는 종이는 속을 울렁거리게 했다. 케첩은 부조리극 비슷한 맛이 났지만, 재로우 말대로 코팅지의 역한 맛을 한결 덜어주었다.

"또 보여줄 게 있어." 데번이 지도를 다 먹자 재로우가 말했다. "네가 뭘 더 보는 게 힘들지만 않다면."

"괜찮아." 데번이 엄지손가락에 묻은 케첩을 핥았다. "전혀 힘들지 않아." 재로우가 알려준 팁을 꼭 기억해야지 싶었다. 이 집에는 코팅지로 된 책이 매우 많으니까.

"다른 가문들이 어디 사는지 보여줄게." 재로우가 다시 첫 번째 지도를 펼치고는 지도의 한 지점을 가리켰다. "여기 웨일스 포이스에는 대번포트 가문이 살아." 그의 손가락이 점선으로 연결된 여러 도시를 가로질러 위로 향했다. "노퍽 해안에는 이스터브룩 가문이 살지. 바로 우리야." 더 위쪽으로. "요크셔 황무지에는 네 집안인 페어웨더가 살고." 다시 남쪽으로. "글래드스톤은 런던에 있지." 숲이 우거진 중간 지역 어딘가. "블랙우드가 여기 살았는데 가문이 무너지면서 다른 여러 집으로 흩어졌다고 해."

"그래? 우리 엄마가 블랙우드 출신이었는데. 지금 어디에 계시려나."

"아마 남쪽 어딘가에 계실 거야. 많은 이들이 글래드스톤 가문으로 흘러들었거든." 재로우의 손가락이 다시 중서부 지역으로 향했다. "여기 버밍엄에는 윈터필드 가문이 살지. 네 딸이 있는 곳."

데번은 손톱이 손바닥을 파고들 정도로 주먹을 불끈 쥐었다.

"그리고 여기 북부 해안에는 레이븐스카 가문이 있어. 너희 페어웨더 영지보다 더 북쪽이지." 그가 손톱으로 지도를 톡톡 두드렸다. "그들에 대해 뭐 아는 거 있어?"

"리뎀션을 만든다는 거?"

"그래, 바로 그거. 레이븐스카가 약을 개발하기 전까지 용들은 그냥 살해당하거나 자기 가족에 의해 관리되곤 했지. 이제는 그들도 쓸모가 있어서 살 수는 있게 되었지만 그들이 가문을 이끌어나갈 수 있을 거라고 믿는 이는 아무도 없어. 언제 사고를 쳐서 인간 눈에 띌지 알 수 없기 때문이지. 이때 기사들이 등장한 거야. 가족들도 달가워하지 않는 용을 관리하고 결혼을 주선하는 역할을 자처한 거지."

"그게 탈출과 무슨 상관인데?"

"굳이 따지자면 직접적으로 관련이 있는 건 아니지만 이 지도를 꺼낸 건 사실 아일랜드를 보여주기 위해서야. 아일랜드는 두 개가 있어." 그가 손가락으로 지도를 가로질러 영국 건너편에 있는 작은 섬을 가리켰다. "잘 봐. 북아일랜드는 영국령이지만 아일랜드 공화국은 독립국이야. 두 나라 사이에는 국경이 있지만 검문소가 없지."

"무슨 말인지 모르겠어."

"국경 검문소가 없다고." 그가 초조해하며 말했다. "생각해봐, 데번. 가문을 벗어나기 어렵게 만드는 가장 중요한 문제가 뭔 것 같아?"

데번은 전혀 모르겠다는 듯 재로우를 멀뚱멀뚱 쳐다보기만 했다. "그들이…… 강하다는 거?"

"아니, 사실 그렇게 강하지도 않아. 그런 척하는 것뿐이지. 문제는, 우리에겐 신분증이 없어서 이 빌어먹을 섬을 쉽게 떠날 수 없다는 거야."

"아, 그래, 그렇지."

"하지만 그 문제는 북아일랜드를 거쳐 가는 것으로 해결할 수 있어. 거긴 영국령이기 때문에 여권 없이 페리를 탈 수 있거든. 그러고 나서는 차로 조용히 국경을 넘어 아일랜드 공화국으로 들어가는 거야. 두 나라 사이엔 국경 검문소가 없으니까." 재로우가 씩 웃었다. "가문을 떠나고 싶다면 북아일랜드로 가는 페리를 타면 돼. 아주 간단하지."

데번이 미심쩍어하며 물었다. "거기엔 이터들이 없어?"

"이제는 없지! 아일랜드의 마지막 이터들은 1940년대에 뿔뿔이 흩어졌어. 일부는 미국으로 건너가 소식이 끊겼고, 나머지는 레이븐스카와 윈터필드 가문에 들어갔대. 이젠 아일랜드 어디에도 이터들은 없어." 그가 상기된 얼굴을 빛내며 몸을 앞으로 내밀었다. "어떻게 생각해? 좋은 생각 같지 않아?"

"난……." 데번은 그의 모든 제안에 압도되어 양손에 얼굴을 파묻었다. 이런 이야기를 하고 있다는 것만으로 감당하기 벅찼다. "아냐, 그만, 제발 그만해. 걱정해주는 건 고마워. 정말 큰 힘이 돼. 하지만 난 그 아일랜드니 뭐니 하는 곳에 갈 수 없어. 내겐 딸이 있잖아, 재로우. 우리가 무슨 수로 버밍엄에 갇혀 있는 그 아이를 데려올 수 있겠어."

재로우의 얼굴이 침울해졌다. "네가 여길 떠나든 남든 그 아인 어차피 갇혀 지낼 거야."

"그래도 남아 있으면 이 아이를 낳고 나서 그 아일 보러 갈 수 있겠지. 약속했단 말이야. 딸의 열 번째 생일날 만나기로. 내가 얌전히 지내면, 시키는 대로만 하면……."

"그게 될 거라 생각해?" 재로우가 으르렁거리듯 말했다. "넌 그들한테 속아서 인생이 동화 같을 거라고 생각한 적도 있잖아. 이 이야기에 해피엔딩은 있을 수 없어. 다 속임수일 뿐이라고."

"날 무슨 아무것도 모르는 멍청이 취급하지 마." 데번은 격앙된 몸짓을 하는 재로우와 달리 목소리를 낮추고 어금니를 꽉 깨물었다. "너랑 같이 떠나면 세일럼을 다시 볼 일은 **결단코** 없겠지. 그건 확실해. 난 영원히 그 아일 잃게 될 거야. 아이를 만날 가능성이 아무리 희박하다 해도 여기 남는 것 말고는 방법이 없어."

"오 제발, 데브. 그럴 가능성은 전무해. 네가 네 딸을 다시 보게 될 일은 **절대** 없을 거라고. 엄마가 친자식을 만났다는 이야기를 한 번이라도 들은 적 있어? 왜 그들이 너한테만 예외를 허용해줄 거라고 생각해? 네 어머니는 널 보러 온 적 있어?" 그가 돌연 분노에 사로잡혀 테이블을 쾅 하고 내리쳤다. "빌어먹을, 생각 좀 해보라고! 엄마가 자식을 보러 오는 일이 한 번이라도 있었냐고!"

데번은 눈을 크게 뜨고 입을 벌린 채 꿀 먹은 벙어리처럼 그를 물끄러미 쳐다보기만 했다. 에이크 삼촌이 데번의 침실에서 우아하게 발목을 꼬고 앉아 무심코 했던 말이 떠올랐다. '500년에 걸친 우리의 전통이 응석받이 여자애 하나 때문에 하룻밤 사이에 뒤집힐 일은 없지.'

"미끼라니까!" 그가 호통치듯 말했다. "네가 고모들처럼 늙고 지쳐서 더 이상 싸울 힘이 없어질 때까지 말 잘 듣게 만들려고 하는 개소리! 그걸 모르겠어?"

"입 좀 다물어!" 데번이 두 손으로 귀를 막았다. "난 여기 게임을 하러 왔어. 나한테 흥미로운 탈출은 이것뿐이야. 내게 허락된 유일한 탈출이고. 떠나고 싶으면 너나 떠나. 가서 돌아오지 마. 어차피 너한텐 발목을 잡는 아이도, 책임도 없잖아. 그러기는 또 싫지? 넌 지금 나랑 내 인생이 중요한 게 아니니까. 누군가를 구하고 싶은…… 너 자신이 중요하니까!"

재로우는 데번에게 발목의 힘줄을 베이기라도 한 양 털썩 의자에 주저앉았다.

둘 사이에 침묵이 흘렀다.

"미안해." 이런 말로는 충분하지 않은 듯했다. 데번이 덧붙였다. "내가 여기 오는 게 이제 싫다고 해도 이해해."

"바보 같은 소리 하지 마." 잠시 후 재로우가 말했다. "게임을 하든 뭘 하든 넌 늘 환영이야. 언제나." 그가 손을 뻗어 테이블에서 지도를 치우고 서랍 속에 집어넣었다. "그리고 언제든 마음이 바뀌면 알려줘. 진심이야."

재로우가 얼마나 많은 걸 걸고 그런 제안을 한 것인지 데번은 짐작조차 할 수 없었다. 머릿속이 복잡한 와중에도 고마운 마음이 들었다.

"생각해볼게." 데번은 거짓말을 했다. 지나치게 현실적인 탈출을 부추기는 지도의 세계에서 빠져나와 게임 룸의 안전한 감옥으로 돌아왔다. 디지털 세계로의 도피였다.

북이터들이 부호나 상형문자를 포함해 어떤 형태의 글도 손으로 쓸 수 없다는 사실은 매우 흥미롭다. 심지어 그들은 전자 기기로도 글자를 칠 수 없다! 성대에 아무 문제가 없고 언어에 대한 학문적 지식까지 갖추었음에도 말을 할 수 없는 것이 특징인 '상황적 함구증(일부 자폐증 환자나 불안 장애가 있는 사람들에게 나타나는 증상)'이 연상된다. 그들도 이와 비슷한 소통 장애를 겪는 것으로 보인다. 뇌에서 글자로 분류된 모든 것은 심리적으로 수행할 수 없는 것이 된다. 소울이터들이 쉽게 글을 쓸 수 있다는 사실은 그들에게 잔인한 아이러니처럼 느껴질 것이다.

아마린더 파텔,
『종이와 살: 비밀의 역사』

13

데번 페어웨더의 여러 얼굴

현재

데번은 부조리극 같은 지옥 꿈을 또 꿨다. 이번에는 발밑에서 땅이 갈라지지는 않았지만, 아무도 데번의 표를 받으려 하지 않는 천국행 기차를 타고 가고 있었다. 옆에는 카이가, 맞은편에는 헤스터가 앉아 있었다. 둘 다 천국이 어떤 모습일지 궁금해하며 빨리 보고 싶어 했다. 그러나 데번은 진실을 알고 있었다. 천국은 거짓말이었다. 그들은 기차에서 뛰어내려 활활 타오르는 불구덩이 속으로 들어가야 했다. 데번은 유령 같은 기차에서 뛰어내렸지만 둘은 함께 뛰어내리지 않고 출입구에 서서 슬픈 얼굴로 지켜볼 뿐이었다. 데번은 불구덩이를 뚫고 계속해서 추락했다. 밑으로, 더 밑으로. 떨어질수록 깊고 어둡고 뜨거워졌다. 그러다 마침내 주방이 있는 시골풍 비앤비의 투박한 소파 위로 떨어졌다.

퍼뜩 잠에서 깬 데번은 재빨리 일어나 앉았다. 너무 빨리 일어난 탓에 앞이 빙글빙글 돌았다. 자다가 소파에서 떨어져 바닥에 머리를 찧은 모양이었다. 머리가 지끈거렸다.

싸구려 레이스 커튼 사이로 빛이 새어 들어와 눈을 찡그렸다. 카이가 보이지 않나 싶더니 닫힌 욕실 문 앞에 놓인 녀석의 옷 더미가 눈에 들어왔다. 안에서 물 흐르는 소리가 났다.

"메리 크리스마스, 잠꾸러기. 제일 꼴찌로 일어났네." 헤스터가 다리를 꼰 채 침대 끄트머리에 앉아 있었다. 옷차림도 단정하고 정신도 초롱초롱한 게 전날 밤에 비해 훨씬 여유로워 보이는 얼굴이었다.

"몇 시야?" 데번이 하품을 하며 물었다. 아침 햇살이 비쳐 검은 옷이 흐린 회색빛으로 탈색된 듯 보였다. 깔고 앉은 카펫에서는 나프탈렌 냄새가 났다.

"8시가 다 됐어." 헤스터가 볼륨을 낮게 줄인 방 안의 소형 텔레비전을 가리켰다. "저거 봐. 우리 유명해졌어."

깜빡이는 화면 안에서 멀끔히 단장한 앵커가 말하고 있었다.

크리스마스이브에 뉴캐슬 중앙역에서 총격 사건이 일어난 데 이어 에든버러 노선에서 연쇄 폭행 사건이 발생했다는 속보입니다. 사상자는 보고되지 않았지만 경찰은 에든버러로 이동 중인 것으로 보이는 한 쌍의 남녀를 긴급히 찾고 있습니다. 경찰은 또한 승객들을 공격하고 사라진 혐의를 받는 열차 승무원의 행적도 추적하고 있습니다. 추가 소식이 들어오는 대로 전해드리겠습니다. 보고에 따르면, 해당 남성의 인상착의는 키 180센티미터에 검은 옷을 입고 있고 흰 피부에 흑발이며, 여성은 키 150센티미터에 무늬가 있는 블라우스와 긴 치마 차림으로······.

"사상자가 없다고?" 데번이 또다시 밀려오는 하품을 참으며 말했다. "그치. 잉크가 잔뜩 묻은 정체 모를 종이만 바닥에서 수두룩하게 썩어가고 있겠지."

데번은 승무원 복장을 하고 있던 램지를 떠올렸다. 그가 어떻게 그 옷을 입게 되었는지 설명할 방법은 하나뿐이었다. **진짜** 승무원이 살아 있기나 한지 궁금했다. 만약 그가 나타난다면 자신을 공격한 남자에 대해 뭐라고 말할까?

"뉴스에 나오면 안 되는데." 헤스터가 말했다. "비앤비 주인이 저걸 보고 우리라고 생각하면 골치 아파질 수 있어. 여기를 빨리 떠야 할 이유가 하나 더 생겼네."

"다음 행선지가 정확히 어딘지 알면 마음이 한결 편해질 텐데. 난 어떻게 해야 하지? 그냥 무작정 가서 당신 형제들에게 날 소개하면 되는 건가?"

헤스터가 침대에서 일어나 구두에 묻은 마른 흙을 털어내기 시작했다. "내가 당신을 킬록에게 데려가면 그때 대화를 나누면 돼. 킬록은 아주 매력적이야."

"그래." 데번은 전날 밤 헤스터가 했던 고백('**어쩔 땐 오빠가 좀 무섭기도 해**')을 떠올렸다. "그래도 거기까지 갈 방법은 마련해야 할 거 아니야."

"나도 이미 다 생각했거든! 오늘 아침에 데스크에 가서 물어봤어. 그러니까 그렇게 불안해하지 마. 어차피 우리는 뉴스에서 떠들어대댄 인상착의와는 비슷하지도 않으니까! 어쨌든 주인장이 그러는데 근처에 자동차를 파는 곳은 없는 걸로 안대. 하지만! 팔려고 몇 달간 벼르고 있는 오래된 해치백이 농장에 있다더라. 시승해보겠다고 몰고 나가서 그대로 가버리면 될 것 같은데."

"아니면 우리가 그냥 사버릴 수도 있지." 데번은 엉킨 머리카락을 풀려 손가락으로 머리를 쓸어 넘겼다. "그게 낫겠다. 이미 우리를 수상쩍게 보고 있을지도 모르는데 거기다 차까지 훔치면 어떻게 되겠어." 램지의 관심을 끄는 것은 그렇다 쳐도 인간 경찰의 이목을 끄는 것은 다른 이야기였다.

"산다고?" 헤스터는 놀란 목소리였다. "지금 돈이 정확히 얼마나 있는데?"

물 흐르는 소리가 뚝 그치더니 카이가 욕조에서 쿵쿵대는 소리가 들려왔다. 아이가 곧 나올 것이다.

엉킨 머리카락에 손톱이 걸렸다. "우리가 정확히 어디 가는지 알려줘. 그러면 돈이 얼마나 있는지 정확히 알려줄게." 데번의 말에 헤스터의 작은 콧구멍이 벌름거렸다.

"마을을 피해 경치 좋은 길을 따라 운전한다고 해도 130킬로미터면 그렇게 먼 거리도 아니잖아. 오늘 오후면 도착할 텐데, 대체 뭐가 두려운 거야? 안전한 곳에 도착하기 전에 내가 배신이라도 할까 봐 그래?"

"그렇게 간단한 문제가 아니야. 킬록이 철저한 비밀 유지를 당부했다고. 당신에게 되도록 아무런 정보도 주지 말라고 했어."

데번은 머리카락을 그냥 내버려두었다. "잠깐 정리 좀 해보자. 그러니까 모두가 킬록의 말을 따라야 하고 그의 지배를 받아야 해. 당신은 그가 무서울 때도 있다고 했지. 게다가 그는 편집증 환자야. 그런데도 그가 다른 가부장과는 다르다고 말하는 거야?"

"그게 아니라……." 헤스터가 입술을 굳게 다문 채 엄지손톱을 뜯었다.

"데브?" 카이가 문밖으로 얼굴을 내밀었다. "나 수건이 없는데."

"아, 제발 좀." 데번은 불안한 티를 내지 않으려 애쓰며 바닥에 떨어진 수건을 주워 카이에게 던졌다. "다음엔 좀 챙겨서 들어가."

카이가 발끈하며 문을 닫았다. 혼자 샤워할 수 있을 만큼 컸는데도 수건이나 새 옷을 챙겨서 들어가는 건 매번 잊어버리는 다섯 살짜리라니.

하지만 그런 카이를 보자 데번은 우선순위가 무엇인지 확실히 깨달을 수 있었다. 이들의 신뢰를 사지 못하면 카이는 절대 무사하지 못할 것이고, 데번은 램지에게서 결코 벗어날 수 없을 것이다. 어쩌면 데번이 조금 양보해야 할 일인지도 모른다. 이번 한 번만큼은.

데번은 재미있다는 듯 자신을 보고 있는 헤스터를 돌아보며 말했다. "2만쯤."

헤스터의 얼굴에서 웃음기가 사라졌다. "뭐라고?"

"내가 매틀리의 금고에서 2만 6천 정도 챙겨 왔어. 돈은 더 있었지만 그 이상은 배낭에 안 들어가더라고." 데번은 소파에 걸쳐놓은 재킷을 집어 먼지를 털어내고 소매에 팔을 끼워 넣었다. "이제

295

2만쯤 남은 것 같아. 정확한 금액은 세어봐야 알겠지만. 낡고 저렴한 차 한 대쯤이야 충분히 사고도 남지."

"이스터브룩 금고를 털었단 말이야?"

"킬록이 아버지의 장부를 차지하지 않았어?" 데번이 즉답을 피하며 말했다. "그거랑 비슷한 거야."

"킬록은 그 일을 하기 위해 몇 년을 계획했고 우리 모두의 도움을 받았어." 헤스터가 똑같이 회피적으로 말했다. "근데 당신은 혼자 그 일을 해낸 거잖아."

"우리 오늘 아침에 뭐 해요?" 카이가 오랜만에 말끔해진 모습으로 욕실에서 나왔다. 하지만 걸음은 전보다 느려졌고 어제의 밝은 에너지도 한풀 꺾인 듯했다.

"차를 사려고 하는데, 네가 굶주린 고아 행세 좀 해줄래? 가격을 좀 깎아야 하거든."

"연기가 필요 없겠는데요." 카이가 울적하게 말했다. "나 진짜 배가 고프거든요."

일주일 전이었다면 데번은 이 말에 속이 뒤틀렸을 것이다. 하지만 오늘은 미안한 얼굴로 미소를 띠며 "조금만 참아봐. 몇 시간이면 돼"라고 말할 수 있었다. 데번은 지폐를 세어 500파운드를 헤스터에게 내밀었다. "이거 받아. 차를 사는 건 당신과 카이가 하는 게 좋겠어. 난 신발도 없고 의심을 사기 딱 좋은 꼴이라."

"아, 물론이지. 네가 날 믿어준다면……."

"우리가 서로를 신뢰하지 않으면 이 여행을 제대로 끝마치지 못할 거야." 데번이 두툼한 지폐 뭉치를 건넸다.

"맞아." 돈을 건네받던 헤스터가 목을 가다듬었다. "이너레이던."

"응?"

"알고 싶다며. 그래서 알려주는 거야." 헤스터가 조심스럽게 지폐를 접어 주머니 속에 넣었다. "이너레이던 외곽에 있는 트라퀘어 하우스로 갈 거야. 여기서 차로 두 시간만 가면 돼."

"가본 적도, 들어본 적도 없는 곳이네." 데번이 당황해서 허둥대며 말했다. "하지만 날 믿어준 건 고맙게 생각해. 어딘지는 몰라도 알려줘서 고마워."

"당신이 말했듯이 이 여행을 성공하려면 우리가 서로 믿고 의지할 수 있어야 하잖아." 헤스터가 쑥스러워하며 말했다. "목적지를 알려준 걸 내 작은 성의 표시로 생각해줘."

"어차피 두어 시간 안에 알게 될 거였네." 데번은 리모컨을 들고 음소거를 해제했다. "차를 받으면 날 데리러 올래? 그동안 난 우리 얘기가 더 나오는지 확인할게."

"그렇게 하자." 헤스터가 문을 열고 카이에게 손을 내밀었다. "자, 우리 꼬마. 네가 내 공범이 되어주어야 해."

데번은 헤스터와 카이가 완전히 나갈 때까지 끈덕지게 침대 끄트머리에 앉아 텔레비전 화면을 주시했다. 마침내 그들 뒤로 문이 찰칵 닫히자 데번은 서둘러 자리에서 일어나 만일을 대비해 문을 잠근 후 램지에게 전화를 걸었다.

램지는 첫 번째 신호음에 전화를 받았다. "좋은 소식이 있다고 말해줘."

"이너레이던." 데번이 살짝 숨을 헐떡이며 말했다. "우리는 이

너레이던에 있는 트라퀘어 하우스라는 곳으로 가고 있어. 거긴……."

"국경 지대에 있는 마을이지. 나도 알아." 잠시 침묵이 흘렀다. "그 많은 곳 중 하필 이너레이던이라니! 왜지?"

"내가 그걸 어떻게 알아!" 데번이 성을 내며 말했다. "거기가 그들이 찾은 첫 장소였나 보지. 어쨌든 거기 도착하면 자리 잡을 때까지 며칠이 필요할 것 같아."

"그래, 나도 계획에 착수하려면 시간이 좀 필요하니까." 그의 목소리는 차분하고 명랑했다. 어릴 적 램지는 기분이 좋을 때 딱 이렇게 굴었다. "아예 날짜를 잡자. 12월 26일 23시 정각. 도착하면 확인 문자 보내고 가능하면 휴대폰을 켜. 우리가 추적할 수 있게."

"그럼 내일 밤이잖아." 데번이 머릿속으로 날짜를 세어보고는 멍하니 말했다. 36시간도 채 남지 않았다. "괜찮겠어?"

"젠장, 내가 왜 안 괜찮을 것 같은데?" 그가 갑자기 발끈하며 으르렁거렸다. "문제 될 거 없잖아, 안 그래? 넌 지금 망할 휴가나 즐기고 있는 게 아니라고, 데브."

"그래, 당연히 문제 될 건 없지." 미치도록 촉박하지만 그래도 해내야 한다. "아냐, 그냥 좀 놀라서 그랬어. 다른 할 말은 없고?"

"실수하지 마. 허튼수작 부릴 생각도 말고. 네가 있는 곳으로 기사를 보낼 테니 몸조심해. 하루 지나고 보자." 전화가 툭 끊겼다.

데번은 전화가 끊기는 것을 지켜보면서 램지가 전날 밤을 어떻게 보냈을지 상상했다. 기차에 발이 묶인 데다 윗선에서 엄청난 추궁을 받았을 텐데. 남겨진 시신들이며 자기 때문에 엉망진창이 된 모든 일에 대해 뭐라고 해명했을까. 그래도 왠지 그는 아무런 타격도 받지 않았을 것 같았다. 그런 생각을 하자 인정하고 싶지는 않지만 일종의 존경심 같은 것도 들었다. 램지는 그만의 악독한 방식으로 강한 사람이었다.

하지만 그 강인함이 그의 눈을 멀게 했다. 램지는 자신이 대단히 강하고 무시무시한 존재라 아무도 자기 앞을 가로막을 수 없다고 생각했다. 아주 절박한 상황에 빠져 있는 만큼 데번 역시 그가 짠 판에서 그가 원하는 대로 움직일 수밖에 없을 거라고 확신했다.

램지는 자기처럼 똑똑한 것만 똑똑한 것으로 인정했다. 자신의 힘이 냉혹함에서 나온다고 생각했기 때문에 데번을 비롯한 타인에게 다른 능력이 있을 거라고는 미처 생각하지 못했다.

데번으로서는 오히려 잘된 일이었다. 그런 램지의 허점을 이용해 계획을 실행으로 옮기면 되니까.

데번은 목이 뻐근해지는 걸 느끼며 최근 연락처를 불러와 다시 통화 버튼을 눌렀다. 아까와는 다른 번호였다. 어젯밤 둘과 함께 아파트를 떠나기 전에 연락했던 곳.

신호음이 세 번 울린 후 조심스러운 침묵이 흘렀다.

"밤 소녀는 반딧불을 따라간다." 데번이 말했다. 지금은 모스부호를 사용할 필요가 없었다. "나야."

"반딧불도 소녀처럼 탈출구를 찾고 있었다." 대답이 돌아왔고, 재로우가 과장되게 휴, 하고 한숨을 내쉬었다. "아직도 너한테 전화가 올 때마다 심장이 떨어질 것 같아. 너 때문에 내 수명이 줄어

들고 있다니까."

데번은 웃지 않을 수 없었다. 재로우는 중요한 면에서는 절대 변하지 않았다.

"목소리 들으니 좋다." 데번이 수화기를 귀에 댔다. "상황이 매우 빠르게 변하고 있어. 날 데리러 이너레이딘의 트라퀘어 하우스로 와줄 수 있어?"

"언제? 뭐가 얼마나 빠르게 변하고 있는데?"

데번이 얼굴을 찡그렸다. "아마도 내일? 근데 우리가 정확히 언제 떠날지는 모르겠어."

"맙소사, 데브! 그걸 하루 전에 말해주는 거야? 정말 이러기야?"

"준비는 몇 달간 했잖아." 데번이 항변했다. "나도 이게 말이 안되는 건 알아. 근데 상황이 이렇게 돼버렸는걸. 램지가 전력 질주하기 시작했어."

"젠장."

"안 되겠어?" 데번은 갑자기 불안에 휩싸였다.

바스락거리는 소리, 종이를 뒤적거리는 소리가 들려왔다.

"여보세요? 나 시간이 별로 없는데……."

"충분해. 할 수 있을 것 같아." 재로우가 말했다. "잘 들어. 트위드강의 지류인 '레이딘 워터'가 강과 만나는 지점에 섬이 세 개 있을 거야. 내일 아침 거기서 만나."

"뭐가 세 개 있다고?" 하여튼 재로우는 저놈의 낭만주의가 문제다. "그냥 시내에서 만나면 안 돼?"

"젠장, 누가 오고 있는 것 같아. 가야겠다." 그가 전화를 끊었다.

데번은 안도와 불안 사이를 오가며 끊긴 휴대폰을 움켜쥐었다. 동시에 해결해야 할 일이 너무 많았다. 목표에 집중하자, 가슴이 옥죄어오는 것을 느끼며 생각했다. 장애물이 아닌 목표에, 두려움이 아닌 욕망에 집중해야 한다. 이틀, 이제 겨우 이틀 남았다.

데번은 일어나 가방을 챙기고 일행과 합류하러 나갔다. 지금쯤 차가 준비되었을 것이다.

———•———

작은 회색 포드 내부는 농장 냄새로 가득했다. 몇 킬로미터 못 가서 데번은 창문을 내리고 고개를 차창 밖으로 내밀었다. 눈 쌓인 숲의 향긋한 냄새가 지친 후각을 달래주었다. 운전석의 헤스터가 고속도로를 피해 구불구불한 시골길을 달리며 콧노래를 흥얼거렸다. 헤스터는 신발도 신고 있고 어디로 가야 하는지도 잘 아는 자신이 운전대를 잡겠다고 고집했다. 고마운 일이었다.

차를 사기 위한 흥정은 간단하게 끝났다. 현찰로 계산하는 헤스터를 농장 주인들이 이상하게 여겼을지도 모르지만 겉으로 내색하지는 않았다. 마찬가지로 데번과 헤스터도 그들이 시세보다 훨씬 높은 금액을 부른 것에 대해 불평하지 않았다. 어젯밤 방값을 낼 때처럼 돈은 많은 문제를 해결해주었다.

떠나면서 백미러를 슬쩍 보니, 농장 주인들은 허리에 손을 얹고 머리를 한데 모은 채 자동차가 멀어지는 모습을 주시하고 있었다. 그들이 과연 경찰서에 신고를 할지 데번은 잠시 궁금했지만 아무래도 상관없다는 결론을 내렸다.

시트에 머리를 기댔다. 푹 잤는데도 이상하게 피곤했다. 피로가 너무 누적되었기 때문일 것이다. 데번이 꾸벅꾸벅 막 졸기 시작했을 때 카이의 목소리가 그를 깨웠다.

"저 소리 들려요?" 카이가 목을 길게 빼고 뒷좌석 창밖을 내다봤다. "오토바이가 다가오고 있어요."

데번은 곧장 정신을 차리고 똑바로 앉았다. "어디?"

"어느 방향으로?" 헤스터가 물었다. "확실해?"

"우리 앞에 있어요!" 카이가 손가락으로 가리켰다.

헤스터가 급브레이크를 밟는 바람에 세 사람 모두 안전벨트에 몸이 걸렸다. 헤스터는 차창 밖으로 고개를 내밀고 귀를 기울였다.

데번도 밖을 내다봤다. 양 떼가 노니는, 회색빛이 감도는 푸른 들판 사이로 난 좁은 시골길은 텅 비어 있었다. 그 고즈넉함을 뚫고 들려오는 것은 틀림없는 오토바이 엔진 소리였다. 저 구불구불한 길 한참 뒤에 있어서 아직 보이지 않을 뿐이었다.

"저 앞이네. 우리를 향해 오고 있어."

헤스터가 다시 액셀을 밟았다. "둘 다 몸을 바짝 숙여볼래? 그러면 우릴 못 보고 그냥 지나칠지도 몰라. 서둘러!"

카이가 몸을 웅크리고 눈을 질끈 감았다. 작은 점으로 보이던 오토바이는 가까워질수록 점점 커져 시커먼 덩어리가 되어 다가왔다. 검은 오토바이에 탄 기사의 모습이 선명히 드러났다. 아이러니하게도 헬멧을 착용하지 않은 상태였고 말쑥한 정장이 값비싼 항공 점퍼에 가려져 있었다.

램지가 정찰병으로 보낸 기사였다. 데번이 부탁한 대로 요란한 자동차 추격전을 벌이려고 나타난 것이다. 램지가 했던 말이 떠올랐다. '하지만 이번에 보내는 기사는 죽이진 말아줘. 시체 치우는 건 지긋지긋하니까. 기사가 무한 공급되는 소모품도 아니고.'

웃기는 소리. 기사들을 미리 제거하면 데번이 이 난장판에서 살아남을 가능성은 높아진다. 게다가 레이븐스카에게 좋은 인상을 남길 기회이기도 하니 금상첨화가 아닐 수 없었다.

"뭐 하는 거야?" 헤스터가 시선을 앞에 고정한 채 씩씩댔다. "몸을 숙이라니까!"

"싫어." 데번이 운전석으로 와락 달려들어 핸들을 오른쪽으로 꺾었다. 그들이 탄 작은 차가 시속 100킬로미터 속도로 기사를 들이받았다.

오토바이는 비스듬히 기운 채 차와 충돌하며 날카로운 쇳소리를 냈다. 헤스터가 욕설을 내뱉으며 브레이크를 밟았다. 안전벨트가 데번의 가슴을 강하게 훅 압박했고 내장이 갈비뼈에 부딪쳤다.

기사가 팔다리를 허우적대며 허공에 붕 떠올랐다가 자동차 앞유리에 부딪치며 조수석 쪽 바닥으로 떨어졌다. 잠시 아득한 침묵이 흐르는가 싶더니 기사가 몸을 굴려 기어서 달아나려고 했다. 그의 상처 난 눈과 코에서 검은 잉크 피가 흘러나왔고, 한쪽 다리가 이상하게 꺾여 있었다. 기어봤자 겨우 몇 센티였다.

데번은 안전벨트를 풀고, 차 문을 있는 힘껏 벌컥 열어젖혔다. 문은 둔탁한 소리를 내며 기사의 머리를 가격했다. 아주 강력한 한 방이었다. 기사는 다시 정신을 잃고 아스팔트 바닥에 쓰러졌다.

헤스터가 탄식의 비명을 질렀고, 데번은 차에서 내렸다. 수년 전 숲속을 달릴 때처럼 데번은 여전히 맨발이었다. 잠시 머뭇거리다 가만히 서서 엎어진 기사를 내려다봤다. 자신이 걸친 중고 옷처럼 살인은 좀처럼 익숙해지지 않았다.

하지만 첫 탈출 시도 때 그들에게 느꼈던 두려움과 공포가 아직 너무 생생했다. 가부장들이 데번의 죽음을 바랐다면 기사들은 뒤도 안 돌아보고 그 일을 해냈을 것이다. 게다가 세상에 좋은 기사는 없지 않은가. 죽은 기사 말고는.

목을 부러뜨리기는 쉽지 않으므로 데번은 쉬운 방법을 택했다. 기사가 찬 벨트에서 칼을 빼 들고 5번 늑골 사이에 칼을 꽂았다. 칼은 심장을 관통했다.

기사는 의식을 회복하지 못했다. 겨울 햇살이 서리 내린 길을 서서히 데우고 기사의 흉강에서 피가 뿜어져 나오는 30초 동안 정적이 흘렀다. 데번은 코로 숨을 내쉬며 뒤로 물러섰다.

"매틀리를 살해한 여자를 드디어 만나게 되었군," 헤스터가 차체에 몸을 기댔다. "당신이 언제쯤 본색을 드러낼까 싶었는데."

"그러는 당신은?" 데번이 물었다. "당신은 언제 본색을 드러낼건데?"

기사는 이미 썩어가고 있었다. 혈관이 말라붙으면서 피부가 양피지처럼 얇고 창백하고 부서지기 쉬운 상태로 변하고 있었다. 드러난 살갗에 잉크 핏자국이 얼룩덜룩한 무늬를 남겼다.

"기사 한 명 죽은 걸로 잠을 설칠 일은 없겠지." 헤스터가 데번의 질문을 무시하며 말했다. "그래도 분명히 말해두는데 아까 핸들을 잡아챈 건 미친 행동이었어. 잘못하면 큰일 날 뻔했다고."

"미안해. 순간적으로 내린 판단이었어. 내 잘못이야."

"기사는 그냥 지나칠 수도 있었어. 이렇게 소란을 피워야 할 일이었는지 모르겠네."

"국경을 넘으려면 아직 한 시간이나 더 가야 해. 저자가 다른 기사들에게 상황을 알렸을 수도 있잖아."

"이런 살인이 그들의 주의를 끌 거라고는 생각 안 해?"

"증거를 없애면 되지." 데번이 죽은 기사의 옷가지를 집어 들고 잉크에 젖어 엉망진창이 된 종이를 털어냈다. "내가 옷과 오토바이를 숨길게. 이자가 실종됐다는 걸 그들도 언젠가 알아차리긴 하겠지만 그때쯤이면 우린 그들의 손아귀에서 벗어나 있을 거야."

헤스터는 데번의 뜻을 따랐다. 데번은 얼룩진 천 한 무더기를 길가의 도랑에 버렸다. 오토바이는 두 손으로 번쩍 들어 울타리 안으로 내던졌다. 무거워서 던지기는 힘들어도 날아가는 걸 보니 꽤 재밌었다.

그러는 동안 카이는 의미심장한 표정으로 뒤에서 그들을 지켜보았다. 카이와 잠시 눈이 마주친 데번은 몇 초간 아들의 눈을 마주 보다가 시선을 돌렸다. 더한 것도 본 녀석이다. 살인 한 번쯤 더 본다고 그게 대수일까?

벌써부터 데번은 램지에게 둘러댈 말을 속으로 연습하고 있었다. '그 여자를 말릴 수가 없었어. 운전을 그 여자가 했거든. 나는 집에서 허락해주지 않아 운전 같은 건 배우지도 못했고 최종 목적지를 아는 건 헤스터 뿐이었으니까.' 물론 이건 램지가 그 질문을 했다고 가정했을 때의 이야기다. 데번이 자신의 계획을 밀고 나간다면 램지에게는 이런 질문을 할 기회조차 없을 것이다. 그가 뭔가 이상하다는 생각을 할 때쯤 데번은 이미 사라지고 없을 테니까.

오빠를 두 번 다시 못 보게 될 수도 있다고 생각하자 갑자기 엔도르핀이 샘솟았고 미소가 지어져 입가가 실룩거렸다.

헤스터가 운전석에 앉으며 말했다. "저 기사가 앞 유리를 깨먹지 않아 다행이야."

"난 늘 운이 좋은 편이지." 데번이 안전벨트를 매며 말했다. "행운이란 이런 거야."

"당신 진짜 이상해, 알지? 맙소사, 어서 빨리 이너레이던에나 가자." 헤스터가 기어를 넣고 텅 빈 길을 등지고 떠났다.

그 누구도 뒤를 돌아보지 않았다.

지은이 **서니 딘 Sunyi Dean**

미국 텍사스에서 태어나 홍콩에서 자라 현재는 영국에 거주하고 있다.
자폐스펙트럼을 가지고 있으며 특이한 주제의 추리 공상 소설을 주로 쓴다.
2022년 8월 데뷔작인 『책을 먹는 자들』로 선데이타임스 베스트셀러에 올랐다.
2024년 차기작을 준비 중이며, 현재 작가인 스콧 드레이크퍼드와 함께
〈퍼블리싱 로데오 팟캐스트〉를 진행하고 있다.

✳

옮긴이 **한지원**

고려대학교 신문방송학과를 졸업하고 텍사스대학교에서 커뮤니케이션학을 공부했다.
현재는 좋은 책을 읽고 발굴하고 번역하며 살고 있다. 옮긴 책으로는 『코카인 블루스』
『아찔한 비행』『테스토스테론 렉스』『베라 켈리는 누구인가?』『말라바르 언덕의 과부들』
『멘탈의 거장들』『편집 만세』 등이 있다.

책을 먹는 자들 | 1권

펴낸날 초판 1쇄 2024년 3월 15일

지은이 서니 딘

옮긴이 한지원

펴낸이 이주애, 홍영완

편집장 최혜리

편집2팀 이정미, 박효주, 홍은비

편집 양혜영, 문주영, 장종철, 한수정, 김하영, 강민우, 김혜원, 이소연

디자인 기조숙, 김주연, 윤소정, 박정원, 박소현

마케팅 김태윤, 김민준

홍보 김철, 정혜인, 김준영

해외기획 정미현

경영지원 박소현

펴낸곳 (주)윌북 출판등록 제 2006-000017호

주소 10881 경기도 파주시 광인사길 217

전화 031-955-3777 팩스 031-955-3778 홈페이지 willbookspub.com

블로그 blog.naver.com/willbooks 포스트 post.naver.com/willbooks

트위터 @onwillbooks 인스타그램 @willbooks_pub

ISBN 979-11-5581-695-0 (04840) 세트 979-11-5581-697-4 (04840)